暗色コメディ

連城三紀彦

双葉文庫

目次

暗色コメディ

序章

1

エレベーターの扉《ドア》が開いたとき、その声は聞こえた。

「……や、ようこさま……」

自分の名の断片である。

彼女は思わず、声の方を振り返った。背の高い男が頑丈な肩幅を押しつけてくるので、首を不器用に、ねじ曲げなければならなかった。

クリスマスに間近い日曜日の午後で、都心のデパートは大変な人出である。エレベーターもラッシュ時の国電並に、定員を超過した人数を押しこめていた。

振り返るだけの僅かな身動きが彼女の場を一層窮屈にした。それに入口は男の肩に遮断され何も見えない。彼女の顔に応えたのは、男の黒い外套《がいとう》が放つ黴《かび》に似た陰鬱《いんうつ》な臭いだけだった。

「おいでになりましたら、正面……」

店内アナウンスらしかった。

彼女は耳を澄ましたが、その階では人の乗降が少なく、再びエレベーターの重い扉が左右から重なり、そこで声は跡切《とぎ》れた。満員なのに妙によそよそしく沈黙した密室は、声の余韻まで封じこめて、ゆっくりと上昇した。

次の階を通過し、七階で停まった。

「家具、家庭用品売場でございます」

エレベーター嬢の軽やかな声と共に開き出した扉の間から、またその声は割りこんできた。

「ふるやようこさま……」

今度は、はっきり自分の名を呼ばれた。

「ふるやようこさま……先ほどからお連れの方が正面入口、案内でお待ちでございますので……」

「済みません。降ろして下さい」

乗降が済み、扉を閉めようとしていたエレベーター嬢に、彼女はそう声をかけると、慌てて幾つかの肩を押し分けた。

古谷羊子という名への咄嗟《とっさ》の反応で、その店内アナウンスの呼び出しが自分のことだという確信があったわけではない。無意識にその名に引き寄せられたのだった。

突然降りると言い出した彼女に狭い空間を譲りながら、エレベーター中の顔が振り返った。金属の箱に詰まった顔はどれも仮面を被《かぶ》ったように無表情だったが、同時に不躾《ぶしつけ》な視線で貪欲《どんよく》に彼女を観察するかのように見えた。男のコートの肩にぶつかり、男がぎょっとした顔で振り返った。

彼女は顔が赤くなるのを覚えた。

誰もその古谷羊子が自分の名だと知るはずはない。しかし周囲を見知らぬ顔で囲まれた中で突然自分の名を呼ばれたのは、自分ひとりが丸裸にされたような極《き》まり悪さだった。自分だけに名前が与えられ、不意に一人だけ場違いな特別な色彩で浮かびあがった気がした。

彼女がこそこそとエレベーターを出ると、待っていたように背後でドアが閉まった。七階は不思議に客が少なく、家具売場は木目色の中にひっそりと沈んでいる。

彼女は天井を見上げながら無意識に足を前方へ運んだ。

店内アナウンスはまだ続いている。

「ふるやようこさま、ふるやようこさま……」

デパートの天井は白い。その白さをさらに蛍光灯に脱色された透明な声は、執拗《しつよう》に彼女の名を呼び続ける。

仮名《かな》に区切っていくような丁寧《ていねい》な女性の声だった。

声は、チャイムと、続く年の瀬らしいクリスマスソングの慌ただしいリズムの中に消えたが、古谷羊子という名の余韻は、彼女の耳に燻《くすぶ》っていた。

こんな風にスピーカーを通して知らない女の声で名を呼ばれたのは初めてなので、戸惑いを覚えていたのかも知れない。

彼女は数秒その場に立ち竦《すく》んでいた。

名前を呼ばれ咄嗟に反応を示したものの、どうしてもその名が自分だという実感が来ない。たぶん案内嬢は、相手の存在など何一つ意識せず、空間に向けて名前だけを呼びかけたに違いない。そこに自分を知っている者から名を呼ばれたときとは少し違う違和感を感じたのだった。

いや実際、他人のことなのだろう。彼女がこのデパートに来ていることは誰も知らないはずだから、玄関で待っているというお連れの方にはまるで心当たりがない。おそらく同姓同名の女性が偶然このデパートに来ているのだろう。古谷姓もよう子名もさほど珍しくはない。

そう納得すると、この階で降りてしまったのだから、ついでに家具売場でも眺めていこうという気になった。

本当は屋上で開かれる歌謡ショーを見るつもりでエレベーターに乗ったのだが、どうせ大変な混雑だろうし、若い人気歌手の騒々しい歌など聞いても気晴らしにはならないだろう。それに新しい鏡台が一つ欲しいと思っていたところでもあった。

渋谷一の大きなデパートなので、鏡台といっても和風、洋風、材質、デザインが各々異なった数十種が置かれている。彼女は店員に尾行されないように周囲を一巡した。

鏡はどうしても彼女の姿を映してしまう。

いつも地味な装いに抑えているが、何を着ても着慣れないような不恰好な体つきを、デパートの明るい光は、容赦なく鏡面に曝《さら》け出すのだ。小柄なわりに肩の張った不調和な体格は生来のものだが、最近はその歪《ゆが》みを年齢が一層強調し始めた。

この頃は鏡を見る度にはっきり年齢を意識させられ悲しくなってしまう。新しい鏡台を欲しいと思う気持は案外、新しい鏡の中で新しい自分を見たいからなのかも知れない。子供でもいれば子供の成長に自分の年齢を託《ゆだ》ねることもできるのだろうが、無口な夫との二人だけの空《むな》しい生活では年齢の捨て場所がなく、どうしても鏡の中で真正面から自分の年齢と対峙《たいじ》しなければならなくなる。彼女は先月三十二歳になっていた。

肝心の鏡台のデザインや値段より、歩く度に鏡が拾う三十二歳の女の醜悪な体つきに彼女は気を取られていた。

紫檀《したん》の重々しい鏡台の前まで来たとき、ふと自分の体が二つに割れた気がし、彼女は立ち停まった。鏡の中の自分の体からもう一つ同じ体が離れ去ったのである。

一瞬幻覚でも見たような不快な気分に襲われたが、即《すぐ》にそれが向かい合った二つの鏡の些細《ささい》な悪戯《いたずら》だと気づいた。

何だ、と思ったときである。

「鏡台をお求めでございますか」

と声を掛けられた。

振り返るといつの間にか背広をきっちりと着こんだ店員が、真後ろに立っている。彼女はぎくりとしたが、店員の方も驚いたようである。店員は顔をしかめ、しばらく薄笑いを浮かべ、しげしげと彼女の顔を眺めていたが、

「あのう奥様、口紅が――」

彼女は何のことかわからず適当な微笑を返していたが、はっと思い当たった。売り物の鏡台の一つを腰を屈《かが》めて覗《のぞ》いた彼女は慌てて口元を片手で覆った。口紅が唇からはみ出し、頬を赤い線で裂いている。

「済みません」

彼女は顔半分を手で隠したまま逃げるようにその場を離れると化粧室を探した。しかし化粧室はなかなか見つからない。仕方なくエスカレーター脇の物陰で彼女は背を縮めコンパクトを取り出した。ガーゼのハンカチを唾で湿らせ急いで頬の口紅を拭った。先刻エレベーターの中で首を捩《ねじ》ったとき自分に覆い被さっていた男のコートを唇が掠《かす》めたせいらしい。彼女は口紅よりその口紅が含んでしまった男の異臭を拭うためにハンカチに力を籠《こ》めた。

円形のコンパクトいっぱい広がった唇は、光線の加減で妙に黒ずんで見えた。半ば開いた黒い唇は、鏡の側から彼女の失錯を嘲笑《あざわら》っているようだった。

彼女は苛立《いらだ》ってコンパクトを力いっぱい閉じたが、その拍子にふと頭にその考えが浮かんだ。

——あれはやはり私のことだったのではないだろうか。

彼女は先刻の声を探すように天井を眺めた。

——やはりさっきのアナウンスは自分のことだったのかも知れない……呼び出したのは夫なのではないか……

民間航空会社に勤める夫は、今日の休日も朝早くから、仕事が残っていると切り口上で言って社へ出かけた。会社の仕事に追われている夫にはもうすっかり慣れているが、今朝は何故《なぜ》か玄関のドアを閉める音が冷たく響いた。昨夜隣家の主婦が用もないのにやって来て、明日はまだクリスマスには少し早いけれど家中でホテルへ行って食事をするのだと、得意げに吹聴《ふいちょう》していったせいかも知れない。

夫とは愛情があって結婚したわけではない。愛情という点では七年経った今でも夫には冷めている。だが七年も一緒に暮していると愛情とは無関係に、夫に期待してしまう部分が夫婦生活には出てくる。子供がいないのだからもっと二人だけの幸福な生活があってもいいのではないか——

冬の陽ざしが暖かく射しこみ、ローンで買った小さな家をいつも以上に広く見せた。その中で時計の秒を刻む音にだけ付き合っているのが物足りず、目的もなく買い物に出てきたのだったが、今朝慌ただしくコートを着こんでいる夫に、今日は午後からデパートに行くかも知れないと声をかけたのを、彼女はやっと思い出したのだった。デパートの名までは告げなかったが、彼女の行きつけのデパートと言えばこのTデパートだということは夫も知っているはずである。

休日の臨時出勤だから仕事は案外早く片付いたにちがいない。渋谷駅前のこのTデパートは帰途でもあるから、夫は久しぶりに二人で外で食事するつもりで自分を呼び出してくれたのだろう。それにひと月前の晩、誕生日ぐらい祝ってよと愚痴をこぼした際、夫は年末には、暇になるからそれ迄《まで》待ってくれというようなことを言っていた。その約束を果たすために夫は自分を迎えに来てくれたのではないだろうか——ふるやようこという名は珍しくはないだろうが、同姓同名の二人が同じデパートに来ているという偶然はそう起こるものではない。

彼女は自分の想像を即座に確信してしまうタイプである。急いで下りのエスカレーターに飛び乗ったときは、既にまだ眼の前にいない夫に微笑《ほほえ》みかけていた。

階を下りる毎に店内は活気を増していった。赤鼻のトナカイのメロディが客たちの喧《けん》噪《そう》に負けじと音を高め始めた。

液体の粘るようなまどろっこしいエスカレーターの流れに彼女は苛立ちを覚えた。店内アナウンスがかかってまだ五分も経っていないから大丈夫だろうが、夫は短気である。せっかくの夫の好意を無駄にしたくなかった。

それでもやっと一階へ下るエスカレーターに彼女は到《たど》り着いた。このデパートでは一階へのエスカレーターだけが他の階の倍近くに長い。

巨大なクリスマスツリーが天井を突き破るように豪華な装飾で聳《そび》え立っている。玄関では数人のサンタクロースが配るビラや景品に、子供たちが歓声を上げて群がっている。上から見下ろすと一階の売場全体が派手な音と色彩で揺れ動いているように見える。その喧噪の真っ只中へ、のんびりと長くエスカレーターは流れ落ちていた。

彼女は最後のエスカレーターに足を乗せると同時に背伸びして階下を探った。アナウンスが告げた正面玄関の案内はちょうどエスカレーターの真下だった。カウンターの中で品良く人形のように並んでいる受付嬢を数人の客が取り巻いている。緩やかに下方へ滑りおちていく彼女の視線が、その中の一つの顔を捉《とら》えた。

やはり夫だった。

今朝出ていったときと同じ茶のコート、同じ髪、同じ顔――

夫は落ち着かない眼をエスカレーターの流れに注いでいる。左足の靴で床を小刻みに叩いているのがはっきりとわかる。バスや電車の待ち時間が長いとき、気短な夫が必ず見せる癖であった。

夫と眼が合った。

彼女は片手を挙げて合図した。夫も思わず唇を綻《ほころ》ばせた。夫の方も彼女が呼び出しに応じるか不安だったろうから安心したのだ。それでも彼は妻への愛情を顔に表わすのを恥じるような平均的日本人亭主だから、妻の顔を見つけた瞬間に思わずこぼしてしまった微笑を弁解するように慌てて顔をしかめた。エスカレーターはまだ最後の半分を残していた。

万一と思って来てみて良かった。そうでなければ折角の日曜日を台無しにするところだった。

夫の顔を見た瞬間、彼女の頭から今朝からの重い靄《もや》が吹っ切れ、大袈裟《おおげさ》ではなく、彼女はほっと体が軽くなるのを感じた。たぶん、夫の存在は、彼女が意識している以上に、今の彼女の人生には不可欠な条件になっていたのだ。

——ねえ今日は外で食事しましょうよ。ボーナスもあんなに出たんだし、少しぐらい贅沢《ぜいたく》したいわ。あなたも思い切って背広を新調したら？　このデパートの紳士物は趣味がいいってあなたも言ってたでしょ？

頭の中で既にそんな言葉が用意された。だがそのときであった。

最初、何が起こったのかわからなかった。

一瞬、自分に微笑している夫の顔が遠ざかった気がしたが、その意味が咄嗟《とっさ》には理解できなかったのだ。

彼女は夫の顔を見つめ、夫は彼女の顔を見つめていたはずである。彼女と夫の眼は一本の線で結ばれていたはずである。だがその直線へ、不意に横から割りこんできたものがあった。

髪の毛である。はっとするほど、それは漆黒の髪であった。

縮れていたようではあるが、その髪の黒さに眼を奪われたのか、彼女の記憶は髪型まで把握することはできなかった。

唯一つ確かなのは、それが女の髪だったことである。現われると同時にほんの一瞬、夫の顔を隠したのは間違いなく女の髪だった。

突然ではあったが、それはひどく静かな出現だった。葉影が一枚ふわりと空に舞って色のない水面に音もなく落ちるように、人混《ひとご》みの中へ不意に、その黒が滲《にじ》んだ。同時に周囲から音は消えた。

肩を押され、彼女は一階の床に弾《はじ》き出された。誰かにぶつかったが夢の中にいるようなぼんやりした意識しかなかった。

彼女と二人の距離は数歩と離れていなかった。女の髪で少し欠けた夫の横顔が見えた。彼女が七年間見慣れた横顔だった。正面から見ると美男と言える端整な顔は横顔になると妙に崩れる。鼻梁《びりよう》の通った鼻と不釣合な薄い唇、先の尖《とが》った不恰好な耳、老人のような白い斑点《はんてん》を浮かべた顎《あご》、右眼の下の黒子《ほくろ》。それらは彼女の生活が七年がかりで知らず知らず憶えこんだものだった。

夫は機嫌のいいときに見せる、これも彼女が見慣れた屈託のない笑顔を浮かべていた。しかしそれは彼女に向けたものではなく、夫に近づくといかにも慣れた仕草で夫と頭を並べた黒髪に向けられたものである。それだけの相違が夫の顔を彼女の手の届かない遠い距離に置いていた。

誤解？

何かをとり違えたわけだ。何かがぼんやり、だがはっきりと狂った。

夫の呼び出した女は自分ではなかった。しかしあのアナウンスは古谷羊子と呼んだのである。夫古谷征明《まさあき》の妻羊子とは自分ひとりしかいないはずだ。夫に古谷羊子という名で呼び出され、夫と顔を合わせ、微笑し合い、肩を並べるのは自分でなければならなかった。なのに今、この瞬間に、別の女が生まれたのである。ふるやようこ？——冷静な判断はできなかった。かといって混乱することもできなかった。彼女はただぼんやりと突っ立っていた。あっという間の出来事に気を取られ、何が起こったのかわからず、むしろ馬鹿げた滑稽《こっけい》な場面に行き当たったように、意味もなく口を開き、薄い微笑さえ浮かべていた。

黒髪は彼女に正体を暴かれまいというように断固と背を向けたまま、夫を、彼女の七年間の顔を誘って少しずつ遠ざかっていった。

後に彼女はその一瞬の女を思い出そうと必死に努力することになるが、どうしても髪の黒さ以外記憶は戻らなかった。体つきも背の高さも服装もその色すらも思い出せなかった。黒い縮れた髪と、事態の成り行きが残していった古谷羊子という名前だけが、その女の唯一の手懸りだった。

自分はまだ鏡を見ている、そうあの自分の体が突然二つに分かれた鏡を見ているのだ。黒髪と夫、その奇妙なカップルが日曜の慌ただしい人波に紛れやがて消え去ってからも、彼女は長い間その場に立ち尽くし、同じ言葉を執拗に頭の中で繰り返していた。

2

バスを降りながら、やはりこのまま死んだ方がいいだろうと思った。よろけるように道路に降り立つと、一瞬のうちに体は、雪に呑まれた。池袋駅前を発車したときさほどでもなかった雪は、いつの間にか激しくなり、田園地帯らしいだだっ広い深夜に荒れ狂っている。

一週間程暖かい日が続き、このまま春に突入するのではないかと思われた頃の、突然の雪だった。現に荒川の土手の桜は芽をふくらませ、淡い桃色に霞《かす》み始めた季節が、人々の眼を和《なご》ませるようになっていた。今朝も曇り空でさすがに冷えてはいたけれど、まさかと思い傘は用意しなかった。

バスが白い蒸気を吐いて走り去ると、白い破片が散乱する夜に彼ひとりが残された。碧川《あおかわ》宏は背広の襟《えり》をたてると、停留所に備えつけられた待合用のボックスに入った。待合用といっても廂《ひさし》に守られただけの狭い場所である。それでも何とか雪を避けることはできた。粗末なベンチが街灯の薄い灯に赤錆《あかさび》と疵と落書きを曝《さら》している。ベンチの脇に花模様の女物の傘がたてかけられていた。まだ新品だからうっかり誰かが忘れていったものだろう。

碧川は無意識に傘に手を伸ばし開きかけたが、即《すぐ》に気づいてやめた。

――やはりこのまま死んだ方がいい。

街中と違って風が強い。雪は風に煽《あお》られ、幾重もの襞《ひだ》になって夜の上方を揺れまわった。

バスの赤い尾灯が蛍火のような薄さでまだ夜の果てに引っ掛っている。

この周辺で道路は長い直線コースになる。田園風景を鋭い細い線で切って、アスファルト舗装の道はどこからともなくやってきて、どこへともなく消えていく。昼間でも交通量が少ない。車の流れが完全に跡絶《とだ》え、何一つ音のない広大な世界に、果てしなく、まっすぐ伸びた一本の道を眺めていると碧川は、よく目まいに似た圧迫感を覚えた。最近の宅地造成ブームでこの一帯にもマッチ箱のような新築家屋が点在し始めたが、依然空間だけが目立つ空疎な地域である。

夜と雪に人家の灯は落ちている。車のライトも流れてこない。街灯の灯で自分の立っている場所だけが、広漠たる闇に小さく浮かびあがっているのが碧川にもわかった。

袖口をめくって彼は腕時計を見た。尤《もっと》も時刻を知るのにわざわざ腕時計で確かめる必要はなかった。最終バスは池袋駅東口を定刻どおりに出発している。午後九時三十六分発のそのバスは、やはり定刻どおりにこの停留所に彼を降ろしてくれる。九時三十六分に池袋を出て、十時二分に到着。停留所から家までが歩いて七分、十時九分帰宅。

それが今の彼の人生だった。五年前、生活のために大手出版社にイラストレーターとして勤めるようになってから彼は膨大な意味のない時間を消費するようになっていた。

時計なしに秒単位で時間を計ることは憶えたが、かわりに彼の二十数年の生きている証《あかし》だった絵は一枚も描けなくなっていた。

秒針の音を気にしながら無闇に引っ張る無数の直線の錯綜《さくそう》の中に、彼の絵は完全に埋没してしまった。一年近くキャンバスは空白のままだった。キャンバスの前には毎日のように立ったが、最初のひと筆がどうしても恐ろしくて下ろせなかった。

不思議なもので自信を失うほど、絵を描きたい情熱は増した。以前にもまして激しく燃えたつ意欲は、だが決まって何も描けない苦悩になってはね返ってきた。最近は、キャンバスが無言の視線で彼を圧迫するようになっていた。彼は絵筆を折り、頭を抱えこんでキャンバスの前に跪《ひざまず》き、その空白に向かって許しを乞う言葉を呪文《じゅもん》のように繰り返した。

そして今日、最終的な結論が出された。

以前の彼の絵を高く評価してくれた画廊の主人は、彼が苦渋のうちに完成したこの三年間の唯一の絵を、一目見ただけでぱたんと伏せ、紙のように乾いた声でこう言った。

「碧川さん、あなたもう絵を描くのはやめなさいよ。あなたの絵は完全に死んでしまっている。これ以上描き続けても無駄でしょう。私はこの仕事を長いことやってるから直感的にわかるが、あなたはもう二度と立ち直れませんよ」

画廊を出たとき、不意に馬鹿馬鹿しくなって笑い出した。画廊の主人の評価を待つまでもなく、絵を描き始めて間もなく彼自身が、自分の絵に生命の一片すらないことは気づいていたのだ。それを未練たらしく最後まで描きあげ万一の夢に縋《すが》った分だけ一層惨めだった。画廊に持っていく前に、既に今度の決心はあったと思う。

――やはりこのまま死んだ方がいい。

本当は妻に短い遺書でも残すつもりで、この停留所まで戻ってきたのである。そうでなければ画廊を出て即、水道橋のどぶ川に絵を破り捨てたとき、自分も一緒に川に飛びこんでいただろう。彼が引き裂き暗い濁った水面に沈めたのは、一枚の絵ではなく、彼の夢と情熱と生命だった。

だが、バスが停留所に近づくにつれ、気が変わった。

妻には最後にもう一度会っておきたかったが、家に戻ればどうしても空白のキャンバスが目につくだろう。その空白は、彼の半生涯がいかに無意味で何の足跡も残さなかったかを見せつけてくるに違いない。せめてまだわずかに残っている夢の中で、現実とは違う自分を死にたかった。

それにできれば事故を装いたい。家に戻ってから死ねば自殺だと簡単にばれてしまうが、この深夜の道路に飛びこめば事故に見せかけられるはずだ。直線コースのほぼ半ばにあたり、ドライバーの気分が緩むこのあたりはただでさえ事故の多発区域だし、今夜は雪が視界を奪っている。

生前の自分が何に苦しんでいたかは、できれば生き残った者たちに知られたくない。それに事故となれば妻に保険金がおりるだろう。わずか三年の結婚生活だったが配偶者としての責任はあった。

風向きが変わり、雪がボックスの中へ流れこんできた。彼はじっとしていられない気持になり、忘れ物の傘をとると、道路に飛び出した。雪の流れを透かして、夜の果てを窺《うかが》ったが、車のライトは浮かんでいない。彼は道路のセンターラインを踏みながら、次の停留所に向けて歩き出した。

この道路を、さらに先に向かって進むのは初めてだった。彼の今までの生活は、毎夜十時二分にこの停留所で終わり、道路がどこへ行きつくかも知らなかった。だが、そんなことはどうでもよかった。この道の先方にあるのは、死だけである。今はまだ見えないが、やがて夜の端に二つの灯が点《とも》り、それはゆっくりと彼に近づき、突然、彼の生命を、道路に叩きつけるだろう。彼は、死に向けて、やっと歩き出したのである。

センターラインは、彼が金のために書いた無数の直線の一本のように、意味もなく、足下に伸びていた。

雪はますます激しくなり、傘では避けきれず、すぐに全身が白く濡れた。それでも必死に傘の柄を握る指の先に、痛みに似た冷たさが走る。道路に積り始めた雪は、センターラインをかき消し、闇で足下さえおぼつかなくなったが、何かに引っ張られるようにして、彼は歩き続けた。

そんな風にどれだけ歩いたか。やがて、どうしようもなく厚くなった雪と闇の壁に阻まれて、一歩も足を踏みこめなくなり、立ちどまると、それを待っていたように、遥《はる》か前方に、二つのライトが浮かびあがった。

車のライトは、別世界から送られてくる信号のように、まだ遠い闇に静止している。自分に向かって来ようとせず、彼方《かなた》をさすらったまま外《よそ》へ行ってしまいそうな、その小さな灯に、碧川は苛立った。

遠くでは動きがないように見えたライトは、だが、いったん近づくと急に速度を速めた。体は完全に雪と闇に飲みこまれ、一歩先の視界がきかない中を、ただ二つのライトだけが迫ってくる。ライトの位置から、盲滅法に歩いてきたようでも、センターラインを踏みはずしていないことがわかった。

彼には、もう十数秒しか残っていなかった。動悸《どうき》が高まり、彼の空っぽの頭は最後のカウントダウンを始めた。彼は、とびこむ反動をつけるようにその場で足踏みを始めた。風が横なぐりに吹きつけて、傘を飛ばそうとした。彼は慌てて全身の力で、傘の柄に縋った。

そのときである。突然、予想もしない方向から、彼の体に光が切りこんできた。

彼は思わず振り返った。

反対側の車線にも車のライトが押し寄せている。前方の乗用車らしい車に気を取られ、直前までそれに気づかなかったのだ。

ライトの背後に巨大な車体の影が聳《そび》えているのを彼は見た。この方はトラックのようである。しかもそのライトは、前方のそれよりずっと彼に迫っている。

三秒——頭の中で声が叫んだ。

一瞬、彼はどちらのライトで死んだらいいかわからなかった。混乱した頭に四つのライトと無数の直線がひしめきあった。

だが選択の余地はなかった。より間近に迫っているトラックのライトに吸い寄せられるようにして、彼は車線に足を踏み入れた。

彼は数歩先に迫った二つのライトの真ん中に立った。ライトは恐竜の二つの目となり、彼の体を飲みこもうとした。白い閃光《せんこう》が炸裂《さくれつ》して彼の目に溢《あふ》れた。咄嗟に彼は、ライトに背を向けた。

背中に、光と風圧と衝撃が一度にぶつかってきた。風圧で傘が飛ばされそうになった。彼は傘を離すまいとして前につんのめった。ライトが彼の影を前方に流した。彼は自分の影を抱くように、傘ごと道路に蹲《うずくま》った。

凄《すさ》まじい音が耳を裂いた。

思わず目を閉じた最後の視線に、対向車線に押し寄せてくる乗用車のライトを見た。

爆音は、彼の体を踏みつぶすと、あっという間に去った。

彼はゆっくりと目を開いた。道路がまだ揺れているようである。眼前の闇を白く、針のように刺している雪だけが見えた。死の世界にも雪が降っている——そんなことを想った。

しびれた頭が、少しずつ意識へと凝縮し始めた。

彼は立ち上がろうとして、このとき、雪に足を掬《すく》われ、頭から道路に倒れた。肩で庇《かば》ったために頭は打たずに済んだが、まともにアスファルトにぶつけた右肩に鈍い痛みが走った。石のように固まろうとする痛みに耐えて、ゆっくりと上半身を起こし、何気なく、トラックの走り去ったと思われる方向の闇を見た。

「あっ」

彼の唇から、小さな叫び声が洩れた。

彼は無意識に、前方に走り去るトラックの尾灯を期待したが、その方向には赤い尾灯だけでなく一点の灯もない。夜はただ、白い闇に包まれている。

彼は右肩をさすりながら、立ち上がると、背後を振り返った。

対向車線を、乗用車の尾灯が、鮮やかな色彩で遠ざかっていくのが見える。その距離から見て、自分がトラックに衝突してからまだ一分とは経っていないはずだ。それなら当然、反対方向の闇にも走り去るトラックの尾灯が残っていなければならない。

トラックが自分と衝突した少し後に脇道へと曲がったのだと考えれば、簡単だった。しかし彼はそう考えなかった。彼は妙に醒《さ》めた視線を二つの方向に交互に投げながら、このときになってやっと、トラックの尾灯が見えないことよりもっと重大な疑問に気づいたのである。

彼は、やっと自分が立っていることを意識した。立ち上がれたのである。しかしそんな馬鹿なはずはない。自分は巨大な車のド真ん中に衝突したはずだ。

彼は慌てて両手で全身を確かめた。

どこにも傷がない。

右肩に痛みを感じるが、それは今道路に倒れたとき打ちつけたものだ。背中に感じたあの物凄い衝撃は、何の痕跡《こんせき》も残していない。

ただ問題はトラックがぶつかる瞬間に感じたその衝撃である。一瞬恐ろしい力で後頭部を叩かれ、だが、次の瞬間、不意に体が軽くなった気がした。

以前に車と衝突した経験がない彼には、誰もが車とぶつかった瞬間にそう感じるのか、自分一人にそれが起こったのか、説明することはできなかったが、彼自身の一瞬の記憶では車とぶつかった直後、衝撃《ショック》は霧散し、奇妙な透明感に襲われた。夢の中で何かを摑《つか》もうとした瞬間、それがかき消え空を摑んでしまうような不思議な透明感だった。上手《うま》く説明できないが、巨大な物体が彼に体当たりしたと同時に透明になって、彼の体を通りぬけてしまったような感じだった。

いや事実、トラックは彼にぶつかると同時に消滅してしまったのだ。質量も輪郭もない透明な物体になり、夜に溶けてしまったのである。

後《のち》に彼は、自分の体に異次元が存在すると信じるようになる。自分の体内の四次元がその一台の巨大な車を飲みこんだと――

だがその国道上に呆然と突っ立っていた段階では、もちろんもっと現実的な解答を求めようとした。

あの二つのライトは一台の車のものではなく、二台の車、つまり二台の単車の別々の灯ではなかったのか——彼は首を振った。一瞬ではあったが、彼は確かに、二つのライトの背後に聳え立つ巨大な車体の影を見たのだ。

それなら、ぶつかる直前、運転手は急カーブを切り、彼の体を咄嗟《とっさ》に迂回《うかい》したのか——しかしあのときは対向車線にも車が接近していた。左右一車線ずつのこの道路ではそんなことをすれば、当然二台の車は衝突しただろう。

それとも、彼の体は、トラックの両輪の間にすっぽりと入りこみ、車体は、彼の頭上を通過していっただけなのか——だが、あのとき、彼は道路に平たく貼《は》りついていたのではない。蹲っていたのだ。その姿勢で、わずかも頭部と接触せずにトラックが通過してくれたとは到底考えられなかった。

自分は幻覚を見た。あの刹那《せつな》、背後に感じた光、思わず振り返った光は、自分の幻覚だったのではないか？

それ以外に解答はないようであった。だがそれなら——

彼は道路に四つん這《ば》いになり、周囲の闇を手の感触だけで探った。やがて、それが彼の手に触れた。ズタズタに引き裂かれ、骨の折れた傘である。彼は確かに、傘がタイヤに巻きこまれ、恐ろしい音で砕けたのを聞いている。そして確かにそれは、今、原形もとどめず、完全に破壊されて、彼の手の中にあるのだ。人間のものではない何か巨大なエネルギーに踏みつけられたのだ。

この道路を、彼の体を、まちがいなく一台の車が通過していったのである。

しかし、それなら何故、自分は生き残ってここに突っ立っているのか。

彼は壊れた傘をしっかりと抱きしめ、頭をさかんに振りながら、その場に小さく蹲った。今まで忘れていた寒さが、突然、小さな体を襲った。

二時間後、彼は、見知らぬ病院の一室で目を覚ました。意識を取り戻した彼に、年老いた看護婦が、問題の国道に倒れているところを、通りすがったタクシーの運転手が見つけ、ここへ運んでくれたのだと説明した。

看護婦は、連絡先を尋ねたが、彼は何も答えず、ただ「自分は本当に生きているのか。トラックに押し潰《つぶ》された傷がどこかに残っていないか」という言葉だけを、まだ夢に魘《うな》されているような声で、執拗《しつよう》に尋ね続けた。

3

ドアにノックの音が聞こえた。

精神科の病院では都内でも一、二を争う藤堂病院の副院長である波島維新《なみじまいしん》にとって、それは退屈な音だった。一日におびただしい数のノックを耳にする彼は、まさかその一つがある事件の開幕を告げることになるとは、予想もしなかった。

波島は壮大な交響曲の一音か、長ったらしい小説の中の一語のように、ノックの音を半ば無関心に聞き流した。その一音が交響曲の最も重要な音であったことに彼が気づくのはもっと後のことである。

六月二十日午後零時三十分。東京は前日に梅雨に入り、街中を生暖かい雨が濡らしていた。

波島はちょうど午前の外来患者の診察を終え、最後のカルテにあまり重要でもない言葉を書きこんでいたところだった。

彼が返事する前にドアは開かれた。このとき波島はドアに背を向けていたが、診察室に入ってきたのが誰であるかわかった。

「先生、患者らしい人が来てるんですが……診《み》てやっていただけません？」

声はやはり女子病棟婦長の在家《ざいけ》弘子であった。彼の返答を待たずに、ドアをあけてくるのはこの病院では院長の藤堂と彼女だけである。

振り返ると、在家弘子はいつもの、白衣より白い無表情で立っていた。ただその白さは地肌ではなく化粧の人工的なものである。波島は前から一度注意したいと思っていたが、病院勤めにしては彼女の化粧は濃厚すぎる。

「女性ですわ。この雨の中をびしょ濡れになって門の陰に蹲ってました。相当長いあいだ病院に入ろうか迷っていたようなんです」

「その女性というのは、長いえんじ色のスカートをはいて、シャツは男ものの下着のようなくだ色の……」

「ええ、そうですけど」

「その女性なら今朝僕が病院に入るときも角のところに立っていた。傘を持っているのに雨に打たれて立っていたので、変だとは思ったのだが……」

とするともう四時間以上も、このひどい雨の中をうろついていたことになる。

「すぐに連れてきなさい」

波島はさすがに気になって言った。

「はい」

在家弘子はわざとらしく丁寧《ていねい》に頭を下げると出ていきかけたが、ドアのところで振り返った。

「先生、私事ですけれど、今度の土曜日、森河君を解放してやっていただけません?」

「――?」

波島には在家弘子の言いたい意味がわからなかった。

森河明は昨年からこの病院で働いている三十歳の青年で、波島の下でさまざまな仕事をしている。いわば波島の助手で、今年に入ってから波島は来年の学会で発表する論文の資料を調べさせていた。

「一緒に見たい映画があるんですけれど、森河君、先生の都合でどうなるかわからないと言ってましたから」

「わかった」

波島はあまり関心なさそうに一言で答えた。

「ありがとうございます」

弘子は相変わらずの無表情で礼を言うと、ドアの把手《とって》を引いた。心なしか怒ったように把手のひき方が乱暴だった。

そのせいであった。次の瞬間、在家弘子はあっと声をあげて一歩後退した。

手前にひかれたドアに影が貼りついていた。

いや影ではなく、それが人間であることはすぐわかったが、二人とも黙ってそれに視線をとめていた。

顔は見えない。広げた両手に楔《くさび》をうちつけられて吊《つる》されたような女は、こうもりが翼をすぼめてとまっているような暗い背中をだらしなく、くの字に流していた。雨を含んでびしょ濡れになった長い髪とスカートが重そうに下方へ垂れている。

やがて力尽きたように床へと滑り落ちかけた体を、医師と看護婦は両側から支え、診察用の小ベッドに休ませた。

弘子はタオルを取りに出ていった。

「ひとりで来たの?」

波島は穏やかな声で聞いた。

女は何の返答も寄越さない。ベッドの隅を選ぶように遠慮して座っている女は顔を波島の方に向けているが、眼は空《うつ》ろだった。

土色の肌が、暗色の仮面を被《かぶ》ったように、女の顔の特徴を全部喪失させている。

明らかに離人状態に陥っている。離人症というのは読んで字のごとく、人間を離れるという精神病患者の多くが体験する異常心理状態である。自己や外界の実在感を失い、自分が空虚な輪郭だけになったように感じる。知覚や識別能力が薄れ、自分の意志で喋《しゃべ》ったり他人の声に反応したりするのが困難になる。

「一人で来たのですね」

波島が何度同じ事を尋ねても女に反応がないのは、波島の声は聞こえていても、それを声として理解できないでいるのである。

在家弘子がタオルと着替えを持ってきた。

女が着替えをするあいだ、波島は廊下に出た。

昼食時間なので薬局にも事務室にも職員の影は少ないが、受付で若い事務員と談笑していた森河が、波島を見つけると近寄ってきた。

「先生――昨夜訳していたヴェルツの新刊に妄想の面白い症状がのっていたのですが」

「それなら地下の食堂で待っていてくれ。まだ患者がひとりいる――」

森河は、まだ学生離れしていないような童顔で愛敬《あいきよう》よく笑うと背を向けた。

「ああ、森河君――」

波島はその背を呼んだ。

土曜の晩はマンションの方へ来なくていいというつもりだったが、ちょうどそこへ弘子が濡れた女性の衣類を持って出てきた。

「あの人、ストッキングを片方しかはいてないわ」

落ちそうになった衣類を森河が、ちょうど弘子の肩を抱く恰好で庇《かば》った。

波島は、何も言わずに診察室に入った。

女は波島の机の前の、患者用の丸椅子に座っていた。弘子から借りた白い花柄のブラウスを清潔に着こんでいるので、さっきよりいくらか印象は明るくなっている。だが石のように固まった表情や姿勢に変化はない。

それから十五分、波島は女の無言と格闘した。

時々波島の質問に、かなり時間が経ってからゆっくりうなずく程度だった。

何とか波島にわかったのは女が夫に命令されて病院へ来たことだけである。夫に命令されて病院までは来た。だがこういう病人の多くがそうであるように彼女にも自分が病気だという認識はなく、病院への本能的な厭悪感《えんおかん》が起こった。夫の命令に従わなければならないという義務感とその厭悪感と、二つの矛盾した心理に引き裂かれ、彼女は数時間、雨の中に棒立ちになっていたらしい。

結局波島は、今度は、御主人と一緒に来るようにと言って女を帰すことにした。

女はうなずいたが、心配だったので、次回の彼の診察日を簡単にメモして渡した。

衣類を乾燥させて戻ってきた弘子に地下鉄の駅まで送らせた。

弘子は十分ほどで戻ってきた。

「無事帰ったかね」

「大丈夫でしょう。行先を選んで切符を買いましたから……それでどうでした？」

「何も聞き出せなかった。いやそう言えば一言だけちょっと奇妙なことを言った」

波島が女に名前を尋ねたときのことである。

女は何も答えず、波島の質問とは何の関係もない行動を突然始めた。

女は入ってきたときからバッグを大事そうに抱えていたが、中から口紅を取り出し、コンパクトの鏡を喰いいるように見つめながら唇にゆっくりと塗り始めたのである。一分近く女は波島の存在を完全に無視し、その動作に没頭していた。唇の隅々まで丁寧に塗り終えると今度はハンカチを取り出し、同じように丁寧に今塗ったばかりの口紅を拭い落とした。

「唇が気になる？」

その波島の質問にも女の即座の返答はなかった。がやがて波島が質問も忘れてしまった頃、不意に唇から言葉が洩れた。

――あの男の肩に唇を落としてきたんです。

波島に答えたというより、独り言を呟《つぶや》いているような空ろな声だった。

「何のことか意味はわからなかったが……」

口紅の話をしていたので、自然、波島の眼は、弘子の唇にいった。

いい機会だった。

「弘――在家君、きみの口紅は少し赤すぎないか。春頃から妙に目立ちだしたので気になっていたんだが……さっきの女性もきみの口紅が目立ちすぎるので唇を気にしたのかも知れない」

返事はなかった。

波島の耳は数秒、沈黙を聞いていた。

なにげなく忠告したつもりだったが、勝気な女だから腹を立てたのかも知れない。

だが意外に弘子は口もとに微笑を浮かべただけだった。

少し淋しい微笑だった。

「しかたがありませんわ、先生――私も同じですもの。私も去年、ある男性の体に唇を捨ててきた女です」

じっと自分に注がれている視線を、波島は自分の方ではずした。

在家弘子は、去年の夏まで、彼の妻であった。

4

八月十六日、東京はその年の最高気温を記録した。

連日、東京を焦がし異様に膨らんだ太陽は、東京から水滴の最後の一粒をも吸いあげようとしていた。もう二十日以上、雨が降っていない。街は隅々まで乾ききり、アスフアルトは、干涸《ひから》び、妙に薄くなった皮膜で地面に粘着していた。

真昼と呼ぶにふさわしいその時刻、新宿の目抜通りから人影は一掃されていた。盆休暇で三日前から東京の人口が一時的に減っているうえに、この酷暑である。

尤《もっと》も日本有数の繁華街だから完全に通行人が跡絶えていたわけではない。わずかではあったが人の流れはあったし、車も普段の半分程度には流れていた。ただビルの谷間の中心に居座った太陽が放つ直射日光に、人々は真っ白に焼かれ、線だけで風景に貼りついているように見えた。街全体は白一色の空間であった。その空間に、光化学スモッグに似た光の結晶が、白日夢の夜光虫のように点々と飛び散《つぶ》っている。

街角の電子時計が思い出したように数字を変える。それはゴーストタウンの遠い昔に忘れられたような、現実感のない時刻を刻んでいた。

その電子時計がちょうど二時に切りかわったときである。

どこからともなく音が聞こえ始めた。ひび割れたアスファルトの、底の底から湧《わ》き上がってくるような低い、異様な音である。

音は、暗い舌で白い景色を嘗《な》めながら、どんどん大きくなっていったが、その正体はなかなかわからなかった。ただ得体の知れない不気味な響きが通行人の足を停めた。地震の前兆ではないかと体を縮める者もあった。事実、低い音は、真夏の白く風化した繁華街を底辺から揺らした。

人々がやっとそれが音ではなく声だと気づいたとき、やはりどこからともなくその車は現われた。

目抜通りは細路が網の目のように枝わかれしている。そのどこかから不意に曲がってきて逆光に影を広げた車は、妙に現実感がなかった。影は金色に輝いている。

通行人の何人かの眼は思わず、その車に釘《くぎ》づけになった。こんな時間、しかもこんな場所で、一台の霊柩車《れいきゆうしや》に出あうとは信じられなかったからである。

先ほどから街中を覆っていたのは、霊柩車が放つ読経の声だった。肉声ではない。テープに録音されたものを拡声器でも使って大きくしているらしい。街中にこだましているし、音に金属臭があった。

正体がわかっても人々の不安は消えなかった。むしろ霊柩車とわかって皆の不安はいっそう重くなった。現われるはずのない場所に突然現われ、お経を死者の怒声のように叫んでいる車は、通行人の、暑気にあてられたるんだ眼には、死の世界からの使者のように見えた。

戸惑う者、怯《おび》える者、苦笑を浮かべる者。

そんな人々の複雑な視線の中を、一台の車は、真夏の陽盛りに溶けこむような、ゆるやかなスピードで滑っていく。金色の華の装飾は、夏の陽ざしに白さびでも噴いたように淡く煌《きら》めいている。

通行人の眼前を通りすぎる度に、運転台の窓からは一まとめの紙が空に放たれた。風は完全に絶えていたが、車の速度に煽られ、紫、赤、紺、黒、さまざまな色彩が炎天に舞った。読経の声に合わせて紙は一瞬狂ったように派手に舞ったが、すぐに太陽光線に焼かれ、逆光の暗い影となってべたべたと空《くう》に貼りつき、やがて車の通りすぎた道路に、力尽きて落ちた。

通行人は慌ててその一枚を拾った。布のような良質の和紙に難解な漢字がぎっしりつまっている。紫や朱の色地には白い文字が、白地には黒い墨字が端正に連なっている。写経だった。

だが何故一台の霊柩車が都心の雑踏に迷いこみ、大袈裟《おおげさ》な読経と経文を撒《ま》きちらしていくのか誰にもわからなかった。

前日東京は二十数回目の終戦記念日だった。一日遅れの愛国団体のデモンストレーションではないかと言う者があった。

「いや、どっかの葬儀社の宣伝カーだ」

と言う者もあった。

そう言えば大都会では暑中休暇の最終日の意味しかなくなったが、八月十六日は暦の上では盆の果てる日で、地上に戻った死霊たちが再び闇の世界へぞろぞろと戻っていく日である。

そんな言い伝えを思い出した者は思わず背筋を寒くしてその場に立ち竦《すく》んだ。

尤も何人かいた子供たちは、この椿事《ちんじ》に歓声を上げ、キャッキャッと騒ぎまわっている。一人の女が、すっと影を流すように道路に飛び出し子供たちにまじって、何かに憑《つ》かれたように紙を拾いまわった。

その奇妙な車は、歌舞伎町の角を曲がると三光町に向かって、本通りを同じようにゆっくりと進んでいった。

今度は、車の流れに読経と写経を撒きちらしながら、相変わらず不吉な幻影のような現実感のない車体を揺らし、軈《やが》てそれは、現われたと同じように、どこへともなく消えていった。

――これが二時五、六分のことである。

それからおよそ三十分後、二時半少し過ぎに、その霊柩車は深川三好《みよし》町の路地に現われた。

下町であるこの近辺は、都心とは違いこんな時刻にも活気があった。狭い路地においの茂った植木の緑は夏の太陽に敗《ま》けじと、鮮やかな色で空を突いている。

鬼灯《ほおずき》が賑《にぎ》やかに緑を飾っている。ただ朝顔だけはさすがに炎天に萎《しお》れ、老人の小指のように力なく軒先に垂れていた。

水遊びをする子供の声、氷を掻《か》く音、扇風機のうなり、テレビの騒々しい歌声――。

それらを押し分けるように霊柩車は、車体の幅を路地いっぱいに広げてそろそろと進んできた。読経の声はすっかり止《や》んでいる。

下町の生活臭に納まると、最早、霊柩車はうっとうしい現実以外の何物でもなくなった。

もう誰も振り返ろうともしない。

「おや、こんちは。また誰か死んだの。暑いのにご苦労さんだね」

おかみさん風の女が下着のまま窓から覗《のぞ》き、陽気な声をかける。

霊柩車は路地を通りぬけると、一軒だけぽつんと離れて建っている家の前で停まった。家というより店であろう。まだ新しいコンクリートの箱型の建物には看板が飾ってある。〈鞍田《くらた》葬儀社〉と黒枠の看板には見当違いの桃色の字が派手に並んでいる。

店先の半分が車庫になっている。狭い路《みち》を器用にバックして停まった車の運転席から一人の女が降り立った。

全身、墨色の喪服姿で女はすらりとコンクリートの床に立った。

女はガラス玉の数珠を絡ませたままの細い指で後ろ髪をかきあげると、額の汗をぬぐった。神経質な感じを与えるほど、瘦《や》せた三十五、六の女である。色が抜けるほどに白い。ぬき衿《えり》のうなじが蒼白《あおじろ》く翳《かげ》った。

女は、

「ただいま」

と声を掛け、慣れた足取りで上り框《かまち》を上がると、白足袋《たび》で廊下を踏んだ。

奥は和風の設計になっている。部屋数は少ないが、この周辺では珍しい品のいい造りである。

網戸を開け放った居間で、夫の惣吉《そうきち》が畳の上に寝そべっていた。扇風機が小太りの体に弱い風を吹きつけていた。

「ただいま」

芳江《よしえ》は夫の惣吉にもう一度そう声をかけると、夫のだらしなく伸びた脚を跨《また》いで仏壇の前に座った。

惣吉はうっすらと目を開いた。芳江は仏壇に向かって手を合わせている。この一週間ほど芳江はよく仏壇の前で拝むようになった。こんな商売をしていても、以前は盆と彼岸ぐらいしか仏壇の前に座ったことのない妻である。

尤もこの三日間は盆であったが……。

「何や、そんな恰好して」

惣吉は寝転んだまま妻の喪服を見咎《みとが》めて言った。惣吉の言葉に関西弁が混じるのは、惣吉がこの鞍田の家に大阪から婿養子に来たからである。

芳江はそれには答えず、

「ああ、暑い」

と言った。

「お前どうしたんや。さっき戻ってきたら車ごといなくなってたからびっくりしたで。そんな恰好してこの暑いのにどこへ行ってた。誰ぞ死んだんか」

「初七日でしょ、今日は。荻窪《おぎくぼ》の寺へ行って帰りに事故のあったところで供養してきたのよ。新宿の街中だったからみんな驚いてたけど」

そう言うと芳江は帯をゆるめながら台所へ消えた。

惣吉は半分起きあがって、それとなく妻の後ろ姿を視線で追った。まだ眠気のふっきれない眼に、喪服の黒が染みた。一週間前にできあがったばかりの喪服は光沢を放っている。

それにしても誰が死んだんだろう。

惣吉はシャツの胸元をはだけて扇風機の風を入れながら、首をひねった。

六日前、妻の知り合いの誰かが死んだようである。仕立屋から新品の喪服が届くと、妻は「ああ良かった。間に合わないかと思ってたわ」とほっとして顔を綻《ほころ》ばせた。その口振りでは、近々葬儀か法事にでも出なければならないようであった。翌日芳江は、新しい喪服を着こんで二時間ほど外出した。戻ってきた芳江の目は赤く濡れていた。誰か死んだのかと尋ねると、ふっと怪訝《けげん》そうに振り返って「どうしてあんたに言わなければならないの」とだけ言うと不機嫌に口を噤《つぐ》んでしまった。

芳江の家族関係は複雑である。自分には知られたくない親戚《しんせき》の誰かが死んだのだろうと惣吉は想像し、あまりとりあわなかった。

ただこのひと月近く芳江は妙に黙りこんだり、電話のベル音が鳴ると、はっと顔色を変えたりした。誰か芳江にとって大切な人物が危篤状態にあって気にしていたのではないかと、六日前妻の喪服姿と泣き腫《は》らした目を見て惣吉は思い当たった。

だが今、芳江は、誰かが事故で死んだという表現を取った。六日前、誰かが新宿で交通事故にあったらしいのだ。

とすればこのひと月の芳江の奇妙な変化と、その誰かの死とは無関係のようにも思える。

それに夫にその死を知られたくないなら、もっと陰でこそこそと行動するはずである。それを喪服姿で大っぴらに出入りし、今日はどういうわけか霊柩車まで持ち出している。言葉でだけその死を秘密にしているのが不自然であった。

「なあ、初七日いうて、いったい誰の初七日供養してきたんや」

台所の暖簾《のれん》を分けて覗くと、妻は冷蔵庫から氷を取り出しジュースを注いでいた。妻は惣吉の質問など聞こえなかったように無視し、

「あんたも飲む?」

惣吉は首を振った。

コップの中で氷が涼しそうな音をたてた。

「なあ、芳江——」

「暑い、暑い、ほんとに今日は暑いわ。背中が汗でぐっしょり。着物で運転するのってほんと大変だわ」

芳江はふと右足の足袋に目を停め、それを脱いだ。

「やっぱりガソリンのしみがついちゃったわ」

細い指で足袋をつまむと、芳江は風呂場に向かい洗濯機に投げこんだ。

「なあ、芳江――」

惣吉が近寄ると、芳江はつと顔を背け迷惑そうに離れ、居間に戻った。

惣吉はあとを追った。

芳江は部屋の真ん中に立ち、帯を解いた。帯が黒い幅で畳目に流れた。

芳江は何か惣吉の態度が気に入らないというように、依怙地《いこじ》に背を向けている。苛立《いらだ》たしそうに芳江が宙に投げた喪服の裾《すそ》が、惣吉の額を掠《かす》めた。

墨色の闇はふわりと静かに舞って、畳に降りた。

「なあ芳江、なに怒ってるんや。女房が誰の初七日に出かけたか亭主が知りたがるのは当然やろ。それに何やしらん大事《おおごと》らしいけど、そんな大切な人が死んだなら俺かて顔出した方がええんと違うか」

それでも芳江は頑固に口を鎖《とざ》し、細い指で神経質そうに脱いだ喪服の襟を合わせている。諦《あきら》めて惣吉が、店先へ行こうとしたときである。

「あんた、おかしいわ」

芳江が不意に声を出した。振り返ると芳江は手を停めて、じっと惣吉の顔を見ている。

「おかしいわ、そういう言い方」

「何が……」

惣吉は少しムッとして聞き返した。

「だって、ほんとにおかしいもの」

そう言うと芳江は手で口をわざとらしく押え、喉《のど》をぴくぴくさせながら笑った。

大袈裟な笑い声はどこか乾いていた。

「だって、あんた忘れちゃってるんだもの。死んだこと忘れて生きてる人みたいに喋ってるもの。あんたはこの前の晩、死んだのよ。新宿の交差点で乗用車にひかれて。ほら、歌舞伎町の角のパチンコ屋んところ。今日はあんたの初七日じゃないの。いやねえ、自分が死んだこと忘れて、誰が死んだ誰が死んだってしつこく聞くなんて」

顔半分を覆った白い手の上で芳江の二つの目は本当に楽しそうに細まっていた。後に惣吉はその瞬間の妻の笑顔を、暗い悲しい顔として思い出すことになる。だがそのときは、咄嗟に妻の言葉の意味がわからなかった。

彼は妻の笑顔につりこまれて笑った。妻が悪い冗談を言ったと思ったのだ。

5

電話のベルが鳴った。寝室にしみた初秋の気配をそれは鋭い音で破った。

高橋充弘《みつひろ》は、嘗《な》めていた寝酒のグラスを停め、掛け時計を眺めた。

十時十三分――

姉の佳代がかけてきたに違いない。

鏡台に向かっていた妻の由紀子が立ち上がろうとした。

「いや、俺がでる」

そう制して、高橋は居間に入った。

３ＤＫの公団住宅らしい規格の部屋だが、台所と食堂と居間との境目がないので広く見える。

高橋はソファの脇に置かれた受話器を外した。ちょうど三回目のコールだった。電話のベルが鳴り出すと無意識に数を数え始めるのが高橋の癖である。

「ああ充弘さん」

やはり姉の声である。

「今日はありがとう。迷惑をかけたわね」

佳代は今日の午後子供連れで押しかけ、夕飯まで一緒に食べていったことを先ず詫《わ》びると、

「由紀子さんはもう寝た?」

と聞いた。

「いや、まだだよ」

「由紀子さん、今、すぐ傍《そば》にいる?」

「いや」

高橋は短く答えた。

受話器の底で姉の声は数秒ためらっていた。

「やっぱり由紀子さんが寝てからにするわ。もう寝る時間でしょ。悪いけどまた一時間ぐらいしたら電話かけ直すからあなたは起きてて」

姉は高橋の返事も待たず、慌てたように電話を切った。

金属音が小さな不安となって高橋の耳に残った。姉の佳代に何か起こったようである。佳代が二人の子供を連れて板橋にあるこの公団住宅を訪れてきたのは、午後一時を少し回った時刻だった。亭主が昨夜から出張しているからと言いながら、いつもの愛敬のある笑顔で佳代は入ってきた。

高橋は小学生の頃母を失くしているので、この姉の母性に助けられて成長期を育っている。母親がわりを務める女はどうしても勝気になり、兄弟に押しつけがましい態度をとるものだが、佳代はどこかおっとりしていて、寧《むし》ろ、子供の頃から利発で物静かに落ち着いた高橋を、精神的には頼っているところがあった。姉弟仲は良かった。大学時代に父親も失ったから、身寄りが二人だけだという連帯感が養われたせいもある。

今日の午後も高橋は半年ぶりにやってきた姉を歓迎した。子供は上が小学五年生になった長女の久美、下が四歳の伸明である。

高橋は姉に似ておっとりした伸明は可愛がったが、久美の方は苦手だった。久美は無表情で子供らしくないところがあった。大人たちを真っ正面から見ようとしない。いつも相手を視線の外に置いて、斜めの無表情でじっと沈黙している。高橋は、薄い膜を被ったままの胎児の静かさを連想して思わず背筋を寒くすることがある。しかもその静かさは、小生意気といった意識的なものではなく、生まれつき小さな体にしみついたもののようである。

義兄も愛敬のいい好人物だからテレビのホームドラマにも出てきそうな平和な家庭だが、その中で、ひとり十歳の少女だけが陰の窪《くぼ》みにはみ出していた。

ただそんな久美も、不思議に由紀子には懐いた。由紀子の前では無邪気にはしゃぎ笑い声をたてる。

「久美は由紀子さんの方がいいらしいのよ。いつか、それじゃあ由紀子おばさんのところへ貰われていったらって冗談で聞いたら、あの子真剣な顔して、いいわって答えるんですもの。わたしガッカリしちゃったわ」

姉の佳代がそうこぼしていたことがある。

今日も久美は由紀子に楽しそうにまとわりついていた。

姉の容子《ようす》も普段と変わりなかった。

ただ晩御飯を一緒に済ませ、いよいよ帰るときになって、姉はそっと高橋に耳打ちした。

「今日は相談事があったのだけれど、機会がなかったわ。家へ戻って子供を寝かせつけてから電話させてもらうわね」

と佳代は囁《ささや》いた。

それが今の電話である。

姉が、暮色のおりた団地の新装道路を二人の子供の手をひいて、妙に頼りない背で遠ざかっていったのを思い出しながら、受話器を置くと高橋は寝室に戻った。

「誰からの電話？」

由紀子が鏡ごしに聞いた。由紀子は入浴後の火照《ほて》った肌に、栄養クリームをすりこんでマッサージしているところだった。

「姉さんからだ。今日のお礼だ。よろしくと言っていた」

高橋は誤魔化した。姉の佳代は相談事を由紀子に知られたくない容子だった。

鏡の中で二人の視線があった。マッサージの手を休めていたので、一瞬由紀子の顔は空《から》になっていた。先に由紀子の方が視線を外した。

由紀子は慌てて両頬に両手をあてがった。マッサージを続けるためだが、高橋には妻が故意に顔を隠したように見えた。高橋はクリームで油照りし、夜光塗料の仮面を被ったような妻の顔にちょっと不快なものを覚えた。喉元に酸っぱいものがこみあげてくる。その不快な嘔吐《おうと》感に記憶があるような気がしたが、即《すぐ》には思い出せなかった。

由紀子は電話の内容を読み取って遠慮したかのように、疲れたからと言って先にベッドに入った。

高橋は居間に移って、グラスの中の茶色の液体をあけた。

電話は約束どおりちょうど一時間後に再びかかってきた。

「ごめんなさい、何度も。由紀子さんはもう寝た？」

姉はまずその事を心配した。

「ああ」

高橋は眼鏡ごしに視線を寝室のドアに投げた。ドアは闇の気配を無言で鎖している。

「それならいいけど。今日はね、あなたや由紀子さんに久しぶりに会いたかったこともあるけど、本当はあなたに久美を見てもらいたかったの」

見てもらいたいという言葉が高橋には即《すぐ》に理解できなかった。今日の久美は黄色に黒の花模様が浮かんだ可愛いドレスを着ていた。由紀子も「お姫様みたいね」と誉めた。そんな娘の盛装を見せたかったという意味かと思った。

「ねえどう思った？　あの子少し変わったと思わない？」

「変わったって、どういう風に？」

「そのう……ちょっと変なの」

佳代は数秒言い難そうに口籠《くちごも》っていたが、やがて溜息《ためいき》と共に言葉を繫《つな》いだ。

三日前佳代は久美の学校から担任の教師に呼び出された。教師が言うには、最近久美に不審な挙動が多いと言う。社会の教科書に載っている伊藤博文の髭《ひげ》が昨日より大分伸びたと言って騒いだり、プールの貯水に赤い血が浮かんでいると言い出したりする。授業中に突然立ち上がって運動場へふらふらと出ていく。理由を尋ねると、「今空から誰かが命令してきた。合図を送るから運動場の真ん中へ立てと言われた」と平然と答える。

最初は冗談のつもりで聞き流していたが、だんだん度をすごしてきた。

どうも普通ではないようだが、と佳代は教師に言われた。

「それはあの子はもともとああだから学校の先生にも、以前から奇異な印象を与えていたとは思うけど……でもね今度のことは私にも心当たりがあるの。この二、三か月あの子確かに普通じゃなかったわ。私も気づいてぼんやり不安は持ってたわ。ただいつも一緒に暮していると慣れでしか見ないから肝心な点を見落としてしまうのね。先生からズバリ言われて上手《うま》く摑《つか》めなかった不安の正体がわかった気がしたわ。ねえ充弘……あの子……あの子、母さんに似てない？　母さんの影を持ってるんじゃないかしら」

佳代の娘である久美が高橋や佳代の母に似ているのは当然である。だが母さんの影という言葉にはこの二人の姉弟だけに通じる意味があった。

高橋の手の中で受話器が滑った。彼は強くそれを握りしめた。

「ねえ充弘、聞いてるの？」

「聞いてるよ」

「あの子だんだん『母さん』になってきたと思わない？　この頃は顔まで……」

「顔なんか見ようによってどんな風にも見えるよ。毎日見慣れてる顔だって、ある日突然別の角度から眺めれば別の顔に見える。姉さんはそう思って見たから違う顔に見えただけだ」

高橋は怒ったように言った。

「今日だって俺には、普段と変わりないように見えた」

「そう、今日の午後は良かったの。由紀子さんのお蔭《かげ》だけど私内心ほっとしたのよ。今あなたが言ったみたいに私の考えすぎだったのかしらって安心してたの。でも……でもやっぱり変なの。あの子帰りの電車の中で……」

帰途の電車内で佳代は何気なく「久美ちゃん良かったわね、久しぶりに由紀子おばさんに遊んでもらえて」と言った。

いつになくニコニコした笑顔だったが久美の返事は意外だった。

「いやねえママ、まだ間違えてるわ。高橋のオジサン他の人と結婚したんでしょ。——ねえママ、由紀子おばさんは死んだの？」

久美はくっくっと笑う。佳代には意味がわからなかった。

「クミ、びっくりしちゃった。高橋のオジサンが由紀子おばさんと別れたこと知らなかったもの。今度のおばさんも優しそうだから久美、好きだけれど……でもおかしかった。高橋のオジサンまで間違えて由紀子、由紀子と呼ぶんだもの」

高橋はあっと思った。高橋が由紀子の名を呼ぶたびに確かに久美は笑った。いつになく無邪気だと思っていた笑い声が、実はあの少女が持っていた最も奇異な部分から発せられたものだったのか。

「ねえそうでしょ。子供が考えることじゃないわ。あの子やっぱり普通じゃないの。あなたは外科だけど、大学では勿論《もちろん》そっちのことも勉強したんでしょ。だからどう判断するかと思って」

そう突然言われても、即答できるものではなかった。

結局明後日会ってもう一度詳しく話を聞くことに決め、高橋は受話器を置いた。姉は誰にも言えない悩みを弟に打ち明けていくらかほっとしたようである。「おやすみ」と言った声は軽くなっていた。夫にも相談できない問題なので、思い余って今日は自分を訪ねてきたのだろう。

高橋は窓辺に立った。

窓の向こうには今夜も、前棟の無数の窓がフィルムの陰画を連ねたように並んでいる。その一つ一つにあるはずのそれぞれの生活は、みな四角形に切り取られ、夜になるとただの空虚な線描になってしまう。

時刻はもう十一時を回ったが、まだ幾つかの灯が闇の平面に貼《は》りついている。灯火は高橋の眼に滲《にじ》んだ。彼の体を濡らしている蛍光灯の光がいつになく透明である。季節はもう秋であった。

高橋の耳には、先刻、突然切りかかってきた一つの言葉がまだ痛みとなって残っていた。

母の影――。もう随分久しく聞かなかった言葉だった。いや姉も自分もこの二十年近く、意識的に避けてきた言葉だった。その言葉を口にしたら否応なしに姉弟は一つの過去を振り返らなければならなかった。鉄格子の向こうで誰にもわからない言葉を必死に叫び続けていた一人の女――

だがそれはたとえ自分や姉の記憶に永遠に拭うことのできない烙印《らくいん》を押したとしても、あくまで二十年近い昔に終わってしまった過去である。その過去が、やっと表面上は平和を取り戻した自分らの生活に再び影を落とし始めたと言うのか。母の『影』が今頃になって少女の小さな体を蝕《むしば》み、侵蝕《しんしょく》し始めたと言うのか。少女は写真でも見たことのないだろう祖母の汚れた声を、呟《つぶや》き、喋《しゃべ》り、笑い始めたというのか。

高橋は、ぼんやり真向かいの窓の灯を眺めていたが、ふと自分がその灯を見ているように、その灯からも誰かの視線に窺《うかが》われている気がして、窓を離れた。

寝室のドアを開くと闇にぶつかった。廊下に面している寝室は窓がなく、灯火を落とすと漆黒の闇に塞《ふさ》がれてしまう。

闇の中から声が聞こえた。

「電話、またお姉さんから？」

凝固した闇から突然聞こえてきた声を、高橋は一瞬幻聴ではないかと疑った。

「姉さんに何かあったの」

「いや、大したことじゃない」

「誰のことを話していたの？」

「……」

「私のこと？」

——後《あと》でベッドに就いてから、高橋は、ふと、何故由紀子は、電話の話題が彼女のことだなどと勘ぐったのだろうかと思った。姉とは久美の話をしていたのだ。

数年来の習慣で由紀子の肩に、自動的に自分の肩をすり寄せ、ゆるやかな眠りに落ちかけたとき、高橋に理由がわかった。

彼が受話器に向かって語った言葉は限られていた。「どんな風に変わった？」とか「顔は見方によって別人に見える」とか——。由紀子が耳にしたのはそれだけで、久美の名はどこにも出さなかった。母の死因に繋がる話題なので用心深く控えたのだ。姉とは久美の容子や顔が最近変わったという話をしていた。それを由紀子は自分のことと邪推した。

しかし、それなら、何故、誰かの変貌を示す話題を、由紀子は自分自身のことと結びつけて考えてしまったのか。由紀子？

彼は思わず、その方を振り返った。

眼の前に一つの顔があった。いや顔ではない。闇に彫られた暗い輪郭である。

それは高橋の方に向けられていた。軽い寝息が生暖かく、高橋の眼球に吹きかけられてくる。高橋は先刻の姉の電話を思い出した。久美は言ったという。——由紀子おばさん死んだの？　おじさん新しいお嫁さん貰ったの？

子供が何故あんなことを言ったのか、何故——由紀子？

寝返りをうった高橋の顔と、それとはほとんど密着していた。高橋は喰い入るように、その闇の塊を見つめた。

後《のち》に彼は、何故そのとき、電灯を点《つ》けて真実を確かめなかったか、と後悔することになる。事実枕元のスタンドに手を伸ばすだけの小さな行為で全《すべ》ては解決したかも知れない。だがそのときの彼はどうしてもたったそれだけの勇気を持つことができなかった。すべては、あっさり解決したかも知れない、だが同時に何か恐ろしい事態がその瞬間から起こる可能性もあった。それが光の中に曝《さら》け出されたとき、間違いなく、一つの不幸に直面する予感が彼にはあった。

しかし彼はまたそれからどうしても眼を背けられなかった。闇の中でもっと輪郭をはっきり確かめるために眼鏡をかけた。闇の中で眼鏡をかける行為は無意味だった。だがどうしても闇の中のそれをレンズの焦点におかなければ気が済まなかった。

視線だけで、その顔から闇を剝《は》ぎとろうというように、高橋は眼鏡の下で両眼を硬直したように見開いて眼前の闇を凝視した。久美の笑い声が頭の中を暴れまわる。——由紀子おばさん死んだわ、由紀子おばさん死んだわ。

夜と酒の酔いで、声はいっそう誇張された。

思わず両耳を塞いだ。硬直した背筋に、冷汗が一滴垂れた。

そのとき突然思い出した。先刻、由紀子の油照りした顔を見たとき感じた吐き気は、以前にも一度経験している。

この夏の一日、彼は由紀子と連れ立って逗子《ずし》の海岸に行った。泳ぐ目的も、特別に気晴らしの意味もない気まぐれの旅行だった。砂も海も見えないほど海岸は人で埋めつくされていた。人混《ひとご》みの中で彼は由紀子を見失った。無数の特徴を失った裸体の中をさまよって彼は由紀子を探し求めた。二時間近い長い間だった。太陽は彼の薄い髪を焦がし、白い肌を焼き、騒音は彼の耳に炸裂《さくれつ》し続けた。疲れ果てて砂地に蹲《うずくま》ったとき、背後で声が呼んだ。あなた——。彼は振り返った。その一瞬——

姉は教師の言葉で不安の正体を摑んだという。同じように彼もまた、十歳の少女が語った言葉で、このひと月、彼の胸中に忍びこみ、徐々に暗い影を広げつつあった摑みどころのない不安をはっきり悟ったのである。

彼は、受話器に向かって「人の顔は見方によってどうにでも見える」と訴えた。姉を慰めたのではなかった。彼はそんな言葉で、この一か月間、はっきり形にならないまま自分を苦しめ通してきた一つの疑惑を誤魔化そうとしたのだった。

間違っているのは久美ではなく、姉の方である。

あの真夏の一日、太陽がぎらつく中で全てを曝け出していた一人の女を振り返ったとき、彼自身が一瞬抱いた、それは疑惑だった。

——この女は、由紀子ではない。

第一部

1

それは二重の扉だった。

鉄製の頑丈なそれは、まだ新築して三年も経たず白い清潔感がみずみずしい藤堂病院で、最初から妙に古めかしかった。何の塗装もなく鉄が重々しい金属色の地肌で、廊下の突き当たりを鎖《とざ》している。新品に違いないのだが、暗色のどこかに赤錆《あかさ》びた、腐敗した臭気を感じさせるものがあった。

それが腐蝕《ふしょく》への入口だからなのかも知れない。二重の鉄のドアの向こうには、神経を冒され、精神を毀《こわ》された何十人かの人々が社会から隔離されて閉じこめられている。

在家弘子は扉の脇のブザーを押した。

内側から、すぐにブザーが応え、赤いランプが点《とも》った。

弘子は鍵《かぎ》をとりだし、第一のドアを開いた。

第二のドアとの間に二畳ほどの狭い空間がある。灯のない、終日暗い影のおりた空間である。

弘子はその薄闇に閉じこめられ、病棟側から第二のドアの錠が外されるのを待つ短い時間が嫌いだった。

錠が小さな穴の中で蠢《うごめ》く音が錆びつき、妙に不器用で、弘子を苛立たせる。

看護婦長、三十四歳、最初の結婚に失敗、患者たちを安心させる微笑、信じてもいない微笑、誰ひとり生活能力のない郷里の家族、二百四万の貯金額――バラバラのまま闇に鎖された自分の人生を、たとえ不器用な音でも錆びついた鍵でも開いてくれる者が、いつか本当に現われるのだろうか……

ドアが開いた。ハイミスの看護婦、沢井幸枝が顔を覗《のぞ》かせた。

「波島先生、来ていない？」

「いいえ、まだです」

沢井幸枝は眼鏡ごしに少し反感のこもった視線を投げながら応えた。婦長の在家弘子は彼女より二歳年下だった。

「困ったわ。先生、まだ患者が二人いるのに診察が終わってしまったと思って、どこかへ行ってしまわれたの。受付のミスだったんだけれど……」

独り言のようにそう呟きながら、弘子はふとドア前の看護人室の壁にかけられた電子時計を、ガラス張りごしに見た。ちょうど1が三つ並んでいた。一時十一分……

波島が午前の診察が終わったと信じて診察室を出て行ってしまったのも無理はない。

いつもなら遅くとも十二時半に診察は済むのである。それが今日は通院患者の一人で被害妄想の強い女性が、トイレで殺されかけたと騒ぎ出したので一時近くになってしまった。

ミスは、受付終了時ぎりぎりに入ってきた二人の通院患者の分が、診察室の波島に届けられなかったためである。

波島は一時に何か急用があると言って診察券が切れたところで飛び出していってしまった。二度も放送を入れ、病院中を探してみたがいない。病院の外へ出ているらしかった。

「今日の午後の回診は波島先生でしょ。こちらへみえたら連絡してね」

病棟を出ると、長い廊下を玄関に引き返した。玄関からエレベーターに乗り、波島の個室をもう一度覗いてみるつもりだった。

玄関のホールはそのまま待合室を兼ねている。大理石に影を落として並んでいるソファに一人の男の背があった。

弘子はおやと思った。さっきここを通ったとき、ソファには二人座っていたのである。残った診察券は二枚だから、診察もれの患者は二人のはずである。

「今までここに座っていた人、どこへ行きました?」

一人だけで座っている男に弘子はそう声をかけた。

「さあ、さっきまでそこに座ってましたけど」

「帰ったのかしら」

「なあ、看護婦さん、診察まだですか？　さっきから一時間近くも待っとるんですが」

アクセントで関西人とわかる。この男は患者ではなかった。先月中頃から五、六回病院を訪れているが、なんでも妻がこの男のことを死んだと思いこんでいるらしく、その相談に来るのである。診察室では会ったことはないが、いつも待合室で他の患者や付添人をつかまえて、自分の妻君の病状を話している。大阪弁で大声でまくしたてるので看護婦たちのあいだで知らない者はなかった。今日も三十分前までは、まだいた他の通院患者に、

「うちの女房が、八月十日に私が新宿の交差点で轢《ひ》き殺された、言うんですわ」

とホール中に聞こえる声で喋っていた。

「もう少し待って下さい」

「なあ、看護婦さん、うちの奴、病院へ連れてくるにはどうしたらええでしょうな。今日も何度も一緒に来るよう言ったんですが、どないしても言うこと聞きまへん」

「それは先生と相談して下さい」

弘子は、不服そうな男から離れ、エレベーターの上りのボタンを押した。そのときである。弘子はふと診察室のドアがわずかに開いていることに気づいた。さっき通ったときは確かに閉まっていたはずである。

何気なくドアを開いた弘子は次の瞬間、あっと小さく叫んだ。

ドアのすぐ内側に立っていた男とぶつかりそうになったのである。波島かと思っていたが違っていた。

「ごめんなさい」

弘子は一歩退き、男を観察した。

年齢は三十歳前後だろうか。さほど背は高くないし太ってもいないが均整のとれた体格で、白に近い薄茶色の背広を身につけている。一分の隙もないネクタイの結び目には、お洒落《しゃれ》というより神経の細さが覗いている。男にしては長すぎる首、白すぎる皮膚――逆三角形の顔には眼鏡が妙に目立った。眼鏡越しに何かに戸惑っているように大きく見開かれた眼は、弘子を見ているのに、焦点が遠くぼやけていた。

弘子はふと迷子という言葉を思い浮かべた。レンズの下の眼に幼さがある。全体のひどく物静かなぼんやりした気配が、この男の個性なのか、病気のせいかわからなかった。

「診察を待ってらっしゃる方?」

「はあ――」

と男は間のびしたように応えた。ひどく低い声であった。

「ごめんなさい。もう少しそこのソファで待ってて下さい」

「はあ――」

男はもう一度そう言うと診察室を出ていった。白いワイシャツの胸ポケットに緑色のインクのようなものが滲んでいる。年齢からみると髪が薄い。そのために頭部の輪郭がくっきり浮かびあがっている。頭蓋骨《ずがいこつ》の模型に薄い白い膜を被《かぶ》っているような印象であった。

診察室にやはり、波島の姿はなかった。

窓から秋らしい陽ざしがこぼれ、十数分前まで波島の肩幅の広い白衣が座っていた回転椅子を、妙にポツンと浮かびあがらせている。

諦《あきら》めて出ようとした弘子は、ふと椅子の下に落ちている一枚の紙に目を停めた。

カルテの一枚である。

それを拾って机に置き直そうとした弘子は何気なく書きこまれた文字を読んだ。

――私は殺さなければならない。絶対にあの女を殺さなければならない。これは私の意思ではない。ある人物の命令である。私にとっては非常に重要な人物からの命令なのだ。私は拒むことができない。拒めばその人物に私が殺されるだろう。古谷羊子――しかたがない。これは命令なのだ。

氏名も書かれていない。落書きのような内容なのに文字の一つ一つが丁寧に細かい神経で整えられて並んでいる。

だが弘子には記憶のない筆蹟《ひっせき》だった。波島やこの病院の医師たちの筆蹟は弘子はよく知っていた。

「どうかしましたか？」

背後から声がかかった。弘子がぎくりとして振り返ると、森河明がいつもの笑顔で立っていた。

「波島先生、急用ができて家へ戻られたそうです。津田先生に午後の回診を頼んでいかれたそうだから、残ってる患者も診て下さるよう頼んでおきました」

「そうだったの、ありがとう」

そう言いながら、弘子はそのカルテを森河に渡した。

「左手でわざと筆蹟を隠して書いたみたいだが……」

読み終わった森河は独り言のようにそう感想を洩らした。

「誰が書いたんだろう、緑色のインクを使う人、誰かいたかなあ」

その言葉で弘子は思い出した。弘子は慌てて診察室を飛び出したが、待合室に先刻の男の姿はなかった。

「今、診察室から薄茶の背広を着た人が出てきたでしょう、眼鏡をかけた髪の薄い――」

受付の娘に尋ねると、

「その人なら今帰りました。婦長さんあの人診察は済んでないんでしょう」

「ええ、どうして？」

「変な人ですわ。診察が済んだから帰るって私にわざわざ言って帰っていったんです」

「あの人、何時頃受付に来たの？」

「十一時半です」

「十一時半というとちょうどあの騒ぎがあった頃ね──」

「ええ、あの少し前だったかしら」

「玄関から入ってきた？」

「さあ――」

弘子は診察室に戻った。森河が不審そうに尋ねてきた。

「どうかしたんですか？」

「私がさっきこの診察室へ入ってきたとき、男の人がいたの。その人緑色のインクをポケットに滲ませてたわ」

そう、あの男は確かにここで何かをしていたのだ。誰もいない診察室で……

弘子は机の上の箱に残っている二枚の診察券を見た。一枚は今外で待っている鞍田のものだ。そして、もう一枚は――土橋満。

「森河君、この人知ってる？」

森河は首を振った。

「初診の人ね。診察券も正式のものじゃないし」

「この土橋という男がこれを書いたんですか」

「きっとそうだわ」

「でもこれ、ただの落書きじゃないですか。そういう妄想を抱く病人もいるから」

「でも」

と弘子は何か不安な翳《かげ》を浮かべて言った。

「でも、ここに古谷羊子を殺すって書いてあるでしょう? 時刻も合うのよ。あなた知らない。二時間ぐらい前、古谷さんがトイレで誰かに殺されかかったって騒いだこと
——」

2

古谷羊子は、六月の雨の午後、ずぶ濡れになって、ひとり意味もわからず病院を訪ねてきた患者だった。

三十二歳。山口県岩国に生まれ、空襲で両親を失い、叔父夫婦に育てられ二十歳で上京、親類の貿易会社にタイピストとして勤務、五年後現在の夫と結婚、結婚歴七年。

性格は無口で内向的、小心なところもある。異常に潔癖。食器類は必ず二度ずつ洗い直す。人間関係でも些事《さじ》に長いことこだわることがある。自分から意見を主張することはほとんどない——以前に発病の経験はなかった。

羊子の容子がおかしくなったのは二月末頃からだった、と夫の古谷征明は語っている。

彼女が病院を一人訪ねて一週間後、夫は今度は自分が伴って、波島に逢いにきたのだ。

二月の終わりから羊子の外出が多くなり、征明が帰ってもいないことがあった。陰気に黙りこむようにもなった。ただ生来が無口な方だし、夫にはそれが変化としては受けとめられなかった。

夫の古谷征明は、M航空でディスマッチャーという全国の気象状況や地形を調べ、航空路やダイヤグラムを決定する重職に就いており、出張が多く、多忙で子供もいない妻だけの家庭を振り返ることが少なかったせいもある。

彼が妻の挙動を異常として意識するようになったのは、五月に入ってから、まだ病院に妻を連れてきたほんのひと月前のことである。

まちがい電話に異常に腹を立てたり、買い物から帰ってくると、誰かが自分を尾行していると真剣に言う。女がこの家を監視していると言って窓辺の陰に立ってじっと外を窺う。

盗聴マイクが仕掛けてあると言って電話機をいじくったりする。最初は彼も妻の言葉を信じて一緒に心配したりした。

それが妻の妄想の結果だと古谷が気づき始めたのは妻が屋根に登り、電線にじっと耳を傾けたり、包丁で受話器の線を切ったりするようになってからである。夜中にどこかへ飛び出して行ってまたふらりと戻ってきたり、突然夫の体を揺すって、今あなた誰と寝ていたの、と叫んだりするようになった。夫の体臭が薄くなったと言って、意味のない言葉で夫を攻撃する。――そして一時期そんな風に感情を爆発させていた羊子は、梅雨に入ると同時に急に静かに塞ぎこむようになった。

診察にあたった波島は入院を勧め、事実古谷羊子は夏の二か月間を藤堂病院で過ごした。

回復は意外に早く、暦が秋を迎える頃彼女は退院した。

だが未発達な精神医学の分野では診察はいわば試行錯誤である。古谷羊子の症状は珍しいものではなかったが、病状の裏に潜むものを正確に摑みかねていた波島は、回復が表面的な一時的なものだと予想していた。

波島の予想は的《あた》った。十月に入り古谷羊子は義妹の古谷一美に連れられて、再度波島を訪れたのである。

すべてが六月の雨の午後と同じ状態に戻っていた。

彼女は波島の前に座ると、最初のときと同じように何も喋《しゃべ》らずバッグからコンパクトと口紅を取り出し、丁寧に唇に塗り始めた。彼女は妙に静かに鏡を見つめながら、不意にこう言い出したのである。

——先生、この女が私を殺そうとしていますわ。

被害妄想が顕著になっていたようである。

再度通院を始めて、その日まで波島は三回彼女に会ったが、その間、二度彼女は誰かに殺されかかったという言葉を口走っている。

一度目は夫に、二度目は診察室で波島と対《むか》いあっている最中、突如、波島が襲いかかってきたと叫び出したのである。

そして、その日――

波島が古谷羊子の診察を終え、しばらくすると看護婦の一人が突然飛びこんできた。

「先生、至急トイレへ来て下さい。古谷さんの奥さんが手首を切って――」

波島は、待合室にいた夫の古谷征明を呼んで、走り出した。

待合室につながった廊下のつき当たりにあるトイレの前には、看護婦の白衣が群がって中を覗きこんでいる。その肩の間から叫び声が聞こえた。

看護婦が三人がかりで病人の体をタイルの壁に押えつけている。必死にもがく羊子の手から、一人がガラスの破片を取りあげようとしている。

ガラスの破片は床に落ちた。赤い血がついている。

後の看護婦の説明では、トイレの前を通りすぎようとしたとき、ドアの一つから女の喘《あえ》ぎが聞こえた。彼女は慌ててドアに駆けよったが、彼女が開く前に、古谷羊子の方から血を床に滴りおとしながらふらふらと出てきたのだった。

「羊子、どうしたんだ」

全身で看護婦たちの力に抗《あらが》っていた女は、夫を認めると、怯《おび》えたように硬直した。

「大丈夫です。血管は外れてますから、大した傷ではありません」

看護婦が言った。

奇妙な会話が始まったのは、診察室に戻り、看護婦が手当てを始めてすぐだった。

「殺されかかったわ」

と羊子は誰にともなく言った。

「殺される――誰に？」と古谷。

「あなたよ、あなたがあの女を使って……」

「あの女？」

「そう……あの女、古谷羊子……」

羊子はもつれた舌で叫んだ。

「落ち着きなさい、羊子。古谷羊子は自分のことじゃないか。誰もお前を殺そうとはしていない」

「嘘！　わたしがトイレに入ったら白い手が不意に襲いかかってきて……」

波島は看護婦のひとりを振り返った。

「君は何か見たか」

「いえ――何も。あのトイレには古谷さんしかいませんでした」

「嘘。いたの。ちゃんといたの。あなたが来る前に逃げ出しただけよ」

誰も古谷羊子の言葉を信じなかった。

在家弘子はその会話を聞いていた一人だったが、ただ彼女だけには、ふと羊子の言葉はいつになく真実味を帯びているように感じられたのだった。

そのときもふと本当に誰かが古谷羊子を襲い、誰かは皆が集まったとき、他のドアに逃げこんで身を潜めていたのではないかという気がした。

そして今、意味のわからない一枚のカルテに書かれた緑色の文字が、古谷羊子を被害者として選んでいるのである。

在家弘子は、森河の不思議そうな視線に捉《とら》えられていることも気づかず、カルテを握りしめ、ふと羊子の言った白い手という言葉を思い出していた。

——白い手、そう言えばあの髪の薄い眼鏡の男も、女のように透きとおった白い、ほんとうに白い手をしていた……。

後で、異変を最初に見つけた看護婦に尋ねると、

「ええ、私が古谷さんの声を聞いたときそんな男の人が確かにトイレの近くに立っていました」

と答えた。トイレのほぼ正面に、診察室に通じる小部屋へのドアがある。男はそのドアの横に、虚脱したような無表情と妙に硬い銅像のような印象で突っ立っていたという。

3

——そう女ではなかったかもしれない。女のような手だった……ような……なぜ女のようなと考えたのだろう。

襲いかかってきたときのあの力、わたしの手にガラスの破片を握らせ、もう一方の手を傷つけた力……あれが女にできるだろうか？

——でも唯ひとつまちがいないことがある。突然襲いかかってきて、わたしを殺そうとしたのは古谷羊子だ。わたしの半分——もう一人のわたし。

羊子はいつもいろんな人間に化け、わたしに襲いかかってきた。夫に化け、義妹に変装し、あの医師に仮装し、そして今日……

そう何も悩むことはない、今日も、それは古谷羊子だった……彼女はみんなが騒いでいたときもまだあのトイレにひっそり隠れていた。そして騒ぎがおさまったのち、こっそり逃げだしたのだ。夫と二人病院の駐車場から……いや違う、夫の車に乗ったのは私だ、夫の運転する車の助手席に座り、病院から家へ戻ったのはこの私だ。

それともあの女は、私と一緒に夫の車に乗りこみ、病院から逃げ出したのか？　そうあの女ならそれができる。あの女は私の中に隠れ、私の顔を真似、私の声を喋ることができる唯一の女だから……

病院を退院してこの一か月近く、彼女は以前のようによく鏡に向かうようになった。何故《なぜ》かはわからない。わからないがあるとき必死になって口紅を握り、鏡の前に座る瞬間が来る。そしてこれも何故かはわからないが、歪《ゆが》んだ、干涸《ひから》びた、ひび割れた唇に、丁寧に紅を塗り、塗り終えると今度は同じ丁寧さでそれを拭い落とす。何度も何度もそれを繰り返す。やがて頭に何か疑問符が浮かび、それが完全に彼女をとらえ、指の動きを停めるまで……

病院から戻ったその午後も、彼女はすぐに一人部屋に閉じこもり、鏡の前に座った。

手首の包帯がまだ真っ白だった。

指先から、口紅がぽろりと床に落ちた。

その疑問がわいた。それは徐々に拡大した。数時間後には完全に忘れ去り、何を考えていたのかもわからなくなる物思いに彼女はゆっくり溶けていった。

――だが何故あの女はガラスで私の手首など狙わず、ナイフか何かでひと思いに私を殺してしまわなかったのだろう。あの女にはそれができたはずだ……いやそうではない。あの女には最初から私を殺す気などなかった。あの女の目的は私を殺すことではなく、ただちょっとほんの少し私の手首を傷つけ、私が、襲われた、殺されかかったと叫ぶのを期待したのだ。皆に私が異常だと信じこませ、私が自分自身の過ちから滅びていくのを――それをあの女は待っているのだ。

その方がはるかに完璧《かんぺき》な一つの犯罪である。

私はまんまとあの女の策略にのせられ、叫んでしまった。叫べば叫ぶほど私の姿が人の目に異常として映ることもしらず……

病院に入っていた妙な空白の二か月間を除けば、すでにかなり以前からそれは起こっていた。

ふと我にかえると、いつの間にか鏡台の前に座ってぼんやり自分の影を見ていた。ぼんやり何を考えていたのだろうと思うが、数秒前の頭の中が思い出せなかった。何とか憶えているのは、ある疑問とともに、頭の中にしみが黒い霧のように広がっていき、その霧に自分が溶けていったような印象だけである。

座っていた時間の長さもつかめなかった。たった一瞬にも思えるし、数日が流れた気もする。

ときにはいつのまにか部屋は夜になっており、鏡の中の影は暗黒の闇の仮面を被って、うつろな二つの眼で彼女を眺めていた。

化粧の際だけではない。皿を洗っているとき、縫い物をしているとき、不意に何かを考え始め、空白の時間が始まる。

意識を戻すと、水の溢《あふ》れる音が聞こえたり、針が畳に転がっていたりする。空白の時間から零《こぼ》れだした水音や縫針、に彼女はとまどった。

それでも最初の頃は、ああ自分は縫い物の途中で急にぼんやりしただけだと、理性的な判断ができたが、理性の抑制はしだいに薄れていき、最近では自分の記憶のない行為に結果だけが現われることにぞっとし、声をだして叫ぶまでになっていた。

例えば同居している義妹が言い出す。

「義姉《ねえ》さん、ブローチどうもありがとう、ほら私の服にとても似合うでしょ?」

だが記憶にない。

自分が幼少の頃からいつも美しい装身具に憧《あこが》れていたことは憶えている。蝶の耳環《みみわ》や、薔薇《ばら》のブローチや、真珠のネックレス……自分の醜い顔には絶対に似合わない装身具を、ただ夢を買うためにだけ今日まで買い続けていたこと――それも憶えている。

「いつ?」

と彼女は聞いた。

「いつって?」

「私がそのブローチあなたにあげたのいつ?」

「いやだわ、義姉さん、まだ五分もしない前よ。気にいったらあげるって……」

だが記憶にない。自分ではない。自分は決してブローチをこの人にあげなかった。

しかし、だったらいったい、誰が私の顔をしてこのブローチを義妹にプレゼントしたのか?

そしてまた誰がいったい電話の受話器を外していくのか。誰が私の唇に半分だけ口紅を塗っていくのか。誰が部屋の鍵をおろしていくのか……

誰かの仕業なのだ。まちがいなく誰かがこっそり部屋に忍びこんできて、私に催眠術でもかけて眠らせておき、その間、私の代役をつとめている。私の顔をし、私の服を着、私と同じ表情を浮かべて……

誰かが……そうたぶんそれはいつか私の夫の横顔を奪っていったあの黒い髪だろう。

あの女は、あのときの縮れた髪をくねらせながら私の隙を狙って部屋に入りこみ、私の頭に頭巾《ずきん》をかぶせ、私の役を数分、あるいは数時間楽しんで帰っていく。彼女なら簡単に私の代役がつとめられるだろう。あの女は私と同じ名で古谷羊子であり、私と同じように彼の妻なのだ。そして彼女はほんとうは私なのだから——

あのとき……？　だがそれはいつどこでだったか、ともかくあのとき、私は不意に私を離れて夫と肩を並べて歩き出した私の影を見送ったのだ。彼女は私の影……しかしそれならなぜ、私は自分の影にこうも苦しまなければならないのか……

空白の時間が一度過ぎるごとに彼女の記憶から、いくつかの言葉が失われていった。最初はコップや灰皿などの身近な単語から始まり、やがて高いとか美しいとかの形容詞に及び、最後には固有名詞まで侵し始めた。ちょうどゲーム場の射的で一つ一つ的が倒れていくように、周囲の品物から一つ一つ名が消えていった。

夫の名も、自分の名も——

昼夜の区別さえつかなくなるときがあった。時には朝の光すらも彼女の眼には暗く映ることがあり、そういう意味では、彼女は、終日闇の中で生活していたも同じだった。

闇と夜は彼女を侵し、最早体の中には彼女が自分だと意識できる部分は、わずかしか残っていなかった。その小さな島に立ち、襲いかかってくる闇の荒波と必死に戦った。だが無駄だった。時に闇は彼女を完全にのみこみ、彼女はその中で手探りすらできなかった。

処刑寸前に目隠しされる死刑囚のように彼女は身動きも許されず、ただ恐ろしい混乱と共にじっと沈黙している他なかった。

もう何も理解できなかった。秩序だって今日までの経過を思い出すことも……

去年の末、何が起こり、そのために自分が今日まで、いかに苦しんだか、あのデパートの名、巨大なクリスマスツリーに無数の色彩で砕けていた馬鹿げた祝祭、一階へのエスカレーターの途中で自分が見たもの。

あの去年の十二月の晩、案の定、夫は真夜中すぎに帰宅し、仕事で遅くなったと弁解した。

「私、見たわ。私も今日あのデパートへ行ってたの」

たったそれだけの言葉がどうしても口にできなかった。

何一つ疚《やま》しさのなさそうな夫の堂々とした態度に気おくれし、却《かえ》って自分の方が後ろめたいような変な錯覚に陥った。それに彼女ははっきりつかめなかったのである。自分が何を見たか、何が起こったか——

ただ夫の不貞は確かだった。帰ってきた夫のワイシャツの襟には、口紅で濡れた女の唇の跡がはっきり残っていた。

不思議に夫に裏切られたという妻としての悲しさはなかった。不貞の証拠を眺めながら、彼女はふと八年前、自分を捨てた眼鏡の大学生を思い出し、どうせあのときもそうだったからと溜息《ためいき》をついただけだった。青年はゆきずりに彼女に声をかけ、彼女の処女を奪い、無表情な顔で好きだと言い、半年後、同じ無表情な顔で彼女に別れを告げた。

青年が無表情だったのではない。親なしで、陰気で、醜く、退屈な女を表情豊かに愛せる男がいるはずがなかった。

八年前にもあの青年の顔を、不意にどこからか現われた見知らぬ女が奪いとっていった。偶然、街角に立っていた青年を見つけ、彼女が笑顔で近づこうとしたとき——。どのみち彼女は生まれたときから既に自分の場所の外側に立っていたのだ。

ただ夫を奪っていった女のことだけは気になった。一瞬の黒髪に気持は執着した。単純な嫉妬《しっと》とは思えなかった。引っかかるのは相手の女性が自分と同姓同名だという事実である。

「よう子」だけならよくある偶然と受け流せたかも知れない。しかし姓まで同じという偶然がはたしてありうるだろうか。

一度週刊誌の記事で、寝言で女の名を呼ぶ癖のある男が、わざと妻と同名の女を漁色して浮気するという話を読んだことがあるが、それなら古谷姓まで同じにする必要はない。

名前だけでなく、妻の座までその女と半分ずつ共有し合っている気がした。

いったいどんな女なのか——女への関心が夫の背信行為への怒りを隅に追いやってしまったとも言える。

二か月後、興信所へ調査を依頼した。ふんぎりがつかずぐずぐずしていたが、どうしても女の正体を知りたい気持に負けたのである。

興信所の質問に答えて、相手の女の唯一の手懸りである名を告げると、興信所員は、

「おや、同姓同名ですか?」

とびっくりした顔で聞き返してきた。

だが半月後、興信所からの電話での回答では、夫に不貞行為はないようだという。

「でも私はちゃんと夫がその女と待ち合わせている現場をこの眼で目撃しています。夜に帰ってきた主人のワイシャツに女の口紅がついていました」

「それ、ひょっとして奥さん自身の口紅じゃないですか。以前そんなケースがありましたよ」

「違うわ」

と断定的に答えたが、電話を切った後で、ふとあの日エレベーターの中で男のコートに唇が触れ、その後口紅を拭ったことを思い出した。拭った唇が、その夜の夫のワイシャツに再び浮きあがったような奇妙な印象をそのとき抱いている。

一か月後、興信所から最終的な調査結果が文書で届いた。詳しいだけで電話での報告と大差なかった。結論は、古谷征明氏の周囲に古谷羊子という名の女性は配偶者しかいないというのだ。

そうなのだと彼女は呟《つぶや》いた。

興信所員はまちがえている。自分はその配偶者を探してほしいと頼んだのだ。夫には

もうひとり自分と同じ名の配偶者がいる。その自分以外のもうひとりの妻を探してほしかったのだ。夫古谷征明の妻、古谷羊子の半分——

結局、興信所員などに頼った過ちに気づくと彼女は自分ひとりでその女を探す決心をした。

電話帳を開いてみると古谷姓は二十数人いた。彼女は半日がかりでその古谷姓の全部にあたった。

「あのう、そちらに古谷羊子さんみえませんでしょうか?」

〝古谷よう子〟は三人いた。だが年齢や特徴を聞くと、三人ともあの黒髪の女の条件からは程遠い。

そのうちに古谷姓の中に一つだけ不思議な電話番号があるのに気づいた。どうしても相手と繋《つな》がらない。何度ダイヤルを回しても空《むな》しい通話中の音が聞こえるだけである。

彼女は、その電話番号の加入者名が自分の夫であり、自分で自分に電話をかける愚かさに長い間気づかず、受話器の底のツーツーという暗い音に、もうひとりの古谷羊子の存在を生々しく感じとっていた。

古谷羊子は必ず存在するのだ。

だがいったいどこに——?

彼女は家のいろいろな品に記された古谷羊子という名に悉《ことごと》く疑問を抱いた。貯金通帳、昔自分宛に届いた手紙、中学校の卒業記念アルバムの名簿の中の自分の名——

羊子——

その名の半分がどうしても自分でない気がする。文字の半片が闇に包まれている。

その半分を探すために、彼女は時々家を飛び出すと、街にさまよい出、片っ端から通行人に声をかけた。

「あなたが古谷羊子でしょ？」

もちろん誰も相手にしなかった。気をつけろ！　と車の運転手に怒鳴られたことも、いつの間にか夜の更けた街角に立っていて、商売女とまちがえられたこともある。だが結局、無数の顔のどれにも古谷羊子はいなかった。

彼女がふたたび興信所に電話をかけたのは梅雨が始まる一週間前だった。

「探して下さい」

彼女はただ夢中で電話機に向かって叫び続けた。

「奥さん、冷静になって。古谷羊子が奥さん以外にいないことはこの間の報告でおわかりになったでしょう」

「違うの。今度は古谷羊子じゃないの。探して下さい」

「じゃあ、誰をですか」

「私——」

「えっ？」

「私よ、私を探して」

受話器の底のとまどった沈黙。何故相手が急に黙ったかもわからず、彼女は叫び続けた。受話器を握る手はぶるぶる震えていた。

「まちがえてたの。私が古谷羊子じゃなかったの。そうでしょ。私が羊子だったら羊子を探してほしがるはずはないでしょ？　いくら探しても見つからなかったのは私だったの。だからお願い。早く私を探して」

彼女の混乱した頭の中で、奇妙な立場の逆転が始まったのは、それから二日後だった。そう、私が古谷羊子を探していたのではなく、古谷羊子が私を探していたのだ。何のために——？

去年の末からなに一つ解答を見つけることができなかった彼女は、その質問にもすぐに答えられなかった。

四か月がかかった。

そして今日、十月六日彼女はその奇妙な質問に対する唯一の答えを知っていた。

古谷羊子が私を探している——何のために？

もちろんそれは、この世に存在してはならないもう一人の古谷羊子を殺すためだ。つまり私を——

4

高橋は地下鉄のホームへの階段をおりながら、不快な気分を味わっていた。

あの病院は少し不自然だった。何かが少し狂っている——女の叫び声、舞うように叫び声に群がっていた白衣。

高橋は待合室で一時間近く待たされた。患者のほとんどが帰ってしまっても、なかなか診察室のドアが動かなかった。

十分ぐらいで我慢できなくなった。彼は診察室のドアを自分から開けた。

白衣の男がちょうど椅子から立ち上がるところだった。医師だろう。医師は突然入ってきた高橋に少し驚いたようだった。

あの医師も少し不自然だった。
二、三つまらぬことを聞いただけである。気分は？　最近の体の調子は？　——彼は医師に相談するつもりで病院を訪れたのだが、結局、妻が別人に見えるとは言い出せなかった。ただ「はあ」と相槌《あいづち》をうつ程度でほとんど黙っていたが、それにしても精神科医とは、初診の際あんな無意味なことしか尋ねないのだろうか。
そう、確かに自分は満足に返答も返さなかった。それなのにあの医師は、インクが切れたと言って、彼から借りた万年筆で何かをしきりにカルテに書きこんでいた。

そして突然立ち上がり、

「じゃあまた明日来て下さい」

と言って出ていったのである。

入れ違いに看護婦が入ってきた。そして診察の終わってしまった彼に、

「診察はまだですから、もう少し外で待っていて下さい」

と言うのだった。看護婦が何かまちがえたのだろうと思い、受付へ行ってみると、そこでも彼の診察はまだ終わっていなかったのである。

ホームに電車が入ってきた。

高橋はふと胸もとに汗のようなものを感じて、ワイシャツを見た。緑色のインクがポケットに血のように滲《にじ》んでいる。医師が返してきたとき、キャップがきちんとはまっていなかったに違いない。

彼は異常に神経質でそういうことが嫌いだった。彼はハンカチを取り出しながら、電車に乗りこんだが、そのとき不意に嘔吐《おうと》を感じ、ハンカチを思わず口にあてがって座席に座りこんだ。

この一か月間もう何度も不意に彼に切りこんできた疑惑が、高橋の脳裏に緑色のしみになって広がった。

——あの女は由紀子ではない。

5

その夜、在家弘子は四ツ谷のマンションに波島を訪ねた。

去年まで二人は阿佐ヶ谷に一軒家を持っていたが、離婚と共に売り払い、その金で別々のマンションを買ったのだった。

五階に上り、ブザーを押すと波島が黒のセーター姿で顔を出した。弘子の顔を見ても波島の顔に驚きは走らなかった。弘子は夏頃から時々、波島の部屋を訪れるようになっていた。

波島の部屋はマンションといっても二間だけの狭い部屋で、病院の七階にある個室の方が遥《はる》かに豪華だった。一間は専門の医学書が壁いっぱいを覆っていた。埃《ほこり》くさい部屋である。その埃にふと弘子は波島という男の過去の匂いを感じることがあった。

小さなテーブルに二つのコップと飲み残しのウイスキーの濁った液があった。

「お客様だったの」

「今まで森河君が来ていた」

波島は、病院では絶対見せることのない、たるんだ重そうな眼を酔いで少し赤くさせ、テーブルの上から一枚の紙をさし出して言った。

昼間診察室に落ちていた緑色のインクのカルテである。

「じゃあ彼から全部聞いたのね。わたしも心配で来たんだけど……」

「古谷羊子の場合はまちがいなく被害妄想だし、君がぶつかりかけた眼鏡の男が悪戯《いたずら》半分で書いたとしか思えんのだが……」

「あの人、トイレで騒いでいたとき近くに立っていたというから古谷羊子の名を聞いたかも知れないけれど、でも名前の羊子という漢字まで知っていたのがわからないわ」

「私のノートを見たのかもしれんな。私はあのとき急いで診察室を出たのでノートを机の上に置きっ放しにしておいたから」

何となく浮かぬ顔をしている波島に弘子は突然、

「先生――」

と呼びかけた。別れてから弘子は波島のことを私的な場所でも先生と呼ぶようにしていた。しかし波島の部屋で先生と呼ぶとき、その声には病院では絶対に見られない甘えのようなものがあった。

「先生は今日の午後どうして突然帰られたの？　私ずいぶん探したわ」

「いやそれが妙な話だが、午前中にこのマンションの管理人から病院へ電話が入ってね、部屋に泥棒が入ったらしいのですぐ来てくれっていうんだ。それで診察が終わると同時に慌てて帰ってみたんだが……変な話でね。管理人はそんな電話をかけた覚えは全くないという」

「悪戯電話かしら」

「だと思うがね」

「先生は病院を出たのは何時？」

波島は上目づかいにして白眼を宙に据えた。物を思い出すときの波島の癖だった。弘子はよく知っていた。

「一時少し前だ――何故だ」

「そのときはこのカルテ、床に落ちていませんでした？」

「さあ、落ちていなかったと思うが……」

「とすると一時から一時十五分ほどまでの間だわ――これが書かれたのは」

「どうかしたのか？」

「いえ別に……」

弘子はカルテの文面を読み直した。

――ある重要人物の命令で……

妄想の患者の口によく上ることばである。重要人物の指令で……天皇陛下の命令で……ソ連の首相から手紙が届いて……

「飲むかね？」

波島が突然聞いてきた。

「ええ」

波島がコップを洗いに座を立った。

「私がやるわ」

「いや――」

と言って波島は流し台に前屈《まえかが》みになった。弘子は波島のそんな姿を見たくなかった。しかし波島は波島でもっと、一度生活を共有した女が再び自分の生活に手をつけてくるのを好まないだろう。

波島はウイスキーを注ぎながら、

「今夜は泊っていくか?」

と聞いた。

「今日はただそのカルテのことが心配だっただけ。すぐに帰るわ」

そう答えながら、弘子は、コップを洗ったり掃除をするのは嫌うのに、泊っていくかと平然と尋ねるのは、いかにも波島らしいと思った。

「何だか淋しそうじゃないか。そういえば森河君も元気がなかったみたいだが……」

「いやだわ、二人を関連づけて考えるの。別になんでもないわ、私たち。四つも私の方が年上なのよ」

「以前はつきあっていただろう」

「お茶を飲んだり、映画を見たり……でもその程度よ」

「最近は全然?」

「そうでもないけど――彼、あの事故以来少し遠慮してるわ」

今年の夏の一日、森河は奥多摩へ弘子を誘った。ただの日帰りのドライヴだったが、往路のハイウェイでダンプと接触事故を起こしたのである。二人とも大した怪我はなかったが、その事故のためにハイウェイが三時間も渋滞になり、新聞沙汰になった。

「何を遠慮してるのだね？」

「先生のことよ。あの事故があって大っぴらになってしまったでしょ。先生と私と森河君の三人の関係をいろんな線で結びつけて、若い看護婦たちが楽しんでるわ。院長にも一度いや味を言われたし……彼、それを気にしてるの」

「若者らしくないな」

「そうね、あの人意外に大胆なところがあるのに……」

それから弘子はふと思い出したように、

「ねえ先生、彼って何者？　一度聞こうと思ってたんだけど。もう一年になるけれど未《いま》だに正体つかめないわ。何聞いてもニコニコしてるだけだもの」

「東都大の永田教授の紹介だ。ドクターの資格は持っているが、職業医師になるのは厭《いや》だと言っている。精神医学を学問として追究したいのだそうだ。事実面白い論文を書いて永田教授を驚かせたこともあってね……かと言って大学組織に組みこまれるのは厭なんだそうだ」

「権威が嫌いなんでしょう？　そう言ってたわ」

「まあ、俺の助手としていろんな症状の患者と直接に接触しながら、自分の研究をすすめていくつもりらしい。将来はどうするかまだ決めていないというが、何しろ甲府の家が相当の資産家らしいから、生活のことを心配せず悠々自適にやっていけるのだろう」

郷里の甲府で父親が広大な果樹園を経営しているという話は、弘子も森河自身から聞いていた。今年の夏ダンプとの接触事故を起こす十日ほど前に、父親は胃潰瘍《いかいよう》で死んだが、果樹園は弟が継ぐことになっていたので立場は変わらないらしい。祖父が戦後間もなくまで東京で精神科の病院を開いていた。祖父の死後、適当な後継者が見つからないまま、今では建物だけの廃院になっているのを、父親が彼の名義にしてくれたのである。

森河はその病院の一室に住み、他の病室を下宿として学生たちに貸している。室数が多く、部屋代だけでも充分生活はできるらしい。

「あの事故以来、私、あの人のことよくわからなくなってきたわ。このあいだからやたら私たちのことを知りたがるの。私と先生のことだけれど……」

「それは君に気があるからだろう」

「そういうこととは違うの」

弘子は遮った。

「先週の土曜日、久しぶりに喫茶店で会ったら突然あのことを聞かれたわ」

「あのこと?」

「あの事件のこと――一昨日、一緒に御飯食べたときも聞いてきたわ」

波島が顔色を曇らせた。二人のあいだで事件という言葉が出れば、それが昨年末の一つの事件をさしていることはすぐにわかる。

昨年十二月、年末も迫った頃、藤堂病院の前の副院長だった秋葉憲三が死んだ事件だった。渋谷の自宅で妻の杉子が留守中に猟銃で、頸部《けいぶ》を射った自殺だった。

秋葉は波島の二年先輩で、波島が藤堂病院に十五年前入ったのは彼の紹介だった。先輩というより友人同士に似た関係だった。波島は、弘子が夜勤のときなどよく秋葉の家を訪れ、杉子と三人で夜遅くまで飲んだ。

突然の自殺に心当たりのある者はなかった。病院でも普段と何一つ容子《ようす》は変わらなかったと皆が証言した。

自殺の動機が全く発見できなかったので、警察では他殺の疑いも抱いたようである。しかしその線からも結局は何も出ず、事件は自殺ということで終わった。

波島も、自殺の動機に心当たりはないと証言した一人だった。

「何も言わなかっただろうな」

「言えることじゃないわ。わたしは部外者だし何も知らないって——でも彼、その話のすぐあとに私たちが何故離婚したかを聞いてきたの。事件と離婚とが関係あると言っているような口振りだったわ。確かに変なのよ。あの人にしては珍しいしつこい聞き方だったし。何か感づいてるのじゃないかしら」

「あの頃、俺の部屋によく出入りしていたし、勘のいい奴だから、うすうす気づいているかも知れんが……しかし今頃になって何故……」

二人の間で重苦しい沈黙が流れた。波島が沈黙を誤魔化すようにテレビのスイッチを入れた。

アナウンサーの無表情な声が流れ、画面に大きく噴煙をもうもうと吐く火口が映し出された。昨夜三十数年ぶりに爆発した凌駕岳の噴火が、今日もなお続いていることを報《し》らせていた。

弘子はなにげなく画面を眺めながら、ふと去年の夏の自分たちの関係を思い出していた。

一瞬の爆発──あんなにも激しく熱かったのにすべては砕け、灰となって散り、残ったのは砂礫《されき》の残骸だった。

憎んだのでも嫉妬でも裏切られた悲しさでもなかった。夫の眼が自分ではないものを見、夫の手が自分ではないものに触れたがっていると思うと不意に自分が、自分というものが、自分の肉体がたったひとりでいる淋しさに襲われた。夫の方が完全に背を向ける前に、自分の方で背を向けた。離れたかったのではない。向けた背でやはり必死に夫の背を摑《つか》もうとしていた。本当に離れたかったのなら、病院もやめていたに違いない。

波島もぼんやりテレビの画面を眺めながら、何かもの思いに捉《とら》われている視線だった。

二人は、画面が映し続ける凌駕岳の噴煙を、灰に埋れた町を、別々の場所に座り、おそらく別々の思いに耽《ふけ》りながら、眺めていた。

当然のことだが画面の中の凌駕岳山麓《さんろく》で、別のもう一つのドラマが同じ事件に向かって進行していたのを、このとき二人はまだ知らなかった。

6

灰が降っている——薄雪のようにそれは色もなく、細く静かに降っている。夜の虚空の上方で、見えない手が指間から退屈そうに砂を滑り落としているようにみえる。音はない。動きもない。窓ガラスに目を寄せてじっと睨《にら》んでも、灰は無数の微粒子で宙に静止しているように見える。

降っているというより、それは霧のような薄い膜で夜に霞《かす》んでいた。遠い人家の灯が視力を失った夜の幾つかの眼のように、ぼんやりした光で覗《のぞ》いている。

時間が流れているのが信じられないような、一つの空しい世界だった。空白のキャンバスの向こう側を覗いているのかも知れない——

碧川はホテルの中庭に面した窓をそっと開くと片手を外に出した。手はすぐに生暖かいものにふれた。

窓を閉め、テーブルの上のランプシェードに手を近づけた。

わずか数秒だったが、灰は象牙《ぞうげ》色で手を塗りつくしている。五本の指は意味もなく内側に折られ、空白を摑んでいた。彫刻か化石の手だった。

碧川は少し意地悪い微笑で、他人のもののように自分の手を眺めた。どのみち、絵筆をもたなくなった数か月前から、彼の手は死んだも同然だったのだ。

腕時計の文字盤を覆った灰を拭った。

十一時七分——

まだ四時間以上はある。

ベッドを振り返ると、先刻まで心配して寝つかれずにいた妻の梨枝《りえ》が、いつのまにか軽い寝息をたてて眠っている。

梨枝が心配しているのは噴火のことではない。十時頃ホテルの主人がやってきて二キロ東の相生町はほとんど灰に埋れてしまったが、ここは風向きから外れているから、まだ明日一日は大丈夫だと言った。明日の朝、トラックが来て宿泊客を全員駅まで送ってくれることになっているという。

梨枝は碧川の顔色を心配していた。

春頃からノイローゼ気味だった碧川に気晴らしに旅行に出ようと言い出したのは、梨枝の方だった。三年前の新婚旅行先だった凌駕岳にもう一度行きたいと言ったのも、梨枝の方である。ところが計画は失敗だった。七日の滞在の予定が、到着して二日目に山が爆発しこの騒ぎになった。気晴らしどころではなかった。梨枝は責任を感じ、夫に変化が起こらないか気遣っていた。

梨枝が夫の顔色を何度も心配そうに窺《うかが》っていたのは無理もない。この二、三か月彼は時々自分でも異常だとわかる行動に出て妻を苦しめていた。突然、包丁を握って右腕を切りおとそうとしたり、意味もないことに感情を爆発させ、暴力をふるった。

仕方がなかった。空白のキャンバスは、半年前、雪の国道上で諦《あきら》めたはずの一つの夢は、突然彼に襲いかかり、以前以上に彼を苛立《いらだ》たせた。

しかし、妻の心配は結局、無益だろう。

羽田を発《た》つとき、碧川は、ぼんやり今度の旅で自分はまた死にたくなるだろうと思った。

事実、凌駕岳の山麓にあるこの町に到着した翌日、碧川は死を考えた。

昨日ホテルが出してくれた観光バスに乗って、碧川は妻と凌駕岳めぐりをした。ホテルを出て三十分もすると鉄橋を渡った。長い鉄橋を渡り終え、小高い丘陵を上りつめると不意に開けた視界に、巨大な鳥が翼でも掠《かす》めるように、影が広がった。凌駕岳は広漠たる平原に、堂々たる雄姿で盛りあがっていた。眩《まぶ》しすぎる太陽を逆光に浴びて、山肌は黒々と光っている。

稜線《りようせん》はなだらかな、しかし鋭い線で、清く澄み渡った空を大きく斜めに切っている。山影に切りとられた分だけ、かえって空は広く見える。空をこんな広い空間として意識したことはかつてなかった。

地軸が揺らいだように風景を大きく右に傾けながら、だが完璧《かんぺき》な安定度で、稜線は天空を支えていた。

碧川が死を考えたのは、その瞬間だった。

彼は大自然の迫力と偉業に完全にうちのめされていた。稜線が巨大なキャンバスを明暗二つに分けた一本の線は、あまりに完璧な芸術だった。彼がここ数年、小さなキャンバスにくねらせ苦しんだ無数の線など、その前では何の意味もなかった。

完全な敗北だった。その敗北感の底には死臭があった。

空白のキャンバスへの恐怖も焦りも苛立ちも、水際をひく波のように彼から遠のいていった。コップの端すれすれまで水を漲《みなぎ》らせたような、緊張した、だが非常に静かに安定した、それは一つの感情だった。

今度こそほんとうに諦められると思った。

午前四時——前夜二度目の爆発が起こったときから決めておいた時刻が近づくと、彼はベッドをおり、洋服に着替えた。

妻や親族には何も書き残さなかった。自分の死後、他人に自分を文字や思い出で残したくなかった。

腕時計の針が馬鹿げた角度で四時ちょうどを指すのを待ってから、彼は懐中電灯をもって部屋を出た。

ドアを閉めるとき、彼は妻を振り返らなかった。妻も、三年間の結婚生活も、最後の視線を呼びおこす過去ではなかった。三年間の結婚生活は平和で無傷のまま小さくまとまっていたが、愛情ではなく習慣だけでつながった一つの馬鹿げた関係だった。

非常階段から、ホテルの裏庭に出た。

灰はやんでいた。庭の灯が芝生を灰一色の平面で浮きあがらせていた。足を踏みいれると、靴底のへりまでが沈んだ。歩くたびにうす煙をあげて灰が足にからんだ。

玄関にはまだ明るい灯がともっている。凌駕岳の動静を心配して、従業員が徹夜しているらしい。

人目につかないように彼はこっそり道路に出た。

まだ日の出前の時刻だが、夜明けの気配が闇を薄め始めていた。

灰にすっぽり覆われた町並は、焼け落ちた棺に残った一握りの骨のように陰気な影を連ねている。時々吹き渡る風が、灰を砂塵《さじん》のように舞いあげて、町並の影をかすめた。

道路は低い町並を左右に切って、まっすぐ西に伸びている。崖《がけ》はまだ真っ暗な闇に包まれている。それが彼の向かおうとしている方角だった。噴火口までは登れないだろう。だが山麓まで辿《たど》りつけば、死の条件は揃《そろ》っている。熱い灰、溶岩、次の噴火——

碧川は煙草の一本に火を点《つ》けたが、一息吸いこんだだけでそれを捨てた。そして同じ動作を半年前雪上の道路でもしたことを思い出し、吐息と共に笑った。あのときより気持は落ち着いていた。

彼は腕時計を確かめてから、道路の灰に足跡を残し、ゆっくり死に向かって歩き出した。

午前四時十六分——もちろんこの時刻には彼はまだ行く手に待っているのが、死ではなく、死以上に奇妙な一つの不幸であることを知らなかった。

7

その夜、弘子はなかなか寝つかれなかった。眠りに落ちかけようとすると、誰かの顔が不意に脳裏に浮かび、彼女の眼をはっと開かせる。眼鏡をかけたあの白い男の顔、森河の顔、叫んでいる古谷羊子の顔、そして波島の顔――

波島には、森河が八月のダンプとの接触事故以来、自分と距離をおいた本当の理由を話していない。

事故の晩、二人が東京へ戻ったのは零時をまわる時刻だった。弘子は森河の部屋に誘われ一緒にお茶を飲んだ。朽ちかけた病院の一室をそのまま部屋として使っており、本や食器が埃《ほこり》まみれのまま散らばった部屋には、もう三十を越す年齢なのに、まだ学生の匂いがあった。お茶を半分も飲まないうちに突然森河の方で求めてきた。真夏の蒸し暑い晩で、開け放たれたままの窓からは、隣室の学生が酒を飲んで下卑た唄を歌っている声が聞こえていた。八月の初めに森河の父は死に、それからまだ十日が経っていなかった。まだ壮年期だった父の突然の死や、午後の事故で彼は少し腐っていたのだろう。不意に手を握られ、振り返ると、いつもの笑顔が消えているのに自分ながらとまどっているような、少し不器用な顔があった。

森河がそのまま倒れかかってくるのをはねつけるように、弘子は冷たい無表情で立ち上がり部屋を出た。森河のことをそういう意味で考えたことはない、と言えば嘘になる。彼は童顔で、いつも子供のように笑っており、年上の女なら誰でも気になるタイプだった。だが森河が不意に自分を求めたのは、父親の死や馬鹿げた事故で自暴自棄になっているせいだとわかったし、何より初めて見る彼のまじめ腐った顔に、ふと他人の距離を感じてしまったのだ。

翌朝病院の廊下ですれ違ったとき、二人は何事もなかったように微笑《ほほえ》みあったが、森河がいつもの笑顔の下で、前夜の一瞬の行為を気にしていることはわかっていた。

あの事故以来、森河のことがわからなくなった——そう波島に語った言葉は、あの晩の一瞬の顔が原因だった。

そんなことを思い出しながらいつの間にか眠りに落ちたせいだろう。弘子はおかしな夢を見た。

夢の中で、八月のハイウェイでの事故が再現された。現実には真昼のできごとだったが夢の中では夜だった。闇の中で弘子は恐ろしい速度に身をまかせている。運転席の森河にしがみつきたいが、できない。車窓をダンプの巨大な腹がこれも恐ろしいスピードで走っている。ダンプを追いぬこうとしたとき、一瞬ハンドルを左に切ろうとした森河の顔を弘子は見た。危ない——そう叫びながら。森河の顔が別人に見えた。冷たい、凍りついたような微笑を浮かべている。その顔が突然白い眼鏡の男のものになった。古谷羊子を殺さなければならない——古谷羊子ではない、私を殺そうとしているのだ。爆発に似た音の炸裂《さくれつ》、脇腹に感じた衝撃——弘子は思わず運転席の男にしがみついた。そして弘子は男の胸に血が滲んでいるのを見た。

すべてが暗色に包まれた夢の中で、男の血だけが、鮮やかな緑色で広がっていた。

8

遠い意識で線香の匂いをかいだ気がして、惣吉は目を醒《さ》ました。

薄闇を白い煙が這《は》うように流れている。確かに白檀《びゃくだん》の香りだった。白煙と香気は闇の中におぼろげにたゆたいながら、惣吉の体を包んでいた。まだ夢の続きを見ている気がした。

惣吉の額に、冷たいものがしたたり落ちるように触れた。惣吉は眼をあげた。闇に骨ばった白い指が浮かび、指に絡んで数珠が彼の額に垂れている。

「わっ！」

惣吉は思わず叫んで飛びあがった。枕元に髪を乱した女の白い影があった。

数秒、それが下着姿の妻だと気づかなかった。

「ど、どないしたんや、お前」

寝巻からはだけて動悸《どうき》をうっている胸を押さえ、唾をのみこみながら惣吉は聞いた。

突然、飛び起きた夫に芳江も驚いたようだった。はっと怯《おび》えて静止していたが、今度は突然、惣吉の体に飛びついてきた。

「あ、あんた」

必死にしがみついてくる芳江の体は小刻みに震えている。惣吉の体も震えた。芳江の震えが伝わってくるのか、まだ自分が驚いているのかわからなかった。

「び、びっくりさせるな。幽霊かと思った」

「あ、あんたが、さっき枕もとに立って……わたしの名前恨めしそうに呼ぶんだもの、よしえー、よしえーって、何度も何度も。あんた早く成仏して。わたし、生前あんたに優しくしてやったじゃないの」

そんなことを言いながら芳江は、惣吉の体を助けを求めるようにぐいぐい締めつけてきた。

惣吉の頭は一瞬混乱した。芳江は夫の幽霊に怯え、夫に抱きついているのだ。妻の頭の中で生きている自分と死んでいる自分がどんな形で同居しているのかわからなかった。

「芳江、お前やっぱり病院行かなあかんよ。病院の先生も本人連れてこなわからへん言うてるし……」

「行く行く、病院でもどこでも行くからあんた化けて出るのだけはやめて」

「薬はちゃんと飲んでるのか」

「薬?」

「そう、俺が病院から貰ってきたろ」

「あれ、何の薬?」

「神経を鎮める薬だ」

「ほんとに? 嘘。あれ毒薬でしょ。あんた自分ひとりじゃ浮かばれないと思って、わたしを道連れにする気なのね」

それでも何とか宥《なだ》めすかして寝かせた。

だが無駄だった。三十分もして、惣吉がやっと再びうとうとし始めると、芳江はまたけたたましい悲鳴と共に騒ぎだした。

「あ、あんたが私の足を暗い沼の中へ引っ張った」

芳江は仏壇へ飛んでいくと、数珠をじゃらじゃら鳴らしながら夢中でお経を唱え始めた。

宥めて寝かせるが、またすぐに起きあがって騒ぎだす。

馬鹿げた茶番劇は数時間続いた。一晩中《ね》、仏壇には灯明がともされ、線香が焚《た》かれた。

四時をまわる頃、先に芳江の方で音をあげた。

「あんた、もうどうにもなれへんわ」

俺の言いたいことを、俺の言葉まで真似て言いやがる——惣吉はそう思いながら、へなへなと蒲団の上に座りこんだ。

「あんた——」

ふと顔をあげて芳江は言った。

「他にもう方法はないわ」

今度は別の霊でも憑《つ》いたように、不意に声も顔も、気配の全部が静かになった。

芳江はすっと立ち上がると、惣吉の文机《ふづくえ》の抽《ひ》き出しから硯《すずり》を取り出し墨をすり始めた。

「何する気や」

芳江は墨をすりあげると、筆を濡らし、惣吉の方へさし出した。

「あんた、私の体に写経をして」

阿呆らしいと言いかけた声を、惣吉はのみこんだ。芳江は真剣な眼で訴えている。

「お願いします。そうでないと、わたしあんたの手で暗い闇の中へ引っ張られてしまう」

芳江の疲れ果てた眼が泣くように赤く腫《は》れていた。惣吉の気持は変わった。

惣吉が狂っている妻を哀れに感じたのはそのときが初めてだった。芳江は三十の後半になった今もって箱入り娘の我儘《わがまま》な性格が残っていて、何事につけ養子の彼に居丈高にふるまっていたが、それでも十年近くを一緒に暮した妻だった。

惣吉は立ち上がると、風呂場のビニルマットを持って戻ってきた。

芳江は、惣吉が敷いたマットの真ん中に立ち、下着を脱いだ。

するりと剝《は》がれて白い裸身が薄闇に浮かんだ。中年と呼ばれるようになった芳江の体は、さすがに線が崩れていたが、肌の抜けるような白さに眼を奪われ、惣吉は古女房の体がまだ充分美しいのに驚いた。

ただ通常の人間の何かを喪失した女の体は、以前のような肉体という印象ではなく、闇が吐いた白い溜息《ためいき》のように、手で摑んだらすっと消えてしまいそうな儚《はかな》さだった。

惣吉はふとこれが自分が書く生涯最高の写経になるかも知れないと思った。

芳江は上向きに寝ると、

「お願いします」

と呟《つぶや》き、片足をくの字に折ってさすがに恥部だけを隠した。妻の体に四つん這いに覆いかぶさり、惣吉は筆を固く握りしめた。

「どこからがいい？」

返答はなかった。芳江は瞼《まぶた》を斜めに閉じ黙っていた。

惣吉はためらわずに両胸の窪《くぼ》みに筆をおろした。墨を吸って芳江の肌は生き物のようにうねった。

「あっ」

冷たかったのか芳江は小さく喘《あえ》いだ。

阿弥陀経《あみだきょう》の最初の文字が、その肌に死の烙印《らくいん》のように描かれた。

9

午前六時二十一分――

碧川は腕時計で、時刻を確かめると一息ついた。丘陵を下り、渓谷に沿ってしばらく進み、今彼は鉄橋の手前に立っていた。

鉄の橋は気の遠くなるほど、長く、まっすぐに伸びている。

橋を包む風景は、昨日の陽光下では凸レンズを覗いたような立体感があったが、わずか一昼夜のうちに灰一色に覆われ、妙に平面的な印象しかない。

もう日の出の時刻をとうに過ぎたはずだが、空は明け損ねたように灰と同じ無彩の暗さで風景にかぶさっている。たった一日で何もかもが滅んでしまったようだった。

彼はふと子供の頃、火葬場で焼いた祖父の死骸を思い出した。一日前までぴんぴんして彼を抱きあげて笑っていた祖父は翌日には、炎のあとの一握りの骨片とわずかな灰に変わり、風が起こると、霞のように空中に散り、偶然、風下にいた彼の小さな体に降りかかってきたのだった。

今の彼も風が舞わせる灰を全身にかぶっていた。口の中はざらざらに乾き、眼はしきりに痛み、灰にはあのときの祖父の死臭があった。

彼は風景に自分の体が半ば溶け、線だけで貼《は》りついている気がした。樹木は枯れはて、川は濁り、橋は果てしなく遠かった。

だがこの橋を渡り終え、十分も進めば、また眼前にあの火山がのぞめるだろう。ここまで来て、彼はもう山麓まで辿り着くことは諦めていた。もう力は尽きかけていた。

しかし凌駕岳をもう一度見られたらそれでいい気がした。ふいに開ける無限の空間を、堂々たる稜線で切り取る、あの火山をもう一度目に出来たら、自分は何のためらいもなくどこかの崖っぷちに立ち、足を空に落とすことができるだろう。

彼はゆっくりと橋を歩き出した。今までに彼はどんな人のいない道でも隅しか歩いたことがなかったが、その最後の道路だけは真ん中を選んで歩いた。

これがある意味で彼の生命を救ったといえる。もし彼が鉄橋の隅を歩いていたら、五分後橋が突然揺れた際、手摺《てすり》から放り出され真っさかさまに谷底へ墜落していただろう。

彼がちょうど鉄橋の半ばにさしかかったとき、突然、恐ろしい爆発音が灰色の世界を突き破った。音の衝撃と、突然足許《あしもと》で大きく左右に波うちだした橋の震動で、彼の体はあっという間に転倒した。十月七日午前六時三十分凌駕岳は三度目の噴火を見たのだった。

コンクリートに激しく頭をうち、失いかけた意識を、何とかもち直らせ、彼はよろけるように立ち上がると、鉄橋の残り半分を一気に駆けぬけた。

橋を渡り終えると道路は左に曲がり、しばらく渓谷に沿って進む。そのあと道路は丘陵の底辺に沿ってカーヴしながら上り坂になり、坂を上りつめたところで……

彼はそれだけの道程を十分近くで走り通した。そこへ到着するまでにまた噴火が起こるかも知れないと思うと気が急《せ》いた。

昨日バスが上りつめたように彼はその坂を走って上りつめた。そこで息が切れ倒れた。一分近く爆発しそうな心臓を押え、その場に蹲《うずくま》っていた。

顔をあげる前に一度目を閉じ、それから思いきって崖のふちに両手で縋《すが》り、目を開いた。

昨日と同じように不意に視界は展《ひろ》がっていた。昨日と同じ果てしない広い空間で——

だがすべてが昨日と違っていた。

火山がそこになかった。

それだけが、昨日と同じ風景のすべてを狂わせていた。昨日も峠から凌駕岳の全景を見たわけではない。おそらく巨大な火山の中腹部だったろう。だが太い強靭《きょうじん》な稜線は確かに空の半分を切り取り、堂々たる雄姿を見せていたのだ。

しかし今、空は完全にからっぽであった。昨日稜線に隠されていた風景の半分にも空が広がっている。

そんな馬鹿なはずがない。凌駕岳は、全《すべ》てが破壊され埋れ枯れはてた世界にも完璧な揺るぎない稜線で聳《そび》え立ち、彼をもう一度敗北感と屈辱感で完全にうちのめさなければならなかったではないか——

道をまちがえた？　ありえない。ホテルから道路は一本道だし現にここに来る途中、昨日のバスの車窓から見たのと同じ建物、標識を見ているのだ。

その奇妙な消失感には記憶があった。半年前、雪の国道上で同じことが起こっていた。あのときと同じように彼がぶつかった瞬間、風景から火山が消えた。

幻影？　だがどちらが幻影なのだ。昨日見た太陽の下の淩駕岳か？　今日の前にある空白か？　それとも消えた火山から降ってくるこの灰か？

彼は十五分前、運よく橋の真ん中を歩いていて命拾いした。だが幸運は彼の生命を救ったが、彼の人生は救わなかった。

碧川は崖のふちに力なくへばりついたまま、眼前の空白に、巨大な空白のキャンバスに降りそそぐ幻の灰を、遠い意識で眺めていた。

10

遠くで電話のベルのような金属音を聞いた気がして、波島は目を覚ました。

いつのまにか朝の陽光がカーテンをかけなかった窓に溢《あふ》れ、彼の顔いっぱいに反射していた。セーターを着たままベッドに転がっていた。昨夜弘子が帰ったあとで不意に酔いがまわった。

枕元の煙草に手を伸ばしながら、昨夜聞いた弘子の言葉を思い出した。

——森河があの事件のことを知りたがっている。

昨夜は、さほど気にならなかった言葉が、酒臭が沈澱《ちんでん》し靄《もや》の中で焦点がさだめにくくなったような頭の中で、妙に不吉な意味を帯びて感じられた。

しかし今頃になって何故？

あの事件が起こった頃、森河はすでに彼の助手をしていた。病院内であれだけ騒がれた副院長の自殺事件に当然森河も興味を覚えただろう——だが当時の森河の容子を思い出しても、いつものにこにこした笑顔が浮かぶだけである。

だが油断はならない。あの少ししまらない笑顔の下で、フロイトの原書を読破し、アドラーの論理的欠陥を指摘する異常な頭脳を持った青年である。

二日酔の濁った頭の中で、森河の笑った童顔が酷薄な仮面のように思えた。

絶対に知られてはならない——

波島は指先にはさんだままの煙草に気づき、ライターをとった。

ライターの炎が燃えあがったとき、ふと眩しい朝の光の中で一人の女の肌が跳ねた気がした。

諦めるために抱いたのだ。これで逢うのも最後のつもりで。彼女は他人の妻だったし自分も一人の女の夫だった。それなのに四十歳という年齢の、最後に残った若さに必死に縋るように、彼は自分をさらに燃えたたせてしまったのだ。気がつくと、愛欲という野卑で恥知らずな言葉でしか表現できない泥沼の中でもがいていた。

「秋葉先生が自殺なさったわ」

年末の迫ったあの冬の朝、旅行先から戻るとこの部屋で弘子が待っていてそんなことを言った。

「一晩中待ってましたわ。どこへ行ってらしたの」

鞄《かばん》だけを置いて飛び出そうとした彼に、弘子は、

「服ぐらい替えて行くべきだわ」

と言った。ひどく潔癖な声だった。

何とか礼服に着替え、渋谷へ走った。現場の応接間は事件の後始末を終え、妙に人気がなかった。彼の見慣れた一人の男の、広い肩幅が、大柄な体軀《たいく》が、長い脚が、白墨の乱雑な線だけで床に倒れていた。死体は警察が引き取っていったあとだった。雨戸を閉めきったままの部屋に、彼が開いたドアから射しこんだ光の中に、その白い線だけの生命の残骸は浮かんでいた。血痕《けっこん》のしみに自分の影が覆いかぶさっていくのを彼は奇妙に意識していた。

女はソファに座り、床の白い線を静かに見おろしていた。彼がもう夢の中でしか手探りすることができなくなった肌を黄色いブラウスに包んで。派手な色彩は自殺者の妻の立場にも、いつも淋しそうに霞んだ彼女の顔にも似合わなかった。女はふと目をあげた。悲しいというより、乾いた、色を喪《うしな》った眼だった。黒い喪章の眼——

突然、電話のベルが鳴った。

「先生ですか？」

受話器を外すと森河の声だった。

「先生、今日は病院へ出てきますか」

「ああ、午後から出ようと思っている」

森河のいつもと変わりない声に先刻までの疑念が消えていくのを感じながら、波島は答えた。

「今日は先生休みの日だから、それで電話で報らせておこうと思ったんですが……」

「なんの用だ」

「今朝、診察室のカルテを調べていたんですが……そのう、古谷羊子さんの分がないんです」

「そんな馬鹿な。古谷羊子は昨日診察した。昨日はまちがいなく……」

そのとき、波島の頭に閃《ひらめ》いたことがあった。

「君、診察室の俺の机の上に、俺のノートがあるだろう。その古谷羊子のところを調べてくれ」

ノートというのはカルテとは別に、波島が患者の症状の変化を克明に記録してあるものである。

「先生――」

しばらく経って森河が受話器の底でカン高い声をあげた。

「先生――古谷羊子の名がいくら探しても見つかりません。そのう……ノートの真ん中ぐらいのところに五、六頁切りとられたところがあるんですが……」

「そ、そんな馬鹿な。俺が昨日一時に診察室を出るまでは確かにそのページはあったんだ」

思わずベッドに身を起こした瞬間、波島の頭にあの文字が緑色のインクで流れた。

――古谷羊子を殺さなければならない。

11

台所で夕飯の支度をしていた古谷一美は、おやっと思って手を停めた。

寝室から、義姉の羊子が誰かと言い争っている声が聞こえた。

家の中には自分と義姉の二人しかいないはずである。兄の征明は十月七日から五日間の予定で北海道へ出張している。出張の前日、義姉は病院で騒ぎを起こしており、留守中は気をつけるように言われていた。

「義姉《ねえ》さん」

と声をかけ、寝室のドアを開いた。瞬間あっと思った。

羊子が手に鋏《はさみ》を握って突っ立ち、全身を震わせている。誰かの攻撃に怯えながら、防《ぼう》禦《ぎょ》の姿勢をとり、喉《のど》から絞りだすような苦痛の叫び声をあげている。

「まだ、死んでなかったの……これ以上苦しめるのはやめて」

はっきり聞きとれないが、そんな言葉だった。

一美は咄嗟《とっさ》に義姉の傍に駆けよろうとして、思わずたちすくんだ。

寝室の中には羊子のほか、誰もいなかった。一美はほっとしたらいいのか、却《かえ》って驚いたらいいのかわからなかった。部屋の中で、たった一人で羊子は襲われかかっているのだ。

いや実際には確かに寝室にはもうひとりがいた。それに向かって羊子は叫び、鋏をふりかざし叫んでいたのだ。

だが、それは鏡の中の女、鏡の中の羊子自身だった。

一美がぼんやり足を停めているすきに、羊子は鏡台の鏡に向かって鋏をふりおろした。あっと叫ぶ間もなく、鏡は大きな音と共に割れ、周囲に破片が飛び散った。

一美は咄嗟に義姉に飛びつき、何とかその手から鋏を奪いとり「義姉さん、義姉さん」と叫びながら、まだ何かに突進していこうとする義姉の体を必死で引き停めた。義姉が何に向かって突進しようとしているのか、自分が何から義姉を守ろうとしているのか、わからなかった。鏡の中の自分を睨《にら》んでいた義姉の顔があまりに恐ろしい形相だったので、一美まで、部屋の中にもうひとり誰かがいるという錯覚に陥っていた。

不思議に怪我はなかった。

一美が破片を拾い集め、掃除にかかった頃には義姉もやっと落ち着いたのか、静かに畳の上に座っていた。

羊子は砕けた鏡の一片を拾うと、じっと覗きこんで、満足に似た薄い笑みを泛《う》かべていた。鏡の一片には、斜めに切れて、羊子の片眼が他人の眼のように映っていた。

12

高橋は、腕をさすりながら、手術室を出た。手術の際はゴム手袋をするので直接、肌が血に汚れることはないが、彼は必ず自分の白い皮膚に血のしみが残ったような不快感に襲われる。ブラシで他人の倍以上ていねいに腕のつけ根までを洗うが、血の感触は長い時間必ず尾をひいた。学生の頃から外出のあとは必ずうがいをし、石鹼《せっけん》で手を洗滌《せんじょう》しないと落ち着かない神経質な男だった。事実、男には白すぎる彼の皮膚には、外界との接触にいつも失敗しているような、どこか潔白すぎる悲しい翳《かげ》に似たものがあった。

廊下を歩きながら、マスクを取り、眼鏡のふちを意味もなくずりあげたとき、背後から看護婦が声をかけてきた。

「あ、高橋先生、手術中に奥さんから電話がありましたわ」

高橋は看護婦を振り返った。

「電話って?」

「大した用ではないけれど病院を出る前に、家に電話を入れてほしいということでした」

「今、奥さんと言いましたね」

高橋はいつもの癖で、相手から体を斜めにずらし、眼鏡の下で斜視のように視線を歪《ゆが》め、ゆっくり、妙にていねいにそう言った。

「それは、僕の妻ですか」

「ええ」

看護婦は不思議そうにうなずいた。

「どうしてそれが僕の妻だとわかりましたか」

「それは――」

「僕の妻は高橋由紀子という名前だが、そう名乗ったのですか」

「いいえ、でも先生の奥さんだと言いましたから――」

「それだけで、なぜ僕の妻だとわかりましたか？」

「――」

「君は以前にも僕の妻の声を聞いたことがありますか？」

「いえ――」

「それでなぜ僕の妻だとわかりました？」

続けざまに奇妙な質問を向けながら、彼の表情は妙に乾いて静かだった。

戸惑っている看護婦に背を向けると、高橋は玄関に行き、受付横の赤電話を取った。

自動的に指がダイヤルを回した。ふと数字のどこかに不自然さを感じたが、何故そんな気がしたのかもわからなかった。
呼び出しの金属音は長い間続いた。

諦《あきら》めて切ろうとしたとき、やっと相手の受話器が外れた。受話器の底に声が聞こえた。

「もしもし……」

金属音がまだ彼の耳に余韻を響かせ、その声に絡んでいた。

「もしもし、高橋ですが……」

女の声だとはわかる。だが――彼は黙っていた。

「もしもし、こちら高橋ですけれど……」

彼は受話器を強く握りしめた。声を出そうと思うが出ない。薄い髪から冷汗がひと筋、彼の白い皮膚をよぎった。

「もしもし……何方《どなた》でしょう……こちら高橋ですが……もしもし」

13

エレベーターを七階で降りると、ちょうど森河が波島の個室を出てくるところだった。

「先生いる?」

「いえ、まだ診察室です。本を取ってくるよう頼まれたので――」

「そう――私は石田先生のところへ来たんだけど――」

そのまますれ違いかけた森河の背を弘子は呼び停めた。

「昨日の晩、あなたの所へ寄ったのよ。ちょうどあっちの方に用があったので——一時間ほど近くの喫茶店で待ってもう一度行ってみたけど留守だったわね」

「ええ——最近飲み歩いてるものだから」

「若いお嬢さんも入口のところで待ってたわ」

「——?」

「その女《ひと》から聞いたんだけど、あの病院近くとり壊すそうね」

「ええ。誰も学生がいなくなってたでしょう。みんな引っ越していったんです」

「いつ?」

「まだ先月の末です。甲府の弟や家族が父の遺産を今のうちにはっきり分配しておいた方がいいと言いだしたんです。それで思いきって将来のために小さな医院でも建てようかと——日本にはまだほとんどないノイローゼ患者のカウンセラーでもやりながら、自分の研究を続けようかと前々から考えていたし、この際だと思って」

「工事はいつから?」

「まだ未定です。建設会社に勤めている友人に頼んではあるのですが……早ければ今年の末になると思います」

「そう、じゃあこの病院はやめるの?」

「いえ、まだ五、六年は先生の下でいろいろ勉強しなければなりませんから……まあ建物だけでも先に建てておこうと思ったんです」

「そう——」

ふと弘子は聞いてみる気になった。

「あの若い娘さん、誰？」

「さあ、きっと部屋を借りていた女子大生でしょう。部屋代をあとで払いにくると言ってたのが一人いましたから」

視線をそらし、背を向ける前に、

「今度からうちへ来るときには前以《まえも》って電話をもらえませんか」

と森河は言った。

「そのう、最近、夜、飲み歩いてることが多いものですから」

ぎごちない弁解だと弘子は思った。森河が自分を敬遠し始めたのがあの事故の晩のせいだと思っていたのは自惚《うぬぼ》れで、昨夜の若い娘のためだったのだろう。娘が時々夜になってから彼の部屋を訪ねてくるのだ。

別に森河に愛情を持っていたわけではない。だが去っていく森河の若い背を見送りながら、弘子はふと自分がその場に三十四歳の年齢と共に取り残された気がした。

14

北海道の出張から戻った晩、古谷征明は妻から初めて「影」ということばを聞いた。

風呂を済ませ、征明がガウンをはおって居間に入ると、羊子がひとりソファに座っていた。この二、三日羊子はわりと容子が普通で、病院へ行くのもいやがらなかったと一美が言っていた。

テーブルにはアルバムが広げられ、羊子は一枚の写真を手にとって眺めていた。

「なんの写真？　僕にも見せてくれないか」

「はい」

羊子は背筋をしゃんとさせ、行儀よく答えた。

最近の羊子の征明に対する態度には、小学生が学校の教師に向かうようなところがあった。

病院へ通い始めたころ、征明は羊子に「病院の先生のいうことには、生徒みたいにはきはき答えなければいけないよ」と言い聞かせたが、夫の命令を夫に対しても守っているようだった。

羊子は写真を征明にさし出した。

セピア色に変色した相当古い写真である。

アルバムは二、三年前羊子が、自分の写真と征明のとを混ぜて貼り直したものだったが、その一枚の写真には記憶がなかった。

写真には、ただ低い白一色の土塀が、色褪《いろあ》せて横に流れている。土塀の底辺に雑草が密集し、写真の下半分には砂の庭が広がっている。土塀と砂——他には何もない。寺か旧家の土塀を内側から狙って撮ったもののようである。

「それ、わたしの影です」

羊子が、細い指で写真の左端を指して言った。指さされた砂地の端には、斜めに流れて人間の影のようなものが黒くしみついている。

「そう。どこの写真?」

羊子は何も答えなかった。話はそれきりになった。

征明は羊子のことばを鵜《う》のみにして、たいして気にもとめなかった。撮影者が羊子を撮《う》そうとしたが、腕が狂って被写体の羊子をはずし、影だけしかとらえられなかったと思ったのだ。

征明がもうちょっと注意して写真を見ていたら、妻の言葉の異常さに気づいたはずである。

写真の左端と影は、わずかに余白があり、そこに砂地が覗《のぞ》いていた。人間と影がそんな風にきり離されることはありえないことだった。

その影は、影だけで独立して砂の庭に落ちていたのである。ほんとうに影だったとすれば、それは空白が残した影であった。

15

鞍田惣吉が偶然からそれを知ったのは十月十三日である。

昼さがりに惣吉は、古新聞を広げ、仏具を磨いていた。

仏壇には、惣吉の写真が飾ってある。

「わたし、あんたのこの顔が一番好きだわ」

と言って芳江が、新婚旅行先の伊豆で撮した写真を、枠に入れて飾ってしまったのだ。

十年前の写真で、まだ若い惣吉は馬鹿のようにあんぐり口をあけて笑っていた。色褪せた写真を見ながら、ふと惣吉は、芳江の言うとおり、自分の生命までが変色し、今の自分は確かに死んだと思われてもしかたのない、無価値な存在かも知れないと思うことがあった。

いくら勧めても芳江は断固として病院に行くことを拒絶する。

「あんたでしょ、狂ってるのは。死んでるのにいくら説得したって生きてるって言い張るんだから」

そんな事を言いながら逃げてしまう。何かひじょうに強情な霊でもとり憑《つ》いたようなきっぱりした言い方で、惣吉に有無を言わせなかった。

それに惣吉の前で死んだ死んだと騒ぐだけで、日常生活はさほど支障なくきりまわしているから、惣吉も無理に引っ張っていくほどの気も起こらない。病院の医師は珍しい妄想だというが、そんな異常な狂気もなんとなく日常生活の惰性に流されていく感じだった。

婿養子という弱い立場がこんな際にも惣吉の意識の底にあった。この頃では芳江に命令され、惣吉は毎朝自分の手で、仏壇に御飯を供え、芳江と一緒にお経を唱える。そしてそんなふうに日常のなかにひどく自然におさまっている自分の死を、何となく当然のことのように思い始めていたのである。朝目を覚ますと自分の線香くさくなった体が、ふと動いて生命を告げるのに思わずゾッとすることさえあった。

その午後も仏壇の中で死んでいる自分がふっと可哀想な気になって、埃《ほこり》と錆《さび》で汚れた仏具を掃除する気になったのである。

惣吉の手がふと停まった。

仏具を磨きながら、何げなく広げた古新聞を拾い読みしていたのだが、磨き粉が散った中にその活字を見つけたのである。

——歌舞伎町交差点で事故。身元不明者死亡。

惣吉は新聞の日付を見た。

八月十日——。

惣吉は盆の果てた八月十六日の午後、不意に霊柩車《れいきゆうしや》で戻ってきた芳江が言った言葉を思い出した。

「あんたの初七日でしょ。帰りに歌舞伎町の交差点で供養してきたわ」

十六日が初七日なら、その惣吉の死は十日に起こったものである。

惣吉は喰い入るようにその記事を読んだ。


――十日午前一時三十分頃、国立市の会社員Aさんが新宿区歌舞伎町の派出所に轢《れき》死体を見つけたと届け出た。現場は歌舞伎町の交差点付近で、死体はガードレールに寄り添うように俯《ふ》せて倒れていた。死亡時刻は零時半前後、Aさんが発見する一時間程前と推定される。死体が酒気を帯びている点から警察では酔っ払って道路に出、倒れた所を青信号に変わって疾走してきた車に轢《ひ》かれたものと見ている。頭部が砕かれ所持品もないので死体の身元はわからないが、年齢は四十二、三、身長一六〇センチ、肩幅の広い小太りの男性で、葬儀の帰りでもあったのか黒の礼服を着ていた。轢いた自動車は判らないが、犯人は直後に死体を道路の端に移し逃走したものと考えられる。悪質なひき逃げ事件として警察では捜査をすすめている。

新宿の繁華街なら深夜でもかなりの人や車が通っていたはずである。それなのに誰も事故に気づかず、一時間も死体が道路に転がっていたというのが不思議な気がしたが、それより惣吉の気になったのは、轢死体の身体的特徴であった。

惣吉は立ち上がると洋服箪笥《だんす》を開け、扉に貼りついた姿見に自分の体を映してみた。たしかに似ている！

いや自分そのものと言える。もし自分が身元不明の死者として葬られたなら、新聞は同じ言葉で特徴を報じるだろう。身長一六〇センチ、肩幅の広い小太り、年齢四十二、三――

鏡が活字に記された特徴の全部を秋の午後の陽ざしに曝《さら》していた。自分の亡霊を見ているような気がして惣吉は顔を背けた。

芳江が笑顔を覗かせた。

「あら、ごめんなさい。忙しいのでつい仏壇の掃除忘れてしまって――あんた綺麗《きれい》ずきだったものね、ほんとに済みません。前からあんたが気にしてるんじゃないかと心配してたんですけど」

惣吉は、ふと自分の方が狂っている気がした。

16

今夜も同じ階段を上る。同じコンクリートの階段を、四十二の同じ段数を、同じ四階の一つのドアに向かって――

高橋は腕時計を見た。午後九時七分――九時八分十三秒には彼はまたそのドアの前に立つだろう。

あれ以来、何とか部屋のドアにまでたどり着く時間を遅らせようとした。ブザーを押す、内側から錠の外される音、そして妻がドアを開く――その瞬間を一秒でも遅らせたかった。

だが足は勝手に習慣の段数を習慣の秒数で上ってしまう。

一分十三秒――それが彼の現在の固定された生活だった。横浜の病院から現在の池袋の病院に移り、この板橋の公団住宅へ引っ越して三年。何もかもが同じだった。なにひとつ変わらなかった。それなのにすべてが日常の形を保ちながら、ある日突然、妻の顔だけが他人になっていたのである。

九時八分十三秒に彼は部屋のドアの前に立ちブザーを押した。ルームナンバーが403と三つの数字で奇妙な暗号のようにならんでいる。

高橋は眼鏡を外した。彼が一日のうちでいちばん恐れている瞬間だった。ほんの一瞬だが、彼は女の顔を真っ正面から見なければならないのだ。

人気ないコンクリートの廊下に棒立ちになり、彼は手を緊張で握りしめた。恐いなら視線を背けていればいい。だが気持とは別に視線は、ドアの裏にやがて現われるだろう女の顔へとぐいぐい引っ張られていく。

いつもの晩のように彼は耳に全神経を集中させた。土間へおりる誰かの足音、錠を外す誰かの指の動き、ドアが開かれ、逆光と眼鏡を外した弱い視力とでぼんやり霞《かす》んだ中に影となって浮かぶ誰かの顔——

「お帰りなさい」

知らない声が言った。

17

「つまりこの記事が原因だと？」

波島は、鞍田惣吉が手渡した古新聞を読み終えて言った。

惣吉は肯《うなず》いた。

確かに日付も状況も、惣吉から今日で四回にわたって聞いてきた妻芳江の妄言と一致しているように波島にも思えた。鞍田芳江がこの事故を新聞かテレビのニュースで知り、死骸が夫だと信じこんだショックから神経を狂わせたと考えられないでもない。

「でもこの事故が起こった時刻には、あなたは奥さんとずっといっしょにいたのでしょう？」

「それがですな、先生、思い出してみるとあの晩は、私、ちょっと高円寺の友人の家訪ねましてな、久しぶりやったんで飲み慣れない酒を飲んで寝てしまいまして、帰りが翌朝遅くになりましたんです」

夫が朝になっても帰らないので心配していたところへ、ニュースの声でも聞こえてきて夫によく似た男の事故死を知らせる。芳江は事故死者が夫にちがいないと信じこみ……

「まさかこの記事のように礼服を着てたんじゃないでしょうね」

「いえいえ――けど私のことですからまあ礼服と間違えられるような地味な背広、着てまして……」

「戻ったとき、奥さんの容子は？」

「それが弱ったことによう憶えとらんのですが、まあ普段とさして変わりはなかったようで……ただ確かにその頃からです。あれのすることがどうも変に思え出したのは……」

「ともかく妄想と言っても非常に珍しい例ですし、妄想患者の場合、そう原因が具体的なものは少ないのです。一度奥さんに会ってみないと……奥さんは相変わらず病院へ来るのを拒んでいますか」

「もうどないもなりません。なあ先生」

と惣吉は、急に平たい顔を泣き出しそうにくしゃくしゃにして、

「いったいあれの頭の中で、私という人間がどんな形で生死二つに器用に分かれて同居してるんでしょうか。最初の頃は、芳江が、あんた死んでるという言葉はあれの頭に、なにかこう抽象的な形で存在するだけかとも思ってましたが、そうでもないんです。夜なんか私が求めてもあれは絶対拒みません。いえ向こうから求めるようなこともありま

して……あれの頭ん中で私は生きてて、同時に死んでるとしか思えないんです」
鞍田惣吉の言いたいことはわからないこともない。彼が医師の自分を頼るほかないこ
とも——だが医師の波島にだって鞍田の悩みを解決してやることは不可能だった。
在家弘子が受付から診察券の束を持って入ってきた。
波島はそれを機に鞍田に今後の処し方を簡単に述べ、引き取らせた。鞍田はいつも事
務的に繰り返されるだけの医師の言葉に不満そうであったが、それでも重い腰をあげて
出て行った。
「先生、古谷羊子さん、今日も来てないようです」
と弘子は言った。
「一昨日も来なかったでしょう?」
「この前診たときは調子が良さそうだったから——まあ悪くなったらまたやって来るだ
ろう」
弘子は浮かぬ顔だった。
「なんだまだあのことを心配してるのか?」
緑色のインクで古谷羊子への殺意を告げていた一枚のカルテのことである。結局、そ
のカルテを書いたのも、波島のノートから古谷羊子の診断記録を奪っていったのも、弘
子が診察室で出喰わした髪の薄い眼鏡の男の仕業としか考えられない状況だった。
しかし土橋満と名乗った男はその後病院を訪れていないし、正体は摑《つか》めていない。名

前も偽名である可能性があった。肌の白い男だったという。白い皮膚の残した暗い影に弘子は怯《おび》えているらしかった。

「先生」

と突然弘子が尋ねてきた。

「先生は古谷羊子の症状をどこまで把《つか》んでらっしゃるのです?」

「なぜだね」

「森河君が昨日言ってました。先生の彼女への対し方に腑《ふ》に落ちない点があるって……先生は先月初め、彼女の退院を許可なさったけど、古谷羊子はあの段階ではまだ退院を認められるほど回復してはいなかったと思うって」

「ほう、そんな生意気なことを言うようになったか……」

波島は笑ったが、微笑のどこか一点が凍りついているのを、去年までの妻は見逃さなかった。

18

その小さな飛行場は、東京湾の埋めたて地の一画に、湾の油臭に吹きさらされたまま、こぢんまりとつくられていた。申しわけ程度に、かたすみに事務所と管制塔が立っている。

貨物と羽田で落ちこぼれた乗客の輸送を専門にする小さな空輸会社であった。碧川宏は刷りあがった宣伝ポスターをその事務所まで届けに来たのである。

仕事を終えて、事務所を出、あらためて眺めると滑走路は意外に広かった。滑走路の遠い端が湾につながって見えるせいかも知れない。

滑走路の反対側は、長い柵《さく》に囲まれていた。そこに三機のセスナと一機のグライダーが、まちまちの方向を向いてたむろしている。

碧川の目をひきつけたのはその黒いグライダーだった。最初、事故か何かで焼け落ちた廃機が野ざらしで捨ておかれているのかと思ったが、近づいてみるとまだそれは新しかった。

太陽はもう西に傾きかけた時刻だったが、まだ周囲は秋の透明な光に輝いている。そんな中でグライダーの黒一色の塗装は、空を飛ぶ幻の飛行機が地上に落とした影のように見えた。

彼は、どんな趣味の男がこんな陰気な塗装を施したのだろうと思いながら、近寄ってドアに指を触れてみた。ふと死にたいと思った。この喪服のグライダーに乗り、滑走路を驀進《ばくしん》し、湾の水面へと突っこんでいく自分——

音に気づいて振り返ると小型トラックが近づいてきた。どこからか帰ってきたのだろう。トラックが停まると中から二人の男が降りてきた。宇宙服のような作業着に身を包んだ男たちは、車体の前に怯えたように突っ立っている彼に不思議そうな視線を投げた。

碧川は不意に近づいてきたトラックに半年前、雪の国道で突然消えた幻の車の二つの光の眼を感じたのだった。

彼は慌てて二人の男に背を向け、その場を離れた。

そのまま帰ろうと思ったが、そのときふと滑走路の端に人影を見た。

小指ほどの人影は最初、こちらへ近づいてくるのか遠ざかってゆくのかわからなかった。

蜃気楼《しんきろう》でも起こっているのか、人影の周囲に空気の渦が流れている。ゆっくり揺れながら近づいてくる人影は妙に現実感がない。

全身が濡れてみえ、東京湾から死霊が這《は》いあがってきたような気がした。

事実、幻影ではないかと彼は疑った。

急に胸騒ぎを覚えた。

この幻の人影はやがて消えるだろう——消えてしまわなければならない。そうでなければ今日迄《まで》のすべての辻褄《つじつま》が合わなくなってしまう。自分は狂いかけているのだ。

彼の頭で秒針が鳴り始めた。悠然と影は近づいてくる。少しずつ影は大きくなり、輪郭がはっきりしてくる。だが依然顔はない。

消える、今——いや、次の一秒。

影はやがて鮮明な人間の形になった。ねずみ色の作業服をひっかけた男だった。

スパナを手に持った男は、呆然と突っ立っている彼にちらっと不思議そうな視線を投げ、彼のすぐ傍を通りすぎていった。

碧川は動悸《どうき》を鎮め、帰ろうと思って振り返った。

次の瞬間、彼はあっと叫んだ。

あの黒衣のグライダーが消えていた。

いつのまにか空気は午後の光を薄め始めていたが、あんな大きなグライダーを見落とすはずがない。現に三機のセスナは、はっきり見えているのだ。

飛び去った？　そんなはずはない。飛び立つには滑走路を湾に向かって走らなければならないが、滑走路は、彼が一瞬も目を離さず監視していた。

それは彼の三度目の空白だった。

彼の背筋に冷汗が垂れ、そのとき——

グライダーの消えた空間に垂れていた大気が不意に動き出した。その部分に絵の具をたらしたように黒いしみができたと思うと、みるみる黒い炎のように燃えあがり、巨大な形になった。セスナ機や先刻のトラックが確かな輪郭で見えるように、彼の眼は鮮明にそれを見ることができた。

巨大な翼を広げ、長い触角で天を突き、眼玉できょろきょろと周囲を窺《うかが》っている。

一匹の暗黒の蝶だった。

不思議にどこか一点の醒《さ》めた意識で、彼はそれが幻影だと気づいていた。

幻影だと意識しながら、だが巨大な顕微鏡でも覗くような細部まで鮮明に見ることができた。

彼はとうとう自分が狂ったのだと思いながら、だがその狂気をひどく遠い世界の出来事のように感じながら、幻の蝶がどんどん膨れあがり、暗黒の翼が彼を完全にのみこむまでその場に立ちつくしていた。

19

病院の帰途、惣吉は新宿でおり、新宿警察署に立ち寄って、八月十日の奇妙な交通事故を担当した課を訪ねた。

「あの事故死者の身寄りの方ですか?」

新聞記事をさし出して尋ねる惣吉に、まだ若い細長い顔の警察官が聞き返した。

「いえ、偶然記事が目にとまって……たぶん人違いでしょうが……」

惣吉は、慌てて誤魔化した。

「あのう、それで死んだ人が誰かは、もうわかったのでしょうか」

「いや、死者の身元も犯人もわからずじまいです」

警察官はその事故を担当した男らしい。

机をかきまわして写真をとり出した。

「所持品は何もありませんでした。普通の白いハンカチと、ポケットに紙幣とバラ銭が三万ほど突っこんであっただけで……着ていた礼服も普通の既製品だったし。この写真も顔が砕けているので大して参考にはなりませんが、見てみますか」

さし出された三枚の写真を恐る恐るうけとりながら、惣吉は一度目をつむり、それから思いきって見た。三枚とも同じ男を別々の角度からとらえたものである。顔が欠けているように見えたが、倒れている男の肩幅から泥土が盛りあがっているように見えるのが頭部らしかった。

「巧妙な轢き逃げ犯で、死体を道路脇にちょうど歩道から車道へのめりこむように転がしておいたんですな。あの辺は酔っ払いが多いから皆酔って寝ているぐらいにしか考えなかったようです。発見が一時間も遅れたのはそのためです」

惣吉には警察官の声がほとんど耳に入らなかった。彼はその三枚の写真を気味悪さも忘れ、喰い入るように見つめた。

たしかに似ているように見える。脚の不恰好に歪《ゆが》んだところ、腕の長いところ、背の低いわりに肩の妙にいかったところ——

もちろん写真を見ている自分は生きているのだから、写真に映っている男は自分ではない——だがそのとき、惣吉はふと自信を失くした。ほんとうにこれが自分でないと言いきれるか……

「どうです?」

警察官に尋ねられて惣吉は我に返った。

「これだけではわかりませんな」

惣吉は正直に自分の気持を言った。

「それで轢き逃げ犯人の方は？」

「これもわからずじまいです。スリップの跡が残っていたし、ウインカーの破片が落ちていたので現場はそこにまちがいないんですが……それでその心当たりの方というのは？」

「はあ……そのう鞍田惣吉という男で……」

「いつから行方不明なんです？」

「はあ……それが……」

「あなたの名は？」

「はあ…… いえやっぱり人違いのようです。どうも御手数かけまして……」

惣吉は慌てて警察署を飛び出した。

頭の中がもやもやした。網膜に写真の死体が焼きつき、耳に芳江の、死んだ死んだと訴える声が呪文《じゅもん》のようにしつこく響いた。

惣吉はふらふら歩きながら、現場だと言われた交差点へ辿《たど》りついた。

暮色がうっすらと、都心の乾いた空気を溶かし始める時刻だった。白いライトがさまようように流れていた。車の数は夥《おびただ》しい。こんな無数の車が恐ろしいスピードで流れていれば、片隅で起こった交通事故に目撃者が出てこないのは当然かも知れない。

写真をよく見てあったので問題の男が倒れていた場所はすぐにわかった。彼はアスファルトをじっと見続けた。見ているうちに何だかその場所に記憶があるような気がした。二か月前のその夜、自分は今と同じようにこの場に立ち、ふいに眩暈《めまい》のようなものを覚え、ふらふらと車のライトに引きずりこまれ……

事実惣吉の足は意志ではなくひとりでに一歩道路へ踏みこもうとし、そこで思わずはっと我に返った。記憶があるはずがない。自分はあの晩、朝まで高円寺の友人の家にいたのだ。

それでもその場に自分が何か大事なものを置き忘れているような愛着をおぼえ、惣吉は立ち去りがたさを覚えた。

車のタイヤが鋭い摩擦音をたてながら、そのアスファルトを踏みつけていく。そのたびにタイヤの下で誰かが悲鳴をあげるような気がし、惣吉は背中に激痛の走るのを感じた。

20

午後六時——仕事から解放され、高橋が自室で看護婦の入れてくれたコーヒーを飲んでいたときである。

電話のベルが鳴った。彼は一瞬、もしかしたらあの女からかも知れないと躊躇《ちゅうちょ》したのち、思いきって受話器をはずした。

「あっ、充弘?」

姉の佳代からであった。

「よかったわ、まだ病院出ていなくて。実はね、今東都劇場から電話してるんだけど、切符を二枚もらったので由紀子さんを連れだしてきてるの。あなたに無断で悪かったけど時間がなかったのよ。由紀子さんも但馬英三が出演してるなら見たいっていうし。悪いけど食事一人で済ましてあげて。芝居がはねるのは九時だから由紀子さんも十時には帰ると思うけれど」

一方的に喋《しゃべ》った佳代は、電話を切る前に、

「久美のことだけれど病院で診てもらったら何も心配ないって。私の方がノイローゼ気味だったみたい。ごめんなさい、心配かけて」

と声を落としていった。

受話器を置きながら姉はまだまちがえていると思った。あの女は由紀子ではない。それを姉も他の皆も、習慣と惰性から今までの由紀子と同じ女だと信じて疑わないだけだ。いや信じるという気持すら持たないだろう。

人は昨日の自分と今日の自分が同じか別かなど決して意識せず生活し続けている。それと同じように、弟の妻となっている女が、四〇三号室に住む女が、別人に変わったということなど意識することは絶対にないだろう。

だいいちあの女がほんとうに由紀子なら、但馬英三が出演している芝居を見たいなどと言い出すはずがない。何年か前、由紀子がテレビを見ながらこういう野獣みたいな男臭い俳優は好きではないと言ったのを高橋は憶えていた。

言葉は憶えている。だが顔は忘れてしまった。

この一か月高橋は以前の由紀子の顔を必死に思い出そうとした。だがどうしても顔が輪郭として記憶に戻ってこない。池袋の病院に勤め始めて三年間、高橋は多忙だった。何千という患者、手術、レントゲン、血——家へ戻ると無意識に由紀子から視線を外し、ひとり自分の内部で休息する習慣になった。そんな三年間の空白と死角に、彼は由紀子の顔を置き忘れてきてしまったのだ。そしてそれ以前、結婚生活がまだ習慣だけに堕していなかった頃の、彼が感動し、好奇心を覚え、欲望を感じていた頃の由紀子の顔は三年間の空白に飲みこまれ、記憶の闇に鎖《とざ》されていた。そして三年後ある日ふと視線を由紀子に戻すと、その顔は別人に変わっていたのだ。

別人だということ——それは確かな実感なのだが、しかし具体的な証拠がない。その証拠を探すのがこの一か月の彼の苦闘でもあった。高橋はこのときふと机の前にファイルされているレントゲン写真を見た。写真——由紀子の昔の写真がある。何故今日まで気づかなかったのか。

高橋は由紀子が過去を収集するのが好きな性格だったことを思い出した。

ずっと以前、いつだったかもう憶えていないが、由紀子が子供の頃からのいろいろな写真を部屋いっぱいに広げ、新しいアルバムに貼《は》り替えていたことがあった。部屋に由紀子の無数の顔が無数の表情で散っていた。

あのアルバムが部屋のどこかにまだしまってあるはずである。

21

碧川は夜が降りてまもなく家へ戻った。玄関に見知らぬ靴が置かれていた。

梨枝が出てきた。

「あなた、お母さんが田舎から出てみえたわ」

梨枝の肩の後ろから母が土色の笑顔を覗《のぞ》かせて、

「お帰り」

と言った。

碧川は、ああとだけ答え、黙って二階へあがっていった。半年ぶりの母の顔さえ視界に入らなかったようだった。

「あなた、お母さんが半年ぶりに出てらしたんじゃありませんか」

梨枝はそう声をかけたが、返事はなかった。足音だけが細く二階へ吸いあげられていった。

「やはりおかしいようだね」

居間に戻ると、母は心配そうな顔で言った。

「ええ」

梨枝も困った顔で、

「それにこの頃、変なこと言うんです。花瓶の花が確かに一本足りないとか、昨日の晩絵を描いておいたのにキャンバスがいつの間にかもとに戻ったとか。この間の晩も、テレビをつけろ今にニュースで富士山がなくなったと報《し》らせるぞって突然言い出して……凌駕岳から戻ってから余計おかしいんです。それは凌駕岳では大騒ぎだったけど、どうも噴火のことだけじゃないみたいなんです。凌駕岳で何かがあったんじゃないかと思うんですけれど」

そう言いながら梨枝はあの灰に埋まった山麓《さんろく》での朝を思い出した。夫は夜明けごろ山麓の灰の中をさまよい歩いているところを、地元の消防団員に発見され、助けられたのである。何故危険な山麓へと夜中に出かけていったのか、いくら尋ねても夫は理由を説明してはくれなかった。

「病院へ行った方がいいんじゃないかね――」

「私も毎日のように勧めてるんですけど、全然相手にしてくれなくて……前みたいに暴力ふるうことはなくなったけど、そのかわりどんどん空気にでも溶けていくみたいに静かになっていくんですもの、余計、心配で……」

一時間ほど、二階からは物音一つ聞こえなかった。

梨枝はさすがに気になって二階へあがった。

「あなた」

固く鎖されたドアに声をかけた。

「お母さんがみえてるんです。三人で一緒に食事しましょう」

返事はない。

梨枝は数秒ためらってから、そっとドアを開いた。瞬間、梨枝は思わず後ずさりした。二階の六畳の部屋を、夫はアトリエとしても使っている。今、その壁も床も部屋中が極彩色に塗りこめられている。

部屋いっぱいに色が悪臭を放ちながら、どろどろと息づいているようだった。絵の具の鉛色の殻が散弾のように床いっぱいに落ちている。

夫はその真ん中で奇妙な仮面を被《かぶ》って立っていた。いや仮面ではない。顔にも絵の具が無数の色で塗られているのだ。顔だけではない。ワイシャツもズボンも、足の先まで
――

「あなた……」

長いことしてから梨枝はやっと夫を呼んだ。

答えはない。夫は凶器でも握るようにぶるぶる腕を震わせて絵筆を握っている。極彩色で歪んだ恐ろしい顔は、だがどこか無表情の空《うつ》ろさで、キャンバスを睨《にら》んでいた。

夫は何度もキャンバスに絵筆を近づけるが、絵筆をおろす瞬間、電撃にでもあったよ

うにびくっと腕をひっこめた。

全《すべ》てが色彩に塗りつぶされた部屋では、キャンバスの小さな空間だけが、どんな色彩をも拒むように白いまま残されていた。

22

押入れの片隅に積まれた新聞の束の下に高橋は、やっとそれを見つけた。埃《ほこり》を払い、アルバムの表紙を開く前に一度深呼吸をした。この中の写真の一枚が全てを解く鍵《かぎ》になるかも知れないのだ。緊張した指がアルバムの最初の頁に伸びた。

そのときである。

「どうしたの?」

不意に背中を女の声が叩いた。聞こえるはずのない時刻に聞こえた声だった。女は十時にならなければ戻ってこないはずだ。わずかに背後を振り返ると、真後ろに女が立っていた。由紀子だった。いや由紀子のふりをしている女だ。

「君こそどうした。今夜は姉さんと芝居に行ったんではないのか?」

「気分が悪くて途中で脱け出してきたの」

女は蛍光灯の真下に立っていたので、逆光になった顔は影の輪郭だけである。

「どうなさったの。今頃こんな荷物ひっぱり出して」

声が咎《とが》めた。

「いやちょっと探しものがあって……」

高橋は嘘をついた。自分の疑惑をこの女に絶対気取られてはならない。女が由紀子でない確証を握る日まで、知らぬ顔で生活を続けていくつもりだったし、もし由紀子が別人とすり替わったという結論が出たなら、彼は理由を知らせないまま、この部屋からひとりで去っていこうと思っていた。

「私がやるわ」

片付け始めた高橋の手を女は停めた。高橋は女の感触を逃れるように台所へ入った。晩御飯を食べていないが、食欲は全くなかった。

風呂にでも入ろうと思った。同じ部屋にいるときはドアや襖《ふすま》や何か隔てるものが女との間にないと不安だった。

立ち上がると女の背が見えた。高橋は視線を停めた。アルバムを押入れにしまおうとしていた女の背が、一瞬はっと硬くなったように見えたのだ。実際に女が何かに驚いたかどうかはわからないが、そういう言葉で表現するよりない小さな変化が女の背に起こったのだ。女の手もしまおうとしたアルバムを改めて握り直している。

高橋に疑惑がわいた。

――女はアルバムの意味を悟ったのではないか。今日まで女は自分が完全に由紀子に変装しきっていると信じこんでいた。危険な証拠は何もないと。それが今不意に自分の変装を暴露する証拠品の存在に気づいたのではないか。写真、由紀子の過去の写真。写真の中には女がいくら誤魔化そうとしてもしきれない由紀子の、本物の由紀子の顔が、目が、鼻が、唇があるのだ。

23

新宿から戻った夜、もうひとつの奇妙なことが惣吉に起こった。

九時頃、惣吉が風呂から上がると見知らぬ男が居間に上がりこんでビールを飲んでいた。

背広をきっちり着こんだまだ若そうな男だったが、妙に部屋に慣れ親しんだようすで、胡座《あぐら》をかいて座っていた。

「いやあ、どうも」

男は惣吉が覗くとなれなれしい笑いで挨拶した。どこかで見たような顔だが思い出せなかった。しかし男の方では惣吉のことをよく知っているようである。すっかり部屋に馴染《なじ》んでいる気配に、惣吉は、何方《どなた》ですかと聞く機会を逸した。

ビールは芳江が出したのだろうから、芳江の知り合いのようである。

「芳江は？」

と惣吉は恐る恐る尋ねた。

「ああ、今酒菜が何もないからと言って買いに出かけたようです」

そう言っているところへ芳江が戻ってきた。

芳江は訪問客を彼にとりつぐでもなく、つまみの菓子を食卓に広げ、

「あなたも一緒にビールを召しあがったら？」

と言った。惣吉は何となく座って頭を下げた。

「どうです。いっぱい」

男は惣吉にビールを勧めた。

「はあ、じゃあ一杯だけ」

と言って惣吉はコップをさし出した。コップの手が震えた。主客の立場が転倒したように思えた。にこにこ柔和な笑顔を浮かべている男は落ち着き払った肩で、部屋の雰囲気に溶けこんでいたし、惣吉は場違いな、異物のように硬くなって正座していた。

芳江は楽しそうに微笑《ほほえ》んで、男があけたコップにビールをついでいた。

男は景気や天候や、しばらくそんな世間話を続けていたが、酔いがまわってきたのか、男は顔を紅潮させ、いっそう顔いっぱいに笑顔を拡げ、いつの間にか自分の昔話を始めた。どこか惣吉にはわからない山麓の町の名が出てきた。人物の名も惣吉の知らないものばかりである。だが芳江には話が理解できるのか慣れた相槌《あいづち》を話の合いまに挟んだ。

男の方では惣吉のことをかなり詳細に知っているようだった。やがて「大阪の実家の景気はどうです？」とか「相変わらず写経はやってますか？」と尋ねてきた。

惣吉は状況がのみこめないまま、曖昧《あいまい》に答えるほかなかった。

男はやがて十一時を回ると「じゃあ」と一言だけ言い、やはり機嫌のいい笑顔で帰っていった。男が去って急に広くなった居間には、男が飲み干したビール瓶が十本近くも林立していた。惣吉はアルコール類をほとんど嗜《たしな》まないから、芳江が前以《まえも》って男の訪問を知っており用意しておいたものに相違ない。

「誰や、今の――」

男が帰ったあと、片付けもせず、仏壇の惣吉の写真に手を合わせて拝んでいた妻に、惣吉は聞いた。

「済みません、紹介もしなくて。ねえあなた大事な話がありますから、あなたもここへ座って下さい」

ビールを付き合ってほんのり瞼《まぶた》を赤く染めた芳江の眼が、急に真剣なものに変わっていた。惣吉が座ると芳江は手の数珠を強く握りしめた。

「私はあなたの四十九日を無事務め終えました。それで将来のことを考えたいと思うんです。もうすぐあなたの保険金がおりてくるから二、三年は私ひとりでもやっていけるでしょう。でも――」

保険金――惣吉は最近芳江の金遣いが荒くなったことを思い出した。先週も突然電子レンジを買いこみ、弁解に近々金がまとまって入ってくるからと言っていた。その金というのが自分の生命保険金のことだったのだろうか――しかしいくら狂っていても、死んでもいない亭主の保険金が本当におりてくると信じているのか。

「でも私はこんな我儘《わがまま》な女だから、一人で生きてく自信がないんです。世間体も悪いしあなたにも恨まれそうだから、せめて一周忌が済むまで待ちたかったんだけど、この頃不安で不安で……だから思いきって再婚することにしました」

「さいこん？」

惣吉は顔をくねらせた。何か耳慣れない言葉を聞いた気がした。

「あなたには済まないと思ってるの、ほんとうに。でもあなただって悪いのよ。あなた、私ひとりをおいてあんなに突然逝《い》っちゃうんだもの」

「あの男は……あいつは一体何者だ」

「駄目。教えたらあなたあの人にとり憑《つ》いて呪《のろ》い殺す気でしょ。もう私にはあの人しかいないもの。あの人あなたと同じで優しいし……いい人でしょ。だからあなたも気に入って下さると思って今夜、思いきってあなたにひき合わせたの。お願い、あなた、この再婚を許して」

芳江は数珠ごと夫の手を握りしめると、激しく振った。ガラス玉のように透明になった眼から涙がぼろぼろ零《こぼ》れ落ちる。

惣吉はどう答えていいかわからなかった。何もわからなかった。芳江のガラス玉の眼を自分もガラスになったような、ひどく輪郭のぼやけた視線で眺めながら、新宿の警察署を訪れてから妙に靄《もや》のように宙に浮かんでいた気分の、その隙間から、感情や理性や意識や今日まで自分を支えてきたものが、少しずつ闇の底へと零れ落ちていくのを感じていた。

24

翌日、高橋は病院での仕事が手につかなかった。

午前中、虫垂炎の手術があった。患者の皮膚をメスで切りながら、公団住宅で由紀子の写真を切り裂いている女の指が浮かんだ。自分の額の脂汗や脈搏《みゃくはく》が写真を必死にひきちぎっている女のそれに思えてくる。

女は今日のうちにアルバムを処理してしまうに違いない。しかしどうやって……

手術が終わったあとも高橋はそのことばかりを考え続けた。

女の立場に立って考えてみると、団地の焼却炉にごみと共に捨ててしまうのが、最も平凡でありながら最も安全な方法に思われた。

板橋の団地には棟ごとに設けられた焼却炉がある。今は都の清掃局のトラックが隔日ごとにやってくるが、焼却炉の方も相変わらず利用され、時々そこから煙が上がっているのを高橋は見た。もう焼却炉の灰に自分が忘れてしまった由紀子の顔が埋れている気がする。一度そう思い始めると、いくら忘れようとしてもますます想念が彼の神経に絡んでくる。

仕事は到底、手につかなかった。

午後、適当な言い訳で病院を抜け出し、板橋に戻った。団地の第四棟の裏手にある焼却炉に彼の足は向かった。

幸い人影はない。高橋は重い扉を開いて中に入った。焼却炉と言ってもただの竈《かまど》だから中背の彼がひとり入ってやっとの大きさである。

人目につかないよう扉を閉めると内部は真っ暗になった。彼はライターをつけ、手で床を嘗《な》めてみた。手に触れるものは灰ばかりで、しかも灰は生暖かい。その日のごみは既に燃やし尽くされた後だった。何かを摑《つか》もうとして伸ばした手が、手応えのない灰に触れ、せっかくの緊張が何か柔らかいものに包まれ誤魔化された気がした。

燃え残りの熱がくすぶったその鉄製の暗室は非常な高温である。ガソリンの余熱の油臭が高橋の鼻に苦痛を感じさせた。

落胆して出ようとした、そのときである。

頭上にギーと鉄の軋《きし》る音がしたと思うと不意にこぼれ落ちてきた光が、灰にまみれた彼の靴を照らし出した。高橋は驚いて頭上をふりあおいだ。何か雨のようなものがぱらぱらと落ちてくる。

各階の廊下には一個ずつごみの投入口があり、階上で投げ入れられたごみは焼却炉へ落ちてくる。高橋はちょうどその真下に立っていた。

開いたのは四階の投入口らしかった。ちょうど牢獄《ろうごく》の高い天窓のような位置に光の口があいている。その秋の澄んだ光の中を細かい紙片のようなものが舞いおりてくる。密室の一箇所が開き、風が逆流し、落ちかけた紙屑《かみくず》を吹きあげたりする。ひと片《ひら》をすくってみると黒白写真の切り屑だった。

　高橋は無表情の下で動悸《どうき》が高まるのを感じながら、次々と舞いおりてくる写真の破片を呆然と見守った。写真を探しに焼却炉へ来た自分が、そこで、あの女が写真を破り捨てる現場に行き合わせたのである。

　鉛の人形のように棒立ちになって彼は紙吹雪をふりあおぎ続けた。ひと片、ふた片と光に染まって降りしく紙片は見知らぬ花のように綺麗《きれい》だった。何か美しい夢を見ている気がした。そのときふと、今のこんな自分の姿勢に記憶があると高橋は思った。

　子供の頃――十歳のとき……

　屑の無数に舞う光の中に人影が浮かんだ。

　彼はその影に呼びかけようとした。由紀子――いや由紀子ではない。彼の生涯に影となって染みついたひとりの女だった。

　母さん――

　そうあの二十年前のあのときのあの母だった。満開の桜の木を揺すぶり、花吹雪をふりあおぎながら、ひとり楽しんでいた母。

　母が狂ったのは父親に愛人ができたためだと姉の佳代から聞いた。父が女のもとへ出かけるのを憎んで、母は玄関に並んだ父の下駄の鼻緒を噛《か》みちぎっていたと。彼はそんな母の凄《すさ》まじい狂気を憶えていない。彼が憶えているのは、よく彼の小さな手を引いて静岡の田舎道を歩いた母の影だけである。母がどこへ彼を連れていったのかも忘れた。ただ彼は母の手に引っ張られるまま、子供には長すぎる田舎道を川の土手を歩き続けた。そしてある日、夕闇の立ち籠《こ》めたその道の途中の、一本の桜の木の下で、母は不意に動かなくなった。

「充弘――ここからはひとりでお行き。母さん足が動かなくなった。これ以上歩けないから、ここで骨になるまで座ってる。ひとりでお行き。まだまだ長い道だけどひとりでお行き」

そう言うと母は、まだ若い桜の木の細い幹を動かなくなった足のぶんまで手に力を籠めて揺すった。花片は枝を離れ、無数の塵《ちり》になって母の体に、彼の小さな体に降り注いだ。幼女のように首を傾《かし》げ、何の心配も苦しみもないように、無邪気に微笑んで降りしく桜を見あげていた母は、やっと自分が人生の外側に捨てられたのに安堵《あんど》をおぼえていたのかも知れない。

「眼鏡の下のあなたの眼って、何かに驚いてそのまま停まってしまったみたい」

昔由紀子がそんな事を言った。事実彼は眼鏡の下にあの十歳の記憶を、あの桜の美しい舞いを、それだけを持って今日まで生きてきたのだ。彼の眼は十歳の視線のまま、その後の長い道程を、人生を、成長を、全て拒否したのだ。あのとき降りしいた桜の花は彼の小さな体を埋め尽くした。無数の花がかさかさ鳴る音を、いつも体のどこかに聞きながら二十年間を生きてきた。

光に薄く剝《は》がれた焼却炉の狭い闇を粘膜のように被りながら、このとき彼は、母親の影が無数の暗い花になって、自分の体に流れこんでくるのを感じていた。

今なら全てを認めることができる気がした。自分にあの母の影がしみついていること、一か月前の初秋の晩、二十年前の母と同じように、自分の人生が不意に停まったこと、変わったのは由紀子ではなく自分だったこと、自分が不意に壊れ始めたこと――

彼は、相変わらず眼前の暗い空間を舞い続ける写真の切り屑を見上げながら、唇に微笑を浮かべた。

そして、自分の微笑はたぶんあの母の幼い無邪気な、幸福なそれに似ているだろうと、ひどく静かな意識で思っていた。

25

その夜八時、惣吉は妙な電話を受けた。

「奥さんがホテルシルバークインの六一五号室で他の男と寝ています」

電話の声はそれだけを言うと惣吉が一言も言葉を返さないうちに切れた。ほんの一瞬の籠《こも》り声で男か女の判別もつかなかった。

ただの悪戯《いたずら》電話だと無視することはできなかった。六時頃芳江は妙にいそいそと化粧をし外出着に着替えて出かけたまま、まだ戻って来ないのだ。出がけにどこへ行くのか尋ねると、何をこの人は妙なことを言っているのだろうというような、いつもの顔で芳江はちょっと首を傾げて出ていった。

惣吉はジャンパーを羽織ると表へ飛び出した。

シルバークインは駅前の裏通りにある周辺では有名なラブホテルである。けばけばしいネオンを潜《くぐ》ると、受付の娘を無視し、惣吉は下駄ばきの荒々しい足音をたてながら六階までの階段を上った。

六階には廊下いっぱいにピンクの絨毯《じゅうたん》が敷かれ、壁面は毒々しい花模様に塗りたくられている。この種のホテルに足を踏みいれるのは初めてのことだが、周囲に目を配る余裕など惣吉にはなかった。ドアのルームナンバーだけに目を光らせ、六一五という電話の乾いた声が告げた数字を見つけると、階段を一気に駆けあがり喉《のど》につまりかけた息をドアにぶつけるように、部屋に飛びこんでいった。ドアの錠は、はずれていた。

転がるように部屋に踏みこんだ惣吉は、瞬間ギョッとして立ち竦《すく》んだ。部屋いっぱいが鏡である。天井も床も……。その鏡に無数の男女がもつれ合って散乱している。即《すぐ》にはどれが本物の体かわからなかった。

驚いたのは惣吉の方でベッドの上の二人は、ほとんど何の反応も見せないほど冷静だった。

男はやはり昨夜の見知らぬ客だった。

惣吉と視線が合うと男は裸の上半身を起こし、

「やあ、どうも」

と昨夜と同じ屈託のない笑顔を向けた。シーツでちょっと下半身を隠しただけの落ち着いた態度である。こんな異常な部屋の雰囲気にも男は、長年の住人のような余裕で溶けこんでいた。

芳江はまだベッドに寝たまま顔だけを向け、いつもの空ろなガラス玉の眼で不思議そうに夫を眺めていた。胸も露《あら》わにし、振り乱れた髪は汗で光っていた。

芳江の空ろな眼に、

「家で待っている」

言葉を投げつけ、惣吉は部屋を飛び出した。ドアを全身の力で叩きつけた。音が廊下中に響いた。

こんな荒っぽいドア音を妻に投げつけたのは、十年間の結婚生活で惣吉には初めての経験だった。

26

古谷征明が会社から戻ったのはもう十時を回る時刻だった。

玄関に入ると同時に妹の一美が駆け寄ってきた。一美は何も言わず、ただ当惑した視線で居間の襖を兄に示した。

居間の襖から細い光線が廊下に落ちていた。

征明はその襖を、できるだけ物音をたてないようにそっと滑らせた。

羊子は、畳の真ん中に座りこみ蹲《うずくま》っている。突然目に飛びこんできた妻の体は妙に小さく感じられた。髪を乱し、必死に両手で畳の面を嘗めている。もう夜気は冷たさを感じさせる季節なのに、妻の額は汗でじっとりと濡れていた。畳の上の何かと格闘している容子だが、印象は不思議と静かだった。

眼に完全な狂気が走っている。動作は激しいのに二つの眼だけが死んでいるのだ。

「何をぼんやり突っ立ってるの。あなたも早くここへ来て手伝って」

体の奥底から、声はそう洩れた。

「何を拾ってるんだ」

我に返って声をかけながら、妻の体の方に進み出した足が突然硬直した。額に冷汗が浮かぶのを感じた。

「早くここへ座って一緒に消して。この人、死んだのにまだ私から離れないの。早く――」

「お前……」

そう呟《つぶや》きながら、征明は顔を歪《ゆが》め、見守っている他なかった。別世界の生き物を見ている気がした。

妻古谷羊子は、このとき畳に貼りついている自分の影を両手の指先で必死に剝がそうとしていたのだ。

それは二つの影の絡みあいのように征明の眼には映った。爪に滲《にじ》んだ血は、彼女がこの空《むな》しい格闘を続けていた時間の長さを物語っていた。

「兄さん、やっぱり入院させた方がいいわ」

一美が近寄ってきて小声で囁《ささや》いた。

ああと肯《うなず》きながら、このとき征明はふとあの真夏の一日を思い出していた。

入院中の妻に外泊の許可がおり、迎えに行った日である。街の中を歩きたいという羊子を連れて新宿に出た。歌舞伎町の表通りを歩いていた二人は、突然一台の霊柩車《れいきゅうしゃ》に出会った。夏の陽盛りに影のように浮かんだ不思議な車だった。羊子は子供たちに混じって霊柩車が道路に撒《ま》いていた紙片の一枚を拾った。経文が紫色の紙に白い墨を流していた。

しばらくじっと白い文字を眺めていた羊子は不意にその場にしゃがみこんだ。道路に太陽を浴びてくっきりと落ちた自分の影を拾うような恰好だった。そっと手を伸ばすと羊子は、舗道に染みた自分の影を、生き物でも可愛がるように優しく撫《な》で始めたのだった。

それはちょうど今と同じように……その影が、自分から独立した一人の女ででもあるかのように……

27

惣吉がコップで二杯目のビールを飲み終えたとき、芳江は戻ってきた。

「男は？」

飲み慣れない惣吉は、たった二杯のビールで顔中を真っ赤にさせ、大声でそう怒鳴るように聞いた。

芳江は敷居に力なく座ると、黙って首だけを振った。髪が乱れ、着物の襟元も帯も裾も男の体臭で揉《も》まれた跡を残すように、だらしなく崩れていた。

惣吉は殴りたい衝動に駆られた手で、コップを握りしめると、どんとテーブルを叩いた。

「お前、ほんとうに狂ってたんか」

「――」

「あの男と寝るために、今日まで芝居をしてたんじゃないのか。ふらふら出かけていったり、いざ俺に見つかった場合の口実にするために……」

「狂ってるわ」

芳江は眼を閉じるように惣吉から外《そ》らし、ひとり言を呟くように言った。

「狂ってるわ、あなた――死んじゃったくせに、まだ生きてるみたいに、亭主づらして怒ってる」

「俺は生きてる！」

惣吉は思わず怒鳴った。

「じゃあどうして生きてるってわかんのよ」

「そ、それは……俺は息をしてるし、手だって動かせる」

「それだけ？」

「それだけで充分やろ」

「それだけでどうして生きてるってわかんのよ」

芳江は惣吉をきっと見返し、唇に蔑《さげす》んだ微笑を浮かべた。

「息をしてるからって、それだけで、たったそれだけであんた自分が生きてるって信じこんでるの。結局人間って、自分の信じたいことだけ信じてんのね。あんた、死ぬ前からそうだったわ。あんたはただ成仏できなくて、半分この世に足を残して、うろつきまわってるだけよ。あの人も言ってたわ、まちがいなくあんたが死んでるって……」

「お前、ほんとにあの男に惚《ほ》れたのか」

「優しい人だもの。それに死んでからも、私を追い回すような執念深い男じゃないもの」

「ほんとにあの男と結婚する気か」

「そうよ。だからお願いあんた、もうこれ以上つきまとって苦しめるのはやめて」

惣吉はそれ以上何も言わなかった。ビールをもう一杯ごくりと飲みこむと、不意に立ち上がった。突然立ち上がった惣吉に、芳江は顔色を変えた。だが本当に驚いたのは惣吉自身だった。自分が何故突然立ち上がったのかわからなかった。酔いが急激に感情を逆流させその渦の中の妙に一点醒《さ》めた意識で、惣吉にわかったのは、これから今までの十年間とは違う、何か別のことが起ころうとしている、そのことだけだった。

惣吉は簞笥《たんす》をひらくと喪服を取り出し、芳江に投げつけた。

「それに着替えろ」

芳江はとまどって喪服と夫の顔を交互に見た。その芳江の胸もとをはぎ、惣吉は荒っぽい手で帯の結び目を引っ張った。

「これを脱いで喪服に着替えろ」

夫が何故そんなことを言い出したか理由はわからないが、何かを決意していることは読みとったらしい。芳江は震えながら命令どおり喪服に着替えた。惣吉も礼服に替えた。用意ができると惣吉は、まだ帯結びに手間どっている芳江の腕を思いきり引っ張って外へ飛び出した。

表通りに出るとタクシーを拾った。

「新宿まで」

乗りこむと同時に惣吉は運転手に命じた。

「今、何時だ」

「十一時二十分です」

「急いでくれ。時間がない」

それ以後、車が新宿の交差点に着くまで惣吉はひと言も喋《しゃべ》らなかった。

こんな深夜に喪服の暗色を連ねて、背後に座っている二人連れに薄気味悪さを憶えて、運転手は何度もルームミラーを窺《うかが》った。男の方はただ憑かれたように前方を、ライトの灯が剝いでいく闇の道路を眺めている。女は男からも運転手の視線からも顔を背けていた。

新宿歌舞伎町の交差点に車が着くと、乗りこむとき女の体を投げつけるように車席に押しこんだ男は、同じように力いっぱい女の腕を摑んでひきずりおろした。

惣吉は反射的に交差点の角に掲《かか》った電子時計を見た。零時二十七分――まだ三分ある。

惣吉は銀行の角に芳江を立たせた。

「いいか、ここから動かずに見ていろ」

芳江は人形のように力なくただ惣吉にされるままになっていた。解けた帯が舗道に垂れているのにも気づかなかった。

惣吉は舗道のふちに、昨日立ったのと同じ位置にふらつく足を置いた。頭の中は空っぽだった。感情が、酔いが、何か得体の知れぬ怒りに似たものが、彼の頭をかきまわし、意識を全部、彼の体の外に置いていた。

空白の頭に、信号機の二色の交錯が、ネオンが、車のライトが、都会の夜の色が波のようにうねっていた。

記憶があると思った。二か月前か、もういつなのかもはっきり思い出せないが、自分は同じ夜に、色彩に、騒音に包まれて立っていた。そして今と同じ不思議な世界に影のように貼《は》りつき……自分はあのとき一度死んだ。同じ死をもう一度死のうとしている。それは簡単なことだ。あのときと同じようにただ足を一歩道路へと踏みはずせばいい。それだけで全てが合理的に解決できる。自分は芳江の頭の中で今度こそ本当に死に、この夜は芳江の新しい八月十日になるだろう。

惣吉は意志とはちがう何かに体が押されるのを感じた。誰かの手――運命の手なのかもしれない。運命は彼が二度も同じ場所で死ぬのを望んだのだ。電子時計が零時三十分を示したとき、彼の足は舗道のふちに進んだ。自分が死のうとしているのではなく、二か月前のその一瞬へ引き戻されていくような奇妙な時間の流れを感じた。怖くはなかった。あのときもそうだったろうか？　信号が青に変わった。二つのライトが恐ろしい速度で迫ってきた。

惣吉は背中を押しつけてくる誰かの手に最後の力が加わるのを感じた。四十年の人生を清算するには短すぎる一秒に充たない時間だった。惣吉の小さな体は二つのライトに、二か月前の一瞬に、八月十日の死に向かって飛びこんでいった。

二十分後、惣吉は現場近くの救急病院の一室で、窓から射しこむ遊興街の赤い下卑たネオンに包まれて、死んだ。芳江は最後まで夫の体にすがって「あなた、死なないで」と叫びつづけ、息をひき取る寸前に意識を取り戻した夫は「なんや芳江、俺はやっぱり生きとったんやないか」と気のぬけたような声で言った。

28

「それでは明後日から入院ということにしましょう。明後日午前中にいらして下さい。直接七階の私の部屋へ来てもらいましょうか。入院の前に、ちょっと話したいことがありますし、明後日は私の診察日ではないので」

波島は古谷征明にそう言ってから、

「いいですね、奥さん」

と夫に小さく寄り添っている羊子に声をかけた。羊子は相変わらず灰色の生気のない顔だったが、波島の言葉は理解できたのか、黙ってうなずいた。

二人が診察室を出ていったあと、波島はドア脇に立って診察の終わるのを待っていた森河の方を振り返った。森河は受付の診察券を運んできたのである。

「在家君から聞いたが、古谷羊子の症状については、君の見方の方が正しかったようだ。どうも私は甘く見ていたきらいがある。九月初めに退院させたのは軽率だったかも知れない」

「はあ……」

波島にとっては含みのある言葉だったが、森河はいつもの笑顔を被《かぶ》っているだけで、どんな受けとめ方をしたかわからなかった。

「それから君、今朝の新聞を読んだかね」

「いえ——今朝は時間がなかったので」

「そうか鞍田惣吉という葬儀店の主人を知ってるだろう？」

「ええ奥さんに死んだと思いこまれているという」

「君は会ったことがあったかな」

「いえ——でも待合室でいつも騒いでいたのでよく知っています」

「その鞍田惣吉が昨夜自殺した」

「自殺？」

森河は目を丸くして聞き返した。

「それが奇妙な話なんだ。奥さんは、八月十日に新宿で起こった交通事故で夫のことを死んだと思いこんでいるらしいんだが、その八月の事故の状況とそっくりの自殺なんだ。時刻も場所も、それから礼服を着ていたのも……」

「妙ですね」

「私も数回彼に会ってるし、奥さんが病気なんで、もしかしたら警察が事情聴取にくるかもしれん。そのことも気にとめておいてくれ」

「わかりました」

出ていこうとした森河はドアの所で振り返った。

「先生。先生は昨日の晩、どこへ出かけていたんですか」

「——？」

「昨夜ちょっとお話ししたいことがあったので、六時頃から三十分おきぐらいにマンションへ電話入れていたんです。夜中の一時まで」

「それは済まなかった。昨日の晩はちょっと……赤坂の店で、夜明け近くまで飲んでいたんだ」

「そうでしたか」

「それで、その何の話があったのだね」

「いえ大したことじゃありませんから、また今度でいいです」

そう言うと森河はドアを閉めた。

波島はペンを握った手を停めたまま、今ドアの裏に消えた森河の笑顔を視線で追い続けた。

29

その夜——

誰もいない家の中を意味もなく歩きまわっていた彼女は、寝室のドアを開けながらふとそれを思い出した。

二階へ上がると彼女は本棚からアルバムを取り出した。頁の間から一枚、写真が畳に落ちた。色褪《いろあ》せた一つの風景が、畳目を小さな四角形で切り取っていた。

彼女は初めての品でも見るように、数秒不思議そうに写真を見おろしていたが、やがてそれを拾うとよく見えるように電灯の下に持っていった。電灯のぼやけた光が、ただでさえ時間に侵蝕されたその過去の映像をいっそう深い幻の世界に包みこんでいた。

初めての写真ではない。もう長い間、彼女は繰り返しそれを見、その土塀と砂の庭に、苦しんできたのだ。砂の庭が何を意味するか、何故、自分がその庭に魅《ひ》きつけられるのか、わからないまま……

しかし今、彼女はやっと理由を思い出すことができた。

自分はその庭の砂に埋れて死んでいたのだ。

土塀に走るひび割れの線や乾いた砂や夏草の暗い茂みが、はっきりと自分の死を告げている。自分は死んでいたのだ。それで全《すべ》ての符牒《ふちょう》が合う。なぜ古谷羊子が、もうひとりの自分が遂に今日まで見つからなかったのか、誰かがガラスの破片で自分に切りかかってきたとき、白衣の男が自分に突然襲いかかってきたとき、いくら殺されかかったと必死に叫んでも誰も信用しなかった。その理由。砂の上に切り取られて投げだされている自分の影。自分にだけ両親がなかった理由。そして八年前何故あの学生が自分を捨て、他の女に走ったか――

八年前、彼女は一度自殺に失敗していた。青年と他の女が連れ立って歩いているのを目撃したその晩、手首を切った。格別悲しかったわけでも辛かったわけでもなかった。ただ青年は女に笑いかけたし、彼女は青年の笑顔を見るのは初めてだったし、その、眼鏡の下の唇をひきつるようにつりあげて、醜く媚《こ》びた笑顔は、無口で物静かだった青年に似合わなかったから――。傍にあったナイフで思わず手首を切り、五分後には後悔して救急車を呼んだ。朦朧《もうろう》とした意識でナイフを握ったまま玄関に出て救急車を待っていた。やがて路上に白い車が現われ、白衣の男たちが飛び出してきて担架に自分を乗せた。

――

今まではそう信じていた。だが記憶はいつも過ちをおかすものだ。あれは救急車ではなく、一台の霊柩車だった。中から現われた男たちは、担架ではなく、黒い喪章をつけ棺をかついでいた。そしてその柩《ひつぎ》に彼女の蒼《あお》ざめた死骸を入れ連れ去ったのだ。この写真の町へ、土塀に囲まれた砂礫《されき》の奥深くへ――

自分は今日まで棺の闇に鎖《とざ》され、この写真の砂の下で死んでいた。棺の中で過去がさまざまな悪夢に形を変え、自分を苦しめた。デパートで目撃した二人連れ。あれは本当はあの青年と見知らぬ女だった。夢の中で自分は青年を夫に見立て、自分が裏切られた八年前の場面を再現していたのだ。

夢の中で必死に叫び続けた。その女を探して――悪夢にうなされているとも知らずに。

あの女は美しく、少しの疾《やま》しさもなく男たちには無関心だった。せめて夢の中で私はあの女にすり替わって、青年に愛されたかったのだろう。どんな甘美な幻も許される夢の中で、私はあの女の理想的な立場を演じ、そして自分を見失ったのだ。

しかし、今はすべてがわかる。

私は私だ。自分の死を信じたくなくて、あの日どこかの街角で、自分の死体を乗せた一台の霊柩車を他人事のように黙って見送った私、かさかさの乾いた白い骨になってしまった私――

今はもうはっきり思い出せる。

八年前、私の棺に降ってきた砂の柔らかさ、点々と点々と……私はシャベルの音を聞いていた。怖くはなかった。雨を含んだ柔らかい白砂や赤茶けた土には青春の匂いがした。私には許されなかった青春の匂い、子供の頃、夢見た幸福の優しい匂い――

やっと思い出せた。自分は死んでいたのだ。

自分は死んでいた。それは決して馬鹿げたことではない。愚かなのは、私が今日まで自分の死を忘れていた、そのことだけである。

何秒間か何分間か何時間かが過ぎた。

夜だった。少なくとも彼女の眼には夜しか映っていなかった。

遠くで音が聞こえた。台所の灯がつき、居間に座りこんでいる彼女に長い影を与えたが、彼女は気づかなかった。まだ闇は続いていると思っていた。音──何の音だろう。誰かが玄関の戸を叩いている。誰か？　いやもっとたくさんの人数だ。音は家中に響いている。無数の手が家のいたる所を叩き、彼女の名を呼び続けている。

今度は近くで別の音が聞こえた。近づくとそれが音ではなく人間の声だとわかった。だが誰の声かはわからなかった。八年前夢の中で夫と呼んでいた男の声だろうか──

声は言った。

「あなたは長いことここに居すぎた。もう戻るのです。もう一度あの闇の奥深くへ──」

彼女はその声に背を向けていたのに、背後に立っている男を見ることができた。黒い袈裟《けさ》をかぶり、蒼白い顔で男は立っていた。彼女は老人の立っている位置とは逆方向を眺めながら、その老人を鮮明に見ることができた。顔中に刻まれた皺《しわ》、死面《デス・マスク》のように閉じた両眼、胸の前で合掌された骨ばった手──やっと自分が反対側を見ていることに気づいて、彼女は振り返った。老人は骨ばった手で彼女を摑んだ。

老人に連れられて玄関を出た。ドアを開くと庭に何百という人影があった。皆老人と同じ墨染めの衣を纏《まと》い、青い月影に影を浮かびあがらせている。庭だけではない。屋根にも壁にも門の柵《さく》の上にも僧侶《そうりょ》たちの影は、貼りつき、奇妙な恰好で揺れ動いている。夜の破片がこの家の周囲にだけ群がり、舞いを楽しんでいるかのようだった。

彼女は歩き出した。

同時に黒い袖がいっせいに彼女に襲いかかってきた。彼女はあっという間に闇にのみこまれた。それはこの数か月彼女を襲ったどの闇よりも暗い完全な闇だった。

30

藤堂病院の待合室で梨枝と二人、診察の時間がくるのを待ちながら、そのとき、碧川はやはり死んだ方がいいと思った。

病院へ来るのは彼自身も望んだことだし、大した不満があったわけではない。ただ手にしていた週刊誌が、理由もなく彼の指から滑り落ち、拾おうとして床にかがみこんだとき、不意にやはり死のうと思った。一冊の雑誌が指間から滑り落ちたように、自分の生命も、この病院に入る前に見上げた高い屋上から、滑り落ちなければならないと思った。

碧川は、

「トイレへ行く」

と言って梨枝を離れ、階段横にあるエレベーターの前でボタンを押した。

玄関からは死角になっているエレベーターに、彼は誰にも見咎《みとが》められず乗りこむことができた。

碧川は七階のボタンを押した。

七階から屋上へ上る階段があるはずだ。こういう病院だからたぶん屋上へ通じるドアは頑丈に閉鎖されているに違いないが、万一という期待があった。屋上へ出られたら、そこから飛びおりよう。

誰も乗っていない空《から》のエレベーターだった。

碧川はほっとして、エレベーターの静止したような、不思議な動きに身をまかせていた。

七階でエレベーターをおりた。

この病院ではどの階にもエレベーターの前に小さなガラス張りの受付がある。受付というより患者の出入りをチェックする監視所のようなものだ。

碧川はその中にいた白衣の女に何気なさを装って聞いた。

「屋上へ出る階段はありますか?」

「屋上はこの廊下のつきあたりの非常口からしか出られないけど——どうして?」

女はふちなし眼鏡の裏から不審そうな視線を碧川に投げた。

「いえ、ちょっと——」

碧川は諦《あきら》めてエレベーターの前に戻った。受付の女の視線を逃れて、廊下の端の非常口までたどり着くことは不可能である。

エレベーターはなかなか来ない。碧川は背に受付の女の、レンズ越しの視線を粘るように感じた。たえられなくなって碧川はエレベーターのすぐ傍にある階段をおり始めた。

数段おりると背を叩くように、後ろから足音がおりてくるのが聞こえた。受付の女が不審に思って後を尾《つ》けてきたにちがいない。彼が一段おりると、足音も一段おりる。二つの足音が絡み、頭の中で交錯する。自分にとり憑いている死神が今にも背中に手を伸ばし、階段の下へ、奈落の底へとつきおとしそうな気がする。

最後の数段をかけておりると、ちょうど六階で開いた下りのエレベーターに飛びのった。

かけこんだので、やはり同じ階からエレベーターに乗りこもうとしていた女にぶつかった。

「すみません——」

地味な服装の小柄な女である。退院でもしていくのか、手にスーツケースを持っている。どことなく全体が気だるそうだった。

女が何階かのボタンを押し、エレベーターのドアが閉まりかけたとき、ふと女の体が崩れかかった。碧川は思わず、その体を抱きとめた。手が女の耳に触れた。女の耳には、服装や顔の陰気さとは不似合な金色の、不思議な葉の形をした耳飾りが垂れていた。

「大丈夫ですか——」

女は、

「ええ」

と短く答えたが、碧川の存在を気にもとめていない容子《ようす》だった。女の髪が揺らいだ向こうに、女の押したボタンの灯が見えた。それは一瞬ではあったが、深夜の道路を裂いて突進してくる闇のトラックの光の眼に見えた。

碧川は反射的に背を向けた。眼を閉じると不意に足もとを重い鎖でひっぱられた気がした。エレベーターの下降する力にともない自分が闇の底へと落ちていく——闇の底には業火が燃えあがっている。いや小さなライトが無数に群がってひしめきあっているのだ。

息苦しさを覚え床に両手をついて、蹲《うずくま》った。頭の中で轟音《ごうおん》が渦巻いた。国道のトラック、突然の噴火——数秒、いや十数秒も発作は続いたろうか。動悸《どうき》がまた不意に鎮まり、暗室から投げ出されたように彼は、現実を取り戻した。立ち上がり、振り返った彼は思わずあっと叫んだ。——女がいない。

ドアは固く鎖《とざ》され、エレベーターは相変わらず金属の密室なのに女だけが消えている。女が、くすんだ喪服のような服をまとって立っていたドア横のコーナーには、影すら残っていない。四度目の消失だった。彼は女の輪郭を飲みこんでしまった空間に怯《おび》え、足を一歩、後ろにひいたが、そのとき、ドアの隅に小さく煌《きら》めいているものを見つけた。拾うと金色の葉の形をした耳飾りである。あの女が耳につけ、彼の手が触れたものだ。

一個の耳飾りが彼を現実にひき戻した。自分が床に蹲り、耳鳴りに苦しんでいたあいだにエレベーターが一度停まり、女がおりていってしまっただけではないのか——耳飾りを残していったのである。耳飾りだけを残して消えてしまうわけがない——

またエレベーターが停まり、ドアが開いた。一階に着いたのだ。若い白衣の男が乗ってきた。碧川はおりるのをためらった。耳飾りが女の耳から落ちたのは自分の責任かもしれない。倒れかかった女を抱きとめようとして、耳飾りに触ってしまったのだから。

「どうかしましたか」

白衣の青年が声をかけてきた。

「あのう、今、エレベーターに乗って一緒におりてきた人が、耳飾りを落としていったので……」

青年は、碧川の開いた掌を奇妙な顔で眺めていた。

「その女の人は何階でおりたんです?」

「それが……わからないんですが……」

「あなたは何階からおりてきたんです?」

「六階からです……そのう、たぶん三階か四階でおりていったと思いますが……」

その青年が手伝って探してくれた。だが三階でも四階でも女のおりた形跡はなかった。エレベーター前の受付では誰もが、はっきり首を振った。念のために調べた五階や二階でも結果は同じだった。二階の受付には人がいなかったが、廊下にいた掃除婦が、掃除を始めてから一度もエレベーターは停まらなかったと断言した。

「でも確かに乗っていたんです、そうでなければこの耳飾りが……」

そう言ってさし出した手を碧川は思わず、投げ棄てるように振り払った。

手から、金色の一枚の葉は消えていた。

31

十一人目の患者との面談を終えたとき、電話のベルが鳴った。

波島が受話器をはずすと受付の娘の声が、

「古谷さんからです」

と告げた。

明日の入院の件かと思ったが、そうではなかった。

「波島先生ですか」

古谷征明の声が堰《せき》を切ったように飛びこんできた。

三分後、波島は電話を切り、インターホンで森河を呼ぶよう命じた。森河はなかなか現われなかった。そういえば九時の診察開始前に、見たきりで、その後診察室に顔を出していない。

やっと現われたのは十五分も経ってからである。

「すいません、今患者がひとり、騒ぎ出したので……」

「誰だね」

「今日が初めてらしいんですが、エレベーターから女がひとり消えてしまったというんです。今やっと鎮まって順番を待ってます」

「ひょっとしたら」

波島は眉根を寄せ、

「その患者はテレパシーを持ってるかも知れんな」

「テレパシー？」

「そう。こういう病人は神経が研ぎすまされているからね。本当に予知能力を持っているとしか思えない事態に、私自身が数回出会ったことがある。いやその患者は別だろうが……」

「誰か女が消えたんですか？」

波島はうなずいた。

「古谷羊子だ、昨夜から行方不明らしい」

「先生——」

森河が目をみはった。

「あの緑色のインクの——」

「いや、そんな大袈裟《おおげさ》なことではないだろう」

「でも先生、誰かがあの古谷羊子を殺すという言葉を現に書き、先生のノートから古谷羊子の記録を奪っていったのですよ」

「そうかね、私はあれをちょっとした悪戯《いたずら》ぐらいにしか考えていないんだが……」

と言いながらも、波島はやはり心配そうな顔である。

「ともかく、できるだけ早く診察を終えて古谷征明に会いにいこうと思う。君も一緒に来てくれないか」

「はい」

「じゃあ、次の患者を」

と言いかけて腕を机にまわした拍子に湯吞茶碗が倒れた。ズボンにお茶がこぼれた。

「悪いが、部屋へ戻って着替えてくる。次の患者を入れて待たせておいてくれ」

そう言うと、少し慌てた容子で、波島は診察室を飛び出していった。

32

タクシーを降りると碧川宏はまっすぐ上空を見上げた。

東京タワーは、下からふりあおぐと空の高さと区別がつかなかった。彼はふと自分が地面に逆さにはりつけられ、青空に向かって落ちようとしているように思えた。

事実、彼はその塔から落ちるためにここへ来たのだ。死にたかった。それだけが今の自分を救う解答だという気がした。今度こそ失敗しないだろう。空から大地までの永遠の距離——

上空に視線を突き刺し、忘我に陥っているそんな夫を、梨枝は心配そうに見守っていた。病院で人が消えたと騒ぎだしただけで心配だったのに、その帰途不意に東京タワーに上りたくなったと言い出したのである。もっとも明日から入院することに決まったので、せめて最後に開放的な気分を味わっておきたいという単純な動機からかも知れないが……

彼は妻と二人、子供や団体客で賑《にぎ》わうエレベーターに乗った。ガラス張りの密室の外では、大地がゆるやかなスピードで下方へ落ちていく。

空と地が逆転した。展望台のガラスの下の恐ろしい遠さに、さっきまで自分が踏んでいたのが信じられない地面が見えた。

心配そうにつきまとっている妻から逃れ、何とかこのガラス張りの外へ出る方法を考えなければならない。

子供たちが歓声をあげて箱庭に縮小した東京の町を眺めている。しかし彼には東京の町並などどうでもよかった。彼の気持を惹《ひ》くのは、ただ、今自分のいる高度と地面までの果てしない距離だけである。

彼は意味もなく空いていた望遠鏡に近づき、二つのレンズを覗《のぞ》いた。

東京の街が細切れになって、彼の二つの眼を掠《かす》めた。ビル、公園、道路、海——東京の断片は、何の脈絡もなくパズルの空欄のように流れ続けた。白く風化した街——何世紀もの時間の流れに蝕《むしば》まれた遺跡か廃墟を、別の世界から覗いている気がした。

「あなた——」

梨枝の声と共に時間が切れた。彼の眼が闇にすり変わった。振り返ると梨枝がジュースの缶《かん》をさし出した。

「ありがとう」

ちょうど喉《のど》が乾いていた。彼はちょっとだけ口をつけると、ふとガラス張りから下方を眺めた。そのとき——

東京の街がなかった。

視界から一つの都市は完全に消え去っていた。ガラス張りの鉄枠や手すりや群がっている子供たちは、はっきり見える。しかし東京の町はガラス越しにただの白い空間と化していた。自分の眼だけに見えない。それはわかっていた。眼の前の子供たちが騒ぎながらあちこちを指さすのは見える。だが指さす方向に彼は何も見ることはできなかった。

これで今朝から二度目だった。だが彼は今朝エレベーターから女が消えたときのようには叫ばなかった。突然だったが、それはひどく静かに彼の目から消失したのだ。別に不思議な気もしなかった。当然のことがごく自然に起こった、そんな気持だった。

子供たちのはしゃぐ声、どこからか流れてくる陽気なマーチ、そしてジュースの缶が手から床に滑り落ちる音——、彼は周囲の全部をはっきりと現実のまま知覚していた。ただ東京の町だけが彼の視覚を裏切っていた。

青空の下に広がっているただの白一色の空間――巨大な空白のキャンバス――

やがて巨《おお》きな空白に何かが音もなく降り始めた。

灰だった。幻の灰が見えない東京に、無数の微粒で舞い始めた。やっと自分は気が狂ったのだと彼は思った。見えてはならない灰、見えなければならない町――

碧川は狂った自分を楽しむように薄い微笑を浮かべ、ひどく静かな気持で、降りしきる灰を眺めていた。

33

「新しい車だね」

渋谷に入ると、後席から波島が声をかけてきた。運転席の森河はちらりとルームミラーを覗いて、

「もう二か月になります」

と答えた。

「じゃあダンプとの接触事故のあとすぐに買い換えたのか」

「ええ、どのみちあの事故がなくとも買い換えようと思っていたところでしたから」

「若い人はいいね――去年小さな追突事故を起こしただけで、私などしばらく怖くて車に乗れなかったが……」

「はあ……」

あまり触れられたくない問題だったのだろう。森河は不意に話題をかえた。

「先生、前から一度聞きたかったのですが、先生のノートの破りとられた頁には、古谷羊子について何か特別なことでも書いてあったのでしょうか?」

「いや——別に何も……」

「なぜあの眼鏡の男——土橋満は、先生のノートから古谷羊子の頁を切りとっていったんでしょうね」

「私にもわからん——それより、ほんとうにあのカルテを書き、ノートを破りとったのが土橋という男かどうかも……」

「しかし他にいないでしょう、緑色のインクを使ったり、あんな馬鹿げたことを書く人物は……」

「それはそうだが」

古谷征明の家は渋谷のはずれにある住宅地の一軒だった。柵にからんだ蔦《つた》が秋の澄んだ陽ざしに照り、いかにも平和そうなそんな外観が、その家の中で一年近く繰り返されてきた一つの不幸を包み隠していた。

森河と共に車をおりた波島は、玄関のブザーを押した。

すぐに二人は小さな応接間に通された。

古谷征明は、

「どうも大変なことになりました」

と言ったが、この男はいつも金属を思わせる無表情で、顔つきだけではさほど取り乱しているようにも見えなかった。

波島は早速、今度の家出の経緯を尋ねた。

「実は昨日の晩です」

七時すぎだったと古谷は言う。会社から電話があり、仕事にミスが出たので至急来てくれと言われた。少し心配だったが羊子をひとり家に置いて出かけた。

「わたしが小田原の友人の家へ行ってましたので」

妹の一美が隣の台所から紅茶を運んできて言った。

「会社へ行くと誰もそんな電話はかけていないと言うのです。おかしな話だなと思いながら一時間ほどで帰ってきました」

「その間に奥さんは出ていったのですね」

「ええ」

「あなたが会社へ行かれるとき、奥さんはどんな容子でした」

「スーツケースにいろいろ詰めていました。てっきり入院の準備だと思っていたんですが、それを持って出ていったらしいのです。昨夜から心当たりはみなあたったのですが……」

「旅行へでも行ったのでしょうか」

「さあ」

と古谷は首を傾《かし》げた。

「その方も全然見当がつかなくて……」

一美がふと声をはさんだのはそのときである。

「ねえ兄さん、義姉《ねえ》さんはあそこへ行ったのじゃないかしら」

三人はいっせいに一美を見た。

「あそこって」

古谷が聞いた。

「あの町――」

一美はそう言うと応接間を出ていった。戻ってきたとき、彼女の腕には一冊のアルバムが抱えられていた。

一美は、アルバムの頁を何度もめくり返していたが、

「おかしいわ、あの写真がないわ」

と言った。

「なんの写真だ」

「お寺の境内みたいな写真――ひび割れた土塀の写っている……」

「それなら俺もみた。羊子は自分の影が写っていると言っていたが……」

「ああ、それだったら」

と森河が思い出したように言った。

「相当古い写真ではありませんか？　土塀だけが横に流れている……」

「そうですけど」

森河は、意味ありげな目で、波島を振り返った。

「その写真なら、七月に入院して最初の頃、奥さんいつも枕の下に大事そうにしまっていました。そう、確か誰かの優しい唄声が聞こえてくると言って──そうでしたね、先生」

「ああ」

波島はそれだけを答えた。

「私には、その寺で死んでいると言いましたわ」

波島の顔色が変わった。

「死んでるというと？」

「この間の晩です。義姉さんその写真じっと見ながら、私は死んでる、私は死んでるってぶつぶつ呟《つぶや》いてたんです。何か、とても薄気味悪かった……」

「先生──なぜそんなことを言いだしたんでしょうね」

征明が聞いた。

「さあ、それはわかりません……七月の頃にも、その写真のことは気にはなっていたのですが……そうか、その寺で死んでいると言いだしたのか」

両腕を組んで考えこんだ波島を、森河はじっと見守っていた。

「やっぱりないわ」

一美がアルバムを閉じて言った。

「義姉さん、いっしょに持っていったのかしら。とするとやはり、あのお寺へ行ったのよ」

「どこの寺かわかりませんか」

兄妹は揃《そろ》って首を振った。

「私が聞いてみたときも、唇を固く鎖《とざ》してしまったんですが……」

「写真の古さからみて、まだ私と結婚する前のもののようでしたが……山口の寺かもわかりません」

「山口の……寺ですか」

波島が、念を押すような妙に粘った口調で聞いた。


古谷家を出るとき、波島は玄関まで送りに出た兄妹に向かって、

「あまり心配なさらないように。羊子さんはまだ時々、自分をとり戻すことがありました。今夜にでもひょっこり帰ってくるかもしれません」

と言った。

だがこの波島の言葉はあたらなかった。それから二十日後、その事件が起こるまで、

遂に古谷羊子の消息はつかめなかったのである。

二十日後、十一月六日、山口県萩市の小さな寺から彼女が奇妙な死骸となって発見されるその日まで——

第二部

1

萩市は白雲の似合う町である。

山口県の山陰地方の海に接して、よく晴れた日など、青空の一片が白く浄化されて落ちているように、広漠たる風景の中に、小さく点出される。

今はすっかり観光地化され、昔のひっそりした古都の味わいはないが、それでも、夏場など陽盛りに人影が跡切《とぎ》れた時刻、真夏の太陽に焼かれ、夏草や青蔦にからまれ、街並の土塀が白い逆光をはねかえすとき、維新の動乱を生きた志士たちの影が、その一つの歴史の残韻が、陽炎《かげろう》のようにふっと淡く浮かびあがることがある。百年の歴史が整然とした白砂の道を音もなく踏み続け、武家屋敷の白壁を静謐《せいひつ》な視線で眺め続けてきた町である。

秋になると、それが不意に古都の燦然《さんぜん》たる煌《きら》めきを失い、ごく当たり前の田舎びた地方都市の蒼然《そうぜん》とした色合に褪《さ》めることがある。そして箱庭のような小さな街に、突然の広さで日本海が、青空が、巨大な位置をしめる。

そして脱け殻のようになった町の上空に浮かんで、空の紺青を厳しい純白で撥《は》ねのけてひと片《ひら》の雲――それは一つの古都を脱け出した歴史という名の重みが、白い幻になって青空に漂っているようにさえ見える。

そんな秋の一日であった。

観光客のざわめき以外は、いつも静かなこの町の一画を喧騒《うるさ》いブルドーザーの音が破った。

萩市は、海岸線に粘着するように東西に細長く伸びた町だが、東の外れの淋しい場所に、小さな寺がある。門前の柱に寂秋寺と、年月に侵蝕《しんしょく》された墨字がそれでも何とかそう読めるが、住職もおらず、もう二十年近くめったに人も訪れたことのない廃寺である。気紛れに迷いこむ観光客も、乾いた砂と樹々の緑の陰にひび割れた土塀を見つけても大した感興も覚えず、通りすぎてしまう。

山門を潜《くぐ》ると十坪ほどの狭い境内には干涸《ひから》びた砂が荒れた起伏で敷きつめられ、土塀の下に枯草が蔓延《はびこ》り、落葉がごみのように散乱している。小さな本堂は廃家同然で仏像や仏具一つない。子供たちが遊び場所に潜んだりするのか、床板は割れ、縁の下からは薄《すすき》が、寺の澱《よど》んだ空気を切るように穂先を鋭くつき出している。

もう五年も前からその寺を取り壊す計画は出ていたのだが、具体的に決められ始めたのは去年の秋、ちょうど一年ほど前からだった。市議会で、その場所に市の体育館を造営する計画が決定したのである。

観光都市に体育館など必要ないという反対意見も出たが、誰ひとり寂秋寺の破壊自体に異議を唱える者はなく、計画は着々と推進されていった。土塀や庭の白砂の乾いて崩れた様は見方によっては風情があるのだが、どの町の片田舎にあっても代り映えのしない古寺を、維新という一つの時代の個性が売り物の観光地に、わざわざ保存しておく必要はないのだった。

十一月六日午前十時こうしてブルドーザーの轟音《ごうおん》と共に、誰も知らない小さな歴史を秘めた寺は、その消失を開始したのだった。

ブルドーザーの重圧で、土塀はあっという間に瓦礫《がれき》となって砕け落ち、砂埃《すなぼこり》が黄色く霧のように噴かれて、境内を暗影に揺らす。

クレーン車が土塀の残骸を次々と飲みこんではトラックへと吐き捨てる。

一度砂埃が舞ってはおさまるたびに、一瞬前まではまだ必死に、それなりの歴史や秘話を支えていた土塀が、瓦礫の山に変わって浮かびあがる。瓦礫の山の上に土塀の余韻も残さず、青空がただの空白で浸透してくる。それはこんな小さな寺ではあっても、文明が結局は歴史を一つの空白に追いやるという思想の縮図に思えた。

正午をまわり、寺がちょうど半分を崩され、休憩して昼食でもとろうという声が聞こえ出したときである。

寺に繋《つな》がる坂道を、白い車が砂煙をあげながら上ってくるのが見えた。パトカーである。

工事にたずさわっていた数人が仕事の手を停め、そのパトカーに視線を注いだ。サイレンのないパトカーは、青空と白い道と秋の気配の中で妙に静かな印象であった。

パトカーは寺の真ん前で停まった。中から制服姿の若い警察官が二人おりてきた。二人は工事人夫たちなどには眼もくれず、まだ半分残っている寺の外観に視線をめぐらせた。

このときになってブルドーザーを運転していた男も、やっと異変を感じとってエンジンを停めた。不意に静かになった周囲に、砂埃が弱々しく舞い続けた。

警察官二人は瓦礫を踏みわけ、寺の境内《けいだい》に入ると、まだ壊されていない土塀の近くに寄った。

「門から入って右側十メートルぐらいというからこの辺だな」

「塀の内側二歩――」

と呟きながらもう一人の警察官は、土塀を背にして立ち、それから少し緊張したように脚をまっすぐに伸ばし二歩を歩いた。立ち停まった地点に靴の踵《かかと》で跡をつけ、しばらく足許《あしもと》の地面をじっと睨《にら》みつけていた。

警察官の慌ただしい動きを、工夫たちはあっけに取られて見守っている。

「おい、この工事の監督さんはいないか」

そんな一人に警察官がやっと声をかけた。

「私です」

と、ヘルメットの下に四角い土焼けた顔を覗かせて四十過ぎの男が進み出た。

「何か？」

「済みません。ここん所を掘ってほしいんですが――いや大した深さじゃないと思いますが……」

「しかし、何のために……」

警察官の一人が渋い顔になった。

「実は今、警察署の方に変な電話が入ったんです。寂秋寺のこの辺りに死骸が埋まっているはずだという――」

工事人夫たちは視線を曇らせ、互いの顔を見つめ合った。

「ただの悪戯電話じゃないですか――この工事を妨害している連中がいますからね」

現場監督は唇に少し意地悪そうな笑みを浮かべた。

「だと思うんですが……ともかくスコップを貸して下さい」

警察官はスコップを受け取ると、まず自分が先頭になってその地点を掘り始めた。突っ立っていた人夫たちも、仕方なさそうにスコップやシャベルを担ぎ出した。

土は意外な柔らかさで十五分も経つと深さ一メートル近い穴になった。赤土なのかところどころ緋色《ひいろ》に近い鮮やかな色が混じる。

「人間の肉を削っているようだ」

と誰かが要らないことを言った。

作業は緊張を孕《はら》んで黙々と続けられた。ちょうど上空に来た太陽が青空の中から白い、秋らしい透明な光を、土にまみれて苦闘している男たちに降り注いでいた。

だが三十分を経過し、穴の直径を三メートル近くに広げても何も出て来なかった。全員肩まで穴の中に落ちるほどの深さだった。

「これ以上掘っても無駄だな」

警察官が諦《あきら》めて溜息《ためいき》と共に声を出した。

人夫の一人がわっと叫んだのはそのときだった。いっせいに振り返った視線の中に、人夫はスコップを投げ出した。穴の底に落ちたスコップは土をはねとばした。

土だけではない、何か奇妙に白いものが転がった。

人夫は、皆の眼がもうそこに集まっているのも忘れて、今自分の掘ろうとしたところを震える腕で指さした。

地面から五十センチ近くの意外に浅い場所だった。地中で枯れた根のようにそれは、湿った土の断面からはみ出していた。土の、ただでさえ腐敗したような臭気がいっそうひどくなった。首に巻いたタオルで口もとを押える者もある。

「やはり悪戯電話じゃなかったな」

警察官がぽつんと呟いた。

明らかにそれは白骨化した人間の手だった。地中で無為に眠り続けた長い時間を取りもどそうと必死に何かを掴《つか》むように、五本の白い指は内側へと歪《ゆが》んで折り曲げられていた。

2

最初に、そう言い出したのは一美だった。

その十一月六日の夜、一美は居間でレースを編みながら、テレビを見ていた。

レースは義姉の羊子が失踪《しっそう》した晩、居間のソファの上に置き忘れていったものである。編みだしたばかりの、まだ何の形にもなっていないまま義姉は、それを放り出して家を出ていったのである。一美と羊子の関係は嫁と小姑《こじゅうとめ》だが、世間で言うような反撥心はどちらにもなかった。年齢は七歳も離れているが、無口な義姉と性格に少し派手なところのある一美とはよく気が合い、友人とも言えるほどに親しかった。だから羊子の発病の際や、今度の失踪を本当に心配していたのは、夫の征明より一美の方だったかも知れない。

一美は義姉が失踪した翌日から、未完成のまま残されたレース編みを完成させようという気になった。

義姉が何を造ろうとして、レース編みを始めようとしたかはわからない。義姉はわずか七段目の十三番目の目数を針に残したまま消えてしまったのだ。その十三目で、義姉の狂気に何かが起こったのだった。

一美はそのレースを、今どこにいるかわからない義姉のために完成させてやりたいと思った。細かいことにくよくよ悩む姉だったから、今もどこかの町でふと家のソファに投げ出したまま忘れてきた、このレースの目数を気にしているような気がする。

羊子が割ったままになっている寝室の鏡台の敷き物を、一美は編んでやるつもりだった。

「お茶でも入れる?」

一美は、ソファに寝転がり本を開いてはいるが、寝ているか起きているのかもわからない兄の静かさに声を掛けた。征明は何の反応も見せない。わずかも動こうとせずただじっとしている。

こういうところが兄は冷たいのだと一美は思った。義姉がいなくなり、兄の征明ひとりに視線が集中するようになって、兄の冷たさがよくわかった。航空会社に勤めているせいではないだろうが意味のない数字や、叩いても音さえたてない金属に似た、ひどく無関心なものが征明にはある。義姉がその無表情に怯《おび》えた気持がわかる気がする。

義姉はそんな夫との生活の孤独から逃げるために、最後の頃、鏡と向かい合っていたのではないだろうか――

「――白骨死体」

という声をテレビに聞いて、一美はふと眼をあげた。

「山口県萩市の寂秋寺の境内で、身元不明の白骨死体が発見され……」

とアナウンサーが喋《しゃべ》り出したところだった。

死骸は二十歳ぐらいの若い女性のもので、死後五年以上は経過している、山口県萩警察署に前以《まえも》って電話で連絡してきた謎《なぞ》の人物がいる、声だけでは男女の判別もつかなかったことなどがアナウンサーの乾いた声で語られた。

一美はレース編みを続けながら、眼だけは画面を追っていた。最初は面白い事件だという単純な興味だけだった。

警察が掘りおこした穴がさまざまな方向から映し出され、その穴を土の棺に見立てたように白骨死体が細長く横たわっている。死骸という生々しさはなく、化石を思わせる乾いた空《むな》しさだった。

カメラが現場を離れ、寺の、廃屋のような本堂を映し、そのまま右へ流れ、と思うと音声がふいに消え、土塀に沿ってゆっくりと動いた。瓦屋根が、土塀が、すっと流れ去った。

一美の指が停まった。

視線を一瞬、画面に凝らしたが、それと同時に画面はそのニュースを終え、秋日和の行楽地を楽しむ旅行客の話題に移った。

一美はまた鉤針《かぎばり》を動かし始めたが、再びすぐに停めた。

「兄さん——」

その声が普通でないことに気づいたのか、ソファの上に征明は半身を起こした。

「兄さん、今のテレビ見ていなかった？　白骨死体が出てきたというお寺……」

一美は振り返らず、独り言を呟くように尋ねた。

「いや——どうかしたのか？」

「あの土塀、壊れかけた土塀、義姉さんが見せた写真と似てたわ」

「寺の土塀なんか、みんな似たようなものだ」

と言いながら、征明もさすがに引っ掛るものがあったらしい——ソファに座り直した。

一美は立ち上がると部屋を出ていき、スケッチブックを持ってきた。開くと、征明もかすかに記憶のある寺の土塀が、荒い鉛筆の線で浮かびあがっている。

「この間思い出しながら描いてみたんだけど……やっぱり今の寺にとても似てるわ」

「しかし、羊子の持っていた写真は寺のほんの一部分を撮ったものだった」

「でも似てるわ。ほらこのひび割れた線の感じなんか……」

指さされたところにSの字に亀裂が走っている。

「この線が印象的でよく憶えてるんだけど……今テレビでは萩の寺だと言ってたわ。萩は山口よ。義姉さんの育ったのも同じ山口の岩国よ。萩へ行ったこともあるはずだわ」

「そう言えば」と征明は何かを思い出すように「あれと結婚してまもない頃だった。旅行雑誌がどこかの古都を特集していてね、その写真の一枚を見て、あれが、このすぐ裏に面白いおばさんのいる店があるのよ、と言っていた。それが萩だったかも知れない

「……」

一美は少し蒼《あお》ざめた。

「兄さん、義姉さんの言ってたとおりになったわ。あの写真のお寺の土の下に本当に女の人の死骸が埋まっていたのよ」

「まだ、あの写真の寺と決まったわけじゃない。それに土塀だけで、寺かどうかもわからなかったじゃないか」

「でも死んだ女性は二十歳前後、五年以上も経っていると言ってたわ。義姉さんの年齢とも合ってる。兄さん、義姉さんは、本当にあの写真の寺でずっと昔死んでしまったのかも知れないわ」

「お前まで何を言い出すんだ」

思わず声を荒らげながら、だが征明もふとおかしな気分になった。

二十日経っても羊子の消息はいっこうにわからない。特異な病人だし、自殺の危険もあるので直ちに警察にも失踪届を出したが、その方からも何ら音沙汰はない。会社からの電話で呼び出されていた一時間近いあいだに、羊子は家を出ていった。出ていったというより、今になって思うと羊子の肉体だったものが、ふっと夜の気配に霞《かす》んで影となり、少しずつ薄れて消え果ててしまったような、不思議に儚《はかな》い印象がある。一美が言うように今日まで自分がずっと眺め通してきたのが、死んでしまった羊子の幻ではなかったかと、一瞬そんな気さえした。一人の女の幻が七年間自分と生活を共にし、ある日ふと自分の死んでいたことを思い出し、言葉も残さず自分の死骸の埋れている遠い場所へ戻っていったのではないか——

征明は、一美が描いた線描だけの妙に暗い画を眺めながら、間違っていると思った。間違っているのだ——しかし何がどう狂っているのか彼にはわからなかった。

3

その時刻、高橋は新宿駅の改札口前に立ち、じっとそれを待っていた。

改札口の大時計が七時二十二分を指している。二つの針は、改札口から吐き出され慌ただしく彼の眼前に蠢《うごめ》く無数の顔ごしに、ひどく静かに停止して見えた。もう三十分近く彼は改札口前の人ごみの中に突っ立ち、眼鏡の両端をしっかり指で押え、改札口から出てくる顔を凝視し続けていた。まもなく無数の顔の中に一人の女の顔が現われるはずである。

病院からの帰途、不意に思いつき、板橋の公団住宅の四〇三号室に電話を入れ、受話器に出たその女をこの改札口まで呼び出したのだった。

一つの実験であり、賭《か》けであった。

高橋は最初の疑惑を抱いたあの初秋の晩からもう二か月近く、その女の顔を見たことはなかった。少なくとも直視したことはない。直視する勇気はなかった。それを見た瞬間すべてが決定するのが恐かった。部屋に入った瞬間から女の顔を避けるが、それでも振り返った瞬間などふとその横顔が視界を掠《かす》めることがある。思わず顔を背けるか眼鏡を外すが、後で一瞬自分の目がとらえた顔に苦しむのだ——あれは由紀子ではない。しかし同時に、由紀子の顔が思い出せないことにも苦しんでいた。唯一の手懸りの写真は女の手で全てを堙滅《いんめつ》されてしまっている。

由紀子の顔がどうしても思い出せない。しかし記憶は潜在しているはずである。意識としては捉《とら》えられなくとも、自分の頭脳のどこかが、何年間かを一緒に暮した女の顔を憶えているはずだ。

十数年ぶりに今はすっかり忘れてしまった昔の知人にばったり出逢ったときなど、他の本当に自分の知らない他人の顔と区別ができるものである。

あの女の顔を無数の他人の顔の中に置いてみたら——と思った。この改札口から自分に迫ってくるように歩いている見ず知らずの顔の中に、もし記憶に引っ掛ってくる女の顔があれば、それが由紀子だと確かめられる。無数の顔とそれとの区別がつけば、女はまちがいなく自分が忘れてしまった由紀子であり、変わったのは由紀子ではなく自分であり、あの十歳のときの桜の花と共に自分が狂い始めたことがわかるだろう。

改札口からは間断なく大量の顔が吐き出される。どの顔にも見憶えがなかった。知らない顔は、眼鏡の下の眉根に皺《しわ》を寄せ、上眼づかいに睨みつけるような妙な形相の彼を無関心な流れで通りすぎていく。彼は神経の全部をおびただしい顔の流れに集中させていた。息苦しさを覚えた。眼鏡をしきりにずりあげる指先にじっとり汗がにじんでいる。体が熱っぽかった。いや、それ以上に頭の中では熱い火の塊のようなものがどんどん膨れあがっていった。

だが彼はその場を離れることができなかった。全身が焼けつくように熱いのに、どこか一点冷えきった意識があり、それが彼の意志を完全に決定していた。

七時四十分をまわった——新宿駅のホームから電話をかけた直後に女が板橋の部屋を出ていれば、もうとうに着いていなければならない。この、地下の中央改札口だということは、二度も念を押してあった。

いつの間にかさらに四分針は進んだ。

こんな時刻なのに構内は昼中の雑踏のような喧騒《けんそう》である。彼のすぐ傍にたむろしている流行スタイルの極彩色に包まれた若者たちが、意味もなく笑い声をたてる。

最初耳が我慢できなくなった。高橋は両耳を押えた。次に目——視線が揺らぎ始め、押し寄せてくる無数の顔が、白い色褪《いろあ》せた光の中で黒点のように砕け始めた。彼は眼をつぶり、蹲《うずくま》ろうとした。

そのときである。

「あなた」

すぐ傍で女の声が聞こえた。

高橋は思わずぎくりとし、背筋をピンと伸ばした。いつの間にか彼の肩のすぐ横に女の気配が立っている。彼は何とかその女が着ている赤いコートだけを視線につかんで顔を背けた。赤いコートは確かに部屋の箪笥《たんす》の中でよく見かけるものである。

「どうしたの？　突然呼び出したりして……」

「いや、久しぶりに外で一緒に食事でもしようと思って……」

やっとのことで彼はそれだけを答えた。

「食事なら家に用意してあったのに」

「ああ――しかし」

女が眼前に回ろうとしたので、高橋はさらに顔をねじった。

「どうかして？」

「いや……」

「どこへ行きます」

「外に出よう。ここは息苦しい」

そう言って彼は自分ひとりで歩き出した。女は小走りに追いかけてくると、ぴたりと彼の肩に寄り添った。高橋は逃げるように歩幅を大きくしたが、女は自分も足を速めて執拗《しつこ》く彼の肩から顔を離そうとしない。

その顔は不機嫌な相手を心配するように、上目づかいに彼の顔を覗《のぞ》き続けている。あの女のように――

あの女？

高橋はずっと以前に一人の女と今と同じように歩いたことがあるのを思い出した。今のように逃げるように歩く自分を、一人の女がしがみつくように追いかけてきたことを――

由紀子と結婚する半年ほど前であった。高橋はその女と関係をもった。別にその女が好きだったからではない。その頃高橋はまだ学生だった。医学部というバラ色の将来を保証された集団に属し、楽しい日々を送っていた。

ある日大学の実習で患者を診察した際、ちょっとしたミスをした。小さなミスで教授から格別叱責《しっせき》されたわけでもない。だがその些細《ささい》なミスが好調に進んでいた人生の全部を逆転させ、否定してしまう気がした。俺は医師にはなれない――暗鬱な日々が続き、無性に空しくなり、ある日喫茶店でぼんやり一人で座っていた女に、顔も見ずに声をかけた。

体は悪くなかった。だがその女は醜く、退屈で、下宿の一室で女の体から体を離した瞬間には後悔していた。その後も半年交際したが、女は醜悪な顔を絶えず彼の肩に貼《は》りつけていた。

結局、肩の塵《ちり》でも払うように捨てた。由紀子との結婚が決まったせいでもあった。女はしばらく毎日のように電話をかけてきた。いつも決まって九時ちょうどだった。彼は電話に出るのをやめ、九時にはできるだけ外出するようにした。やがて電話のベルが鳴るのがやむようになり、やっと諦めてくれただろうと彼が安心し始めた頃、一通の封書が届いた。読まずに破り棄てようと思ったが、異常な薄さに関心が動いた。中から出てきたのは一枚の白紙だった。ただの白紙ではなかった。それは何か鋭い剃刀《かみそり》のようなもので斜めに真二つに切られていた。初め一枚の紙が二つに折りたたまれているのかと思ったが、それはぱらりと二つに分かれて畳の上に落ちた。紙には何一つ文字は記されていなかった。だが、その白紙の二枚の切れ目の、鋭い、まっすぐな直線が、女の何より書きたかった言葉だったに違いない。それが彼の冷酷さへの女の返答だった。剃刀を握って一枚の白紙に切りかかっていく女の手が浮かんだ。

偶然それは由紀子との結婚式の前日だった。高橋は新婚旅行先での初夜に失敗した。新婚生活がスタートした最初のうち彼が悩み続けたことは事実だった。剃刀を握った一人の女の暗い影に怯えたことも。

だがもうあれから数年が経とうとしている。今では完全に記憶から払拭《ふっしょく》された存在である。そんな女のことを何故不意に思い出したのか——

高橋はいっそう重い気分になって、地上への階段に最初の一歩を乗せた。

赤いコートをまとった女は相変わらず彼に寄り添い、甘えるような手で、彼の肩に腕に触れてくる。高橋は階段を上りながらなんとか女を引き離そうと思ったが、ちょうど多人数が一群れになって階段をおりてくる逆流にあって足が停まった。

なんとか階段を途中まであがったときであった。

「あっ」

と女が声をあげ同時に倒れそうになった。突然若者が二、三人荒っぽく駆けおりてきて、女の体を掠めたのである。

倒れていくものを助けようという条件反射だった。彼は振り返り、思わず赤いコートの両肩を抱きとめようとした。その一瞬であった。

彼は女の顔を恐ろしく間近に、真っ正面から見た。

女は崩れかけた重心を支え直そうと必死になり、顔からは全ての表情が消えていた。女の眼が鼻が唇が一つの輪郭と共に彼の眼に飛びこんできた。大きく見開かれた眼、揺れた髪、形だけの唇が不意に巨大なスクリーンをつきつけられたように、彼の視線にしっかりと捉えられた。

由紀子ではなかった。由紀子の顔は憶えてはいない。しかし由紀子でないことはわかった。

彼の眼に一瞬ひっかかったのは、あの女の顔だった。何年か前、彼がゆきずりに紙のように捨てた女——醜く退屈で陰気な顔。

「わっ」

思わず叫ぶと、彼は自分の腕にしがみつこうとした女の手を思わず振りはらった。

女は小さな叫び声をあげ、逆流に飲みこまれ、落ちていった。

4

――エレベーターから一人の女が消えたとき、僕にはそれがわかりました。先生、僕の体の中には僕にも知らない別世界があって、その世界は僕が触れるもの全部を飲みこんでしまうのです。エレベーターの中で僕はあの女の耳と耳飾りに触れました。だからあの女も耳飾りも消えたのです。凌駕岳もトラックもグライダーも東京も、全部僕が何らかの形で触れた直後に消失しました。

やっと気づきましたが、先生、僕の体はあの宇宙の暗い穴なのです。先生が僕だと信じているもの、それはこの薄っぺらな皮膚一枚だけの存在です。全身を覆った皮膚の裏には、ただ真っ暗な空間が広がっていて、僕と衝突したもの、僕の触れたもの、僕が眼にしたもの、ことごとくを吸いこんでいたのです。

僕の体にある別の世界に、暗い闇の中に、無数の残骸が横たわっています。一人の女は闇に肉を食われ白骨に化して僕の暗い宇宙に散乱しています。グライダーは焼けただれた黒い蝶の死骸になって、凌駕岳は大小さまざまの岩の破片になって、トラックは玩《がん》具《ぐ》でも叩き壊したようにばらばらになって、東京は瓦礫の山を築いた焼野原になって……

最初のうちは自分の体にどんどん積もっていく、それらの残骸が何であるかわからなかったので怯えたりもしましたが、もう今は何も恐くはありません。僕の体はこう運命づけられていたことがわかりました。

むしろ、今は非常に落ち着いた気分です。僕の体はこれからも多くのものを飲みこむでしょう。それでいいのです。

いつか僕の暗い異次元は僕の皮膚まで、皆が僕の存在だと信じているこの馬鹿げた手や顔や足まで飲みこみ、僕はこの世から消失するでしょう。

僕はもうすぐこの世から消えます。でも先生、心配は要りません。僕は見えなくなるだけで依然、暗い異次元として存在するのですから、先生が夜の隅を覗けば、そこに僕はいるでしょう。

そう、僕は一つの暗い闇でした。ずっと昔たぶん生まれる前から。

昔どおりの姿に戻って、僕はただ無意味な広がった暗い闇となって、誰からも無視されながら夜の最も暗い場所を漂い続けるでしょう。

――これでいいのです。先生が僕を異常だと判断するのは自由ですが、どうか僕が不幸だとは思わないで下さい。そしてできればそっとしておいて下さい。僕はこの美しい闇に鎖《とざ》され、今、何よりも幸福なのですから。


森河は、読み終えたその日記を波島の方に返しながら、

「まるで予言ですね」

と言った。

波島は患者に日記をつけさせている。患者の悩みや考えを知る目的はもちろん、患者自身が自分の心理状況を知り、自己の輪郭を明確化させていくことで病気を克服することに役立つ。

その日記は、先月入院した碧川宏という患者が波島に宛てた形式で書いたものであった。

碧川宏は、今年の冬の終わり、自殺を図った際、飛びこんだトラックに消失され、それ以来、日記に記されているとおり、さまざまな消失事件に遭遇し、事物を空白で目撃するという珍しい妄想に苦しめられている患者である。男子病棟の一室でほとんど終日ベッドの上に、自分自身も一つの空白のように座りこんでいる。

「もうすぐこの世から消える、と断言しているのが妙に実感をもって感じられるのですが……」

「なあ、森河君」

と波島は改まった調子になった。

「君は、碧川宏が語っている五つの消失事件について何か考えていることはないかね」

「つまり、どこまでが妄想で、どこまでが現実かという点ですね」

波島は肯《うなず》いた。

碧川は手に持っている手巾《ハンカチ》が見えなくなったとか、自分の横たわっているベッドが視線に入らないとか言って騒ぎ出すことがある。そういった視覚欠如現象はすべて病気の症状に違いないのだが、碧川が訴える〈消失〉の中で単なる虚妄の産物とは思えぬものが四つあった。トラックの消失、凌駕岳、グライダー、エレベーターの中の女……この四つの消失については、碧川は細かい記憶を持っており、何度反芻《はんすう》させても細部まで述懐が狂うことはない。波島はこの四つの消失については何かの偶然の結果、現実に起きたことではないか、と想像していた。

「例えば飛びこんだトラックがぶつかった瞬間、消失したという事件だが、事実彼はトラックに飛びこもうとしたのだろう。死にたかったという意志も事実だろう。しかし潜在意識のどこかで、これは自殺者の当然の心理なのだが、死にたくないという抑制が働いていた。飛びこみ自殺者が最後まで恐怖感を抱いているのはそのためだがね。最後の瞬間、碧川の潜在意識にも抑制心が働いた。碧川はそんな心理の深層で、死への厭悪《えんお》が働いていたことに、もちろん気づいていない。だから彼は最後の瞬間、自分に躊躇《ちゆうちよ》が走ったことにも気づかなかった。そしてその躊躇が自分の足を停めたことにも気づかなかったのだ。彼が意識していたのは、死にたいという気持だけだった。その顕在意識の方だけを重視して、彼は自分が飛びこんだと誤解してしまった。自分はまちがいなく死のうとしたのだから、まちがいなく飛びこんだのだという風に……」

「つまり、碧川は実際にはトラックと衝突してはいないと？」

「ぎりぎりまでトラックに近づいていただろう。だがトラックの正面へは飛び込んでいない。彼の体はトラックの側面を掠めただけに違いない」

森河は露骨に不満の表情を浮かべた。

「先生の考え方も一理あるとは思いますが、僕にはもっと現実的な解答があるという気がするんです。問題の道路を調べてみたところ、碧川の言った通りでした。一車線ずつの道路で、一車線の幅はトラック一台で、ほぼ埋まってしまいます。飛びこまなくとも、センターラインから一歩でも踏みこめば、まちがいなくトラックの車体に引っ掛ってかなりの傷を負ったと思います」

波島は眉根を寄せた。森河が反論してきたのが気に障ったのではなく、何気なくもらした一言が気になったのである。

「君、今あの道路を調べたと言ったが、君はわざわざトラックが消失した現場まで出かけていったのか」

森河の顔は一瞬白んだ。思わず口を滑らせたことを後悔したような表情だった。だがそれもすぐにいつもの笑顔に飲みこまれた。

「碧川宏の日記の記述で一点、どうしても気になったことがあるんです。それで調べに行きました。いえちょっとした興味からですが——碧川が全て事実を語っているとして、一台のトラックが消失し得る方法のようなものが発見できないかと——」

「それで何かわかったのかね」

波島は少し皮肉まじりに聞いた。波島には森河の探索癖が気になっていた。患者の妄想かもわからない言葉を実証しに出かけるほどの男なら、あの事件のことも執拗《しつよう》に調べているのかも知れない。昨年末の、副院長の突然の死、突然すぎたあの自殺事件——

「一つの仮説はあるんですが、まだ何もお話しできません。笑われてしまいそうですからね」

電話のベルが鳴ったのはそのときだった。

波島は、森河の笑顔から視線を外さず、受話器を取った。

電話は古谷征明からだった。

無表情な古谷には似合わない慌てた声だった。

「先生、今山口の萩の警察署から電話があって——そのう一昨日萩市で発見された死骸が羊子のものだという手紙が、署の方へ届いたというんです。電話なので、詳細な内容はわかりませんが、一度萩へ行ってみようと思うのですが……そのう、妹の一美が変なことを言いだしまして。白骨死骸が掘り出された寺の土塀が、羊子の残した写真と同じだと……」

波島も二日前の新聞で事件の内容は知っていた。

「新聞では、誰か謎の人物が電話で通報してきたので、死骸が発見されたということでしたが、その手紙の差出人というのは？」

「それが羊子自身だと言うんです。封筒の裏にははっきり自分の名と東京の住所が書いてあると——それでうちの方へ連絡が来たんですが」

「それはわかりませんが、先生、萩へ出かける前に一度逢ってもらえませんか。何か奇妙なことが起こっている気がするんです」

古谷征明は周囲を憚《はばか》るように声を潜めた。

「萩の警察に届いた手紙も、いつか先生から聞いたカルテと同じで、緑色のインクを使って書いてあったというんです」

「筆蹟《ひっせき》は？」

5

指先にインクの緑色が滲《にじ》んだ。古い万年筆なので、ボタ洩れがするらしい。

こんなとき高橋は、指先の一点のしみが全身に広がり、白い皮膚を染めぬいてしまうような不快感に襲われる。インクを緑色に変えたのは高校の頃で、手が汚れたとき、黒や紺色より少しは不快感が和らぐ気がした。

カルテの一枚にモールス信号のように点が数行並んでいる。

いつの間にこんな沢山の点を書いたのだろう。

彼は眼鏡の下から、数十個の点を睨《にら》んだ。最初から数えてみる。一、二、三、四、五、六、七……

だが十まで数えないうちに、不意に何かが刃のように切りかかってきて、中断させる。

その後の数を見失い、また最初から数え直さなければならない。だが再び途中で、妨害するものが現われ、数が消える。

何かがまちがっているのだ。この点の羅列の何かが——まちがっていることはわかるのだが、しかし、それが何なのか、わからない。

もう、だいぶん以前からそれは始まっていた。電話のダイヤルを回す。×××—××××……その数のどこかが違っている気がする。相手が受話器を外すまでの金属音、その単調な一定のリズムのどこかがまちがっている気がする。

それが何だかわからないまま、脳裏の朦朧《もうろう》とした膜に、はっきり黒いしみとして粘着しているのを意識し始めたのは、まだ数日前からだった。

深夜の道路を渡ろうとしたときだった。信号の赤だけの点滅が彼の足を停めた。点滅は一定のリズムで執拗に赤い色彩を彼の眼に放ってくるだけなのだが、どこかが変だ、そんな気がしたのである。

そして全てが始まった。時計の秒針の動き、無意識に机を叩く指の音、カレンダーの数字、白衣のボタンの数——誰かと喋っていると相手の声や言葉がまちがっているようで、耳に入って来ない。自分が喋っているときもそうだ。口調のどこかがまちがっていることに気づき、思わず口を噤《つぐ》む。

エレベーターの階数、階段の数——無意識に歩いていて、ふとまっすぐ伸びていてコンパスのように直線的に運ばれる足取りのミスに気づいて、突然立ち停まることもある。

公団の部屋の窓から、真向かいの棟の数十個の窓を眺めていると、並べ方のどこかにミスがある気がしてならない。

ミス――しかし何のミスだろう。

今も高橋は、自分が無意識に書いた無数の点に、視線を凝固させながら、懸命にその謎と格闘していた。頭の中に網のようなものがあり、それに必死に神経を絡めようと思うが、どうしてもうまく引っかからない。

意識と謎にわずかな隙間がある。わずかだがそれは絶対の溝で、いくら埋めようとしても埋められない。

『…………』

彼は苛立《いらだ》って思わず紙を引き裂いた。紙は刃物になったような鋭い指で真二つに切れた。

次の瞬間、彼は、わっと叫んで、二つの紙を放り投げた。しかし重さのない紙は彼の膝《ひざ》の上に引っかかって落ちただけである。彼は飛びあがらんばかりに椅子ごと後退し、膝を払った。紙は床に力なく落ちた。

それは偶然、あの女が、挙式前日に送ってきた白紙と同じ形に、彼の指で引き裂かれたのだった。自分の指ではない気がした。自分の手が一瞬あの女の手に変わり、その紙を引き裂いたのだと――

彼は床に重なって落ちた二枚の紙片を何か恐ろしい生き物でも見るように、棒立ちになって見据えていた。

新宿駅でのことがあってから、妻があの女にすり替わったことは、もう彼の確信になっていた。あの女がいつの間にか由紀子に変装し、今日まで由紀子の役を演じとおしてきたのだ。

もちろん、いつ、どこで、どんな風にすり替えがおこなわれたかとなると、彼にも断定的なことは言えない。

しかし推測では、挙式後間もない頃だったのではないかと思える。由紀子を愛していた。だが期待していた結婚式にも新婚旅行にも甘美なものは何一つなかった。すべてがあの引き裂かれた白紙のせいであった。女が結婚式の最中に飛びこんできて、白紙と同じように自分を切り裂くのではないか、剃刀を握って新婚旅行先にまで追いかけてくるのではないか——式の参列者の顔に怯《おび》え、旅行先のホテルでは廊下の影に怯えた。初夜に失敗したのもそのためだった。由紀子を抱く彼の裸の背を部屋のドアが冷たく見ていた。廊下に立って、ドアをじっと見つめ続けている一人の女の影が、彼の脳裏から離れなかった。

新婚生活に入って間もなく、高橋は原因不明の発熱に襲われ半月近く寝こんだことがある。一つには白紙の切られた線が想像させる、いや想像だからこそいっそう生々しい剃刀のイメージへの恐怖が、彼の神経をズタズタに切り裂いたせいもあった。

もう何年も前のことだから、病床の詳細は思い出せない。しかし数日間、意識不明で寝こんだことは確かで、後で聞くと由紀子はずっとつきっきりで看病していたということだった。時々意識が淡い輪郭をとり、誰かの顔がぼんやり視界に浮かぶのを記憶していた。何日目かに意識がはっきりし、やっとぼやけた影がはっきり顔になった。あのとき、確かにそれは由紀子の顔だったろうか。――もうはっきりとは思い出せなかった。

数日の病床の間に既にすり替えはおこなわれてしまったのではないか？　――そう思えるのは、それ以後自分が由紀子と一日以上離れた経験がないからであった。あのときしかなかったはずである。あのとき、既に由紀子は、俺が由紀子と呼んでいたのは、あの女で、俺はぼんやり数年間を暮し、今頃になって変わった変わったと騒ぎ出しているのではないか。

数年前の女の名前は思い出せなかった。平凡なありふれた名前で、いくら必死に記憶をたぐっても浮かんで来ない。

顔も思い出せない。

憶えているのは、女の陰気さと執拗さと、女の体の中で事務的に果てる瞬間、不意に鼻についた死臭に似た暗い体臭だけである。

それなのに、今の由紀子があの女の顔をしているという確信は、高橋の中でわずかも揺るがなかった。すべての論理を拒否し、彼の心中の一点に完全な位置を占めていた。

どこかに狂気があると意識することはある。桜の花がかさかさと鳴る音が聞こえる。

だがこの確信が、狂気の所産だとしても、高橋は狂っていく自分を停めることはできなかった。

高橋は、床に落ちた二枚の破片を凍りついて眺めながら、いつかまもなくこの不可解な状況は一つの悲劇へとつきあたるだろうと、そんなことを想った。

しかし自分は、その悲劇へ崩れていく一つの心理を喰いとめることはできない——

6

——その白骨は私です。

そんなセンセーショナルな見出しで、夕刊は事件を報道した。

——萩市寂秋寺の工事現場から発見された白骨死骸について、山口県萩警察署では捜査を進めていたが、八日午前十時頃萩署宛に一通の手紙が届いた。

手紙の内容はこうである。

「六日に発見された寂秋寺の白骨は私のものです。私は八年前殺されて土の下に埋められました。今日までずっとその土の深い深い、暗い暗いところで苦しんできました。どうか私を殺したもう一人の私を逮捕して下さい。私は今日までその女に苦しめられ続けてきたのです。もう一人の私はまだ生きています。どうかその私の半分を即刻逮捕して処刑して下さい」

封筒、便箋《びんせん》ともに市販のもので緑色のインクが使われていた。

封筒裏には差出人の住所氏名が記されていた。それにより、手紙の差出人に相当する人物は、東京都渋谷区に在住する会社員Fさんの奥さんY子さんと判明した。しかし警察で調べたところ手紙の筆蹟は左手で書かれたものと想像され、Y子さんのものかどうかはわからない。

Y子さんは今年初めから精神を病み、病院へ入院したこともあったが十月十五日に家を出たまま、今日まで行方がわからず、ご主人のFさんは警察に捜査願も出していた。

警察では、手紙を書いた人物が、Y子さんの失踪《しっそう》、またY子さんの病状についても詳しく知っている点などから、単なる悪質ないたずらではないと考え、今度の事件にはさらに深い奥行があると見て、新しい捜査方針を検討している。


七時に病院からマンションへ戻った在家弘子は土間の夕刊を広げると、着替えもせず、真っ先にその記事を読んだ。

記事の最後にY子の主治医としての波島の見解が載っている。

――Y子さんは、確かに手紙の文面どおりの症状を呈していた。自己が完全に二体に分離し、自分がもう一人の自分を探しているという妄想状態にあった。原因は不明である。十月の失踪は私が再入院を勧めた直後のことで、もう少し早く入院を強制していれば、と後悔している。しかし今度の手紙とY子さんの病気や殊踪にどんな関係があるかは、皆目見当がつかない。

読み終えて、波島のコメントがいかにも素気ないのは無表情な活字のせいではなく、波島の性格だろうと弘子は思った。

尤《もっと》も波島としても、今のところそれ以上の発言は何もできないのは当然だろう。古谷征明が電話をかけてきた今日の午後から、病院中が大騒ぎだった。萩警察から委託を受けた警視庁の刑事が来て、波島からいろいろなことを聞き出していった。

警察では新聞が公表した以上の、もっと多くを知っている。

古谷羊子を殺害すると予告していた一枚のカルテの件、古谷羊子の診察記録が波島のノートから破り取られていた件、古谷羊子が失踪する前に義妹に見せた写真が、ほぼ今度白骨の掘り出された古寺にまちがいないこと、羊子には萩に土地鑑があったらしいこと——

だが警察ではこういった一連の謎《なぞ》が今度の手紙と、どんな関係があるか何一つ判断はできず、結局公表を手紙に関する一部分に留めたのだった。詳細を公表しなかったのは、一つには羊子が特殊な病気にあり、世間を憚《はばか》る立場にあったせいもあった。

弘子が着替えのために簞笥《たんす》を開こうとしたとき、ブザーが鳴った。

ドアを開くと、まだ三十分前病院の玄関で別れたばかりの森河明が立っていた。

「入ってもいいですか？」

森河は悪びれずに尋ねた。

弘子は、ちょっとためらったが、

「いいわ。どうぞ」

と答えた。森河とはもう何度も映画を見たり、外でなら恋人同士のようにデートをしたこともあるが、自分の部屋に入れたことはまだなかった。

勧められたソファに座った森河は、しばらく弘子の出方を待つように沈黙していた。

「殺風景な部屋でしょう」

弘子は紅茶をいれながら、微笑《ほほえ》んで尋ねた。

三間の、独身女性には広すぎる部屋だが、派手なカーテン以外、装飾品は何もない。今森河が座っているダイニング兼リヴィングのテーブルには花瓶が置かれているが、一度も花を挿したことはなかった。

帰宅してもまだ病院の中にいるようで、安らいだ気がしないのだが、もう夢を見るのを許されない年齢で、若い看護婦たちのように部屋中を花畑のように飾った中で、傷ついた過去だけと同居しているのは耐えられない気がするのだ。

「僕の部屋よりはましです」

森河は出された紅茶を一口啜《すす》りながら、言った。

「何か、用だったの？」

弘子は自分も紅茶をいれながら尋ねた。用もないのに森河がわざわざ自分を訪ねてくるとは思えなかった。

「本当は昨日来ようと思ったんですが……人に聞かれたくないので、病院では話せないのです」

そう言うと森河は、入ってきたときから手にしていた新聞をテーブルに広げた。

「夕刊なら私も読んだわ」

弘子は森河が今度の古谷羊子消失事件について、語りに来たのかと思った。

「違います。この記事のことです」

そう言って森河がさし示したのは、社会面の片隅の小記事である。新聞は少し黄ばみ、黴《かび》くさい臭いがした。

——精神科医、猟銃で自殺。

という見出しが、弘子の眼に飛びこんできた。

弘子は反射的に視線を森河の顔につき刺した。森河の顔からは、微笑が消えていた。

記事を読む必要はなかった。十二月二十日の記事である。昨年の末——、藤堂精神科病院の副院長である秋葉憲三さん（四三）が昨夜九時頃自殺した。自殺の原因は不明である——その記事なら、もう暗唱できるほど何度も繰り返して読んだ。奥さんの話
——主人は七時に私が出かけるときもごく普通の容子でした。自殺の動機についてはいっさい思い当たることがありません。

嘘だ。あの女は夫が何もかも知っていたのに気づいていたはずだ。ちょうど私が全部を知っていたように——

「この記事のことで聞きたいことがあったんです」

この若者は気づいている、と弘子は森河の視線を見返しながら思った。この男は警察でも放棄した事件の背後を探ろうとしている。しかし、

「何故《なぜ》？」

弘子は訊《き》いた。何を？　と訊くべきところだった。

「前副院長の自殺事件の新聞に載らなかった部分を知りたいのです」

「私は、何も知らないわ」

言ってから、否定のしかたが早すぎたのではないかと、弘子は後悔した。

「あなたの方が詳しいんじゃない？　私はもうあのとき波島と別れていたし、むしろ波島の一番身近にいたのはあなただっ……」

弘子は思わず口を噤《つぐ》んだ。

森河のいつもの笑顔からは想像できない鋭い眼が、そんな弘子を見ていた。

失言だった。波島の名を出してしまったのである。波島はあの事件とは何ら関係がないことになっていたのだ。

「在家さんの方から波島先生の名を出して下さったので訊きやすくなった」

案の定、森河の口からそんな言葉が出た。

「波島先生はあの事件の起こった晩、旅行中でした。先生はどこへ行ってたんですか」

「知らないわ。何故そんなこと訊くの」

「先生が本当に東京を離れていたかを知りたいんです」

「旅行に出ていたのは間違いないわ。私はその晩、秋葉先生の自殺のことを波島に報《し》らせに行って、留守だったから朝まで部屋で待っていたの。波島は六時頃スーツケースを持って帰ってきたわ」

「でも、旅行から帰ったという日、先生は僕に、今日もいい天気だ、と言いました」

「――?」

「先生が旅行に出発したのはいつだったんです」

「私は知らなかったわ。院長から、あの事件の前々日だったかしら、波島君が旅行に出るので二日ほど休ませてほしいと言っていた、と聞いただけだわ」

「確かに先生は十九日から留守でした。でもそれは先生が本当に旅行していた証明にはならないと思います」

「いったい何が言いたいの」

弘子は、遠まわしに探るような森河の口調に苛立ちながら、しかし、森河が追及しようとしていることに興味を覚え、聞いた。

「先生があの事件の起こったとき、東京にいたかも知れないということです」

「でもそれは……」

否定しようとした言葉が続かなかった。

弘子の頭に一瞬、疑惑が暗い水影をはいて流れた。可能性はあるかも知れない。何故きょうまでそう考えなかったのだろう。

前副院長の秋葉が死んだ同じ日、波島は旅行していたのだ。少なくとも旅行していたと主張した。単なる偶然ではない――波島は自分ひとりでのんびりふらっと旅行に出るタイプではない。その波島が年末もおしせまったあんな頃に何故旅行などに出たのか――

森河は、波島が旅行に出たと言うのは嘘だと考えている。その方が本当なのかも知れない。

森河は始終、波島の傍にいたから、波島と秋葉の奥さんの関係を知っていたのかも知れない。そして頭の切れる森河は事件が起こると同時に、波島が旅行していたという偶然に、特別な意味を与えて考えたのではないか――

警察は前副院長と波島との間の亀裂を知らなかったから、波島の事件当夜の行動についても何も調べずに終わった。

しかし波島は万が一、自分が調査の対象になった場合に備えて、アリバイのために旅行を計画したのではないか。

波島にはアリバイを用意しておく必要があった。自殺の動機がないという点で警察が徹底的に調査を進める心配があった。

波島には秋葉を殺害する動機があったのだ。

「でも今頃になって何故あの事件のことなんか持ち出すの？」

弘子は感じた疑問を素直に口に出した。

一年が経過しようとしていた。

「古谷羊子が失踪したからです」

「何故？——わからないわ」

「古谷羊子の発病の時期がちょうどあの事件が起こった頃です。これがただの偶然ならいいのですが……」

弘子は黙りこんだ。森河が前副院長の自殺を他殺と考えている。それだけでもショックだったのに、萩市で発見された白骨死体までが、昨年末の自殺事件と関係がありそうな森河の口振りである。

いったいこの若者は、今度の古谷羊子失踪事件についてもどこまでを把握しているのか。緑色のインクが流れる脳裏にさまざまな疑問符が浮かんでは消える。

弘子は混乱した頭を鎮めるために紅茶を口に運んだ。冷えていた。

森河も紅茶にはほとんど手をつけずにいる。

「紅茶いれ直すわ」

もう少し森河から、今度の事件についての考えを聞きたかった。

だが森河は弘子の言葉を機に、新聞を畳んで立ち上がった。

「これで失礼します。去年の十二月十九日、先生が本当はどこにいたかを知りたかっただけです」

「波島に直接聞けばわかることだわ」

「そうでしたね」

森河はいつもの捉《とら》えどころのない笑顔に戻り、弘子の言葉を逃げた。

「じゃあ失礼します。お邪魔しました」

そんなありきたりな挨拶で出ていこうとする森河を、弘子の声が停めた。

「偶然と言えばもう一つあるわ」

「何です?」

「あなたが私を誘ったのは前副院長が死んでまもなくだったわ。森河君、あなたは秋葉先生の自殺事件を調べるために私に近づいたの」

「ちがいます。僕があの事件を本当に調べる気になったのは、今度の萩市の白骨死体がうちの病院と関係がある可能性が出てきてからです」

「そう。つまんないこと聞いたわ。ごめんなさい」

開こうとしたドアの把手《とって》を森河は停めた。

「一つお願いがあるんですが……」

振り返った森河は意外に真剣な眼だった。

「前副院長の奥さんに逢ってみたいんですが……波島先生には内緒で奥さんに逢わせて

もらえませんか」

弘子は暫《しばら》く黙っていたが、

「あなたの話を聞いて、私があの女《ひと》に逢ってみたくなったわ。あなたが何を知りたがってるか、わかってるつもりだわ。私が直接あの女《ひと》に聞いてみる。明日の晩、またここへ来てくれない？　いえ、ここじゃない方がいい。マンションの連中に変な眼で見られたくないもの」

よく行った渋谷の映画館前の小さな喫茶店で落ち合うことにした。

森河は納得した容子で部屋を出た。

廊下の足音が消えた後も、弘子はぼんやり土間に立っていた。

いい機会だった。あの女とは今年の一月からずっと逢っていない。逢って一度聞いてみたい言葉があった。——あなたは波島をほんとうに好きだったのか。波島を愛して波島と寝たのか。——それなら許せる。波島を真剣に愛していたなら、あの女にだって抱かれる権利はあるはずだ。しかし波島の強引な誘惑に敗けて、ちょっとした浮気心で抱かれたなら——そんな一つの空白を波島が抱いたとしたら許せなかった。こんなに自分が波島の愛情を必要としているのに、その愛情に何の価値も見出せない女が、波島の気持の全部を独占しているのが許せなかった。

弘子はふと、あの夜の波島の笑顔を思い出した。

弘子が波島の不貞を知ったのは、秋葉の口からだった。「副院長先生から聞いたわ」

その晩波島にそう切り出した。波島は偶然つけたテレビの騒々しいドタバタ喜劇を、波島には珍しい笑顔で見ていた。「どこまで?」夫の笑顔は些《いささ》かも動じなかった。「全部よ」夫は「そう」とだけ答え、テレビの画面の転んだ男に向かって大声で笑った。「もうずっと前から知っていたかと思った」「別れたいわ」そう言いながら、いや自分はもっと別のことを言いたかったのだと思った。だが何を言いたいのかわからなかった。テレビの画面では観客たちが馬鹿笑いし、二人は別々の方向を向いていた。

あのとき初めて波島を他人として、別の生活と別の人生を持った男として意識した。そして今、森河に植えつけられた疑惑の目で眺めると、波島という男がどうしようもない遠い別個の存在に思える。

自分は波島のことをどこまで知っているのだろう。

秋葉家の応接間で猟銃を握って立っている波島を想像しようとした。怯えている秋葉の顔、その顔に照準を合わせている波島の暗い二つの眼——わからなかった。

波島がそんな立場を演ずる男だとはどうしても信じられなかった。

しかし——しかし波島は、自分の信頼をあんな見知らぬ笑顔で裏切った男だったではないか。

十時を回ってから、弘子は病院の波島に電話をかけた。森河の不審を直接問い質《ただ》すつもりはなかった。ただ声を聞けばそれで良かった。波島の歯を嚙《か》みながらぼそぼそと喋《しゃべ》る声には、自分の知っている波島がいるはずだった。

話し中の冷たい断続音が聞こえた。

弘子は一分近くその音が切れるのを待っていたが、諦《あきら》めて受話器を置いた。

7

「それで萩の方からその後連絡は？」

「警察も手を焼いているようです。ついさっきも電話があったのですが、羊子が萩市に立ち寄った形跡は、まだ発見されないということです。それから警察では、私と結婚する前の羊子の経歴を詳しく調べると言っていますが」

「それは私が勧めたことです。奥さんは自分の持っていた写真の寺で死んでいると言った。私はその話を聞いたときから、奥さんがずっと以前、その写真の寺で特殊な体験をなさったのではないかと疑っていました。そして事実奥さんの言葉どおり、死骸が出てきた。私は奥さんがやはりその死に関係しているのではないかと思います」

「というと？」

「誰かがその寺に死骸を埋めるのを偶然目撃したとか、それから例えばその死骸を埋めた人物からその話を聞かされたとか——何かそういう大きなショックを受けた経験があるのではないかと思うんです。あなたとの結婚生活の間も、ずっとその衝撃は一つの暗い抑圧となって奥さんの心理に鬱積していた。それが何か些細《ささい》な事件を引き金に爆発した。何年もずっと隠し通してきたことが、罪の意識として潜在していた。その罪悪感があいった自分が殺人犯であり、被害者であるという奇妙な妄想に発展したと考えられないこともないのです」

「私と結婚する以前に羊子にそういう事件が起きていたと？」

「そうです。あの特殊な妄想の礎《もと》には過去の潜在体験があるという気がするので、警察に念のために調べるよう勧めたのです」

「先生は、羊子から何か聞いてらっしゃるのですか？」

「いや」

突然の質問に波島はとまどった。今はまだ誤魔化さなければならない――

「これは医師としての見解――というか単なる想像なのですが……それで萩へ出発なさるのは？」

「一応明日にしようと考えているのですが」

「もう一日延ばせませんか」

「はあ」

「明後日なら私も出かけられます。今度の奥さんの失踪は私にも責任のあることです。できれば私自身で調べたいこともあります」

「それでは明後日の朝ということに。新幹線を使えば、夕方には萩へつけると思います」

「じゃあ明日の夜でももう一度こちらから電話を入れます」

波島は受話器を置いた。

晩秋の夜は静かだった。精神科の病院というと何か奇異なものを想像しがちだが、夜は他の病院と変わりない静かさに包まれる。

波島の個室は七階にあるので部屋に内側から錠をおろせば、あとはホテルの一室と同じく誰にも邪魔されない私生活を保てる。部屋は二室で奥がベッドルームになっている。

波島は疲れた体をベッドに横たえたがすぐには眠れそうになかった。

枕もとのウイスキーに伸ばしかけた手を停め、波島は入口に続く部屋に戻った。この方は患者との面談にも使ったりする、診察室兼応接室兼書斎であった。

彼は机の一番上の抽《ひ》き出しを開き、中からノートを取り出した。患者と一対一で面談した際の患者の細かな言動を記録したもので、秘密にしておかなければならない内容も多いから、使わないときはいつも抽き出しに鍵《かぎ》をかけてしまっておく。古谷羊子の頁が破り取られたノートである。診察室の机の上に放り出しておくような迂闊《うかつ》なまねをしたのはあのときだけであった。

波島はノートのいちばん新しい頁をひらいた。

十月半ばから病院ではなくマンションで、五六度接触した患者の名が記されている。

患者そのものとは接触していない。患者の妻が十月中頃のある午後突然マンションの方へ訪ねてきて、夫の容子がおかしいと言い出したのである。波島の名は義姉から聞いていたという。病院へ出かけて波島が公休と聞き、直接訪ねてきたのだった。彼女の義姉が、小学生の娘のことで波島の世話になり、波島のことをひどくほめて彼女に話したらしい。

彼女の夫の症状は、ただのノイローゼかと思われたが、彼女が帰りがけにふと洩らした一言が気になった。

――夫は緑色のインクを使ったり、ちょっと変わったところがあるのです。

二日後の午後、彼女は夫の写真をもって再びマンションへやってきた。写真をもってくるよう頼んだのは波島であり、病院ではなくマンションの方へ来させてほしいと言ったのは彼女だった。

――昨夜、やっぱり夫のことが心配で義姉と行った芝居の途中で引き返してみたんですが、そうしたら夫は押入れから、アルバムをひきずり出して、アルバムの表紙を恐ろしい顔でじっと見ているんです。何か私の知らない人のような気がして……

そう言ってさし出した写真を波島は受け取り、ノートに挟んでおいたのだった。

波島はあらためて顔写真を手にとってみた。どこか旅行先ででも撮ったらしい何気ないスナップ写真である。薄い髪、眼鏡、白い肌――

他人を怯えさせるに足る何か得体の知れぬ無表情をもった男である。

波島は写真をしばらく眺めていた。

まだ誰も知らない運命の皮肉な物語だった。今度の事件の開幕に紛れこみ一瞬謎《なぞ》めいた役を演じて去った一人の男は、その後も人々の死角に隠れながら、一枚の写真でずっと登場し続けていたのである。

男の妻は昨日もやって来ると、突然、

「夫は自分を別の女と間違えている」と言った。

8

午前零時を既に回っていた。

高橋は煙草を吸いながら、寝着に着替えず居間の窓から外を眺めていた。

寝室のドアが彼の侵入を拒否するように無言で閉じられている。女がそこに入っていったのはまだ十分ばかり前である。寝室の電気は消されたはずだが、まだ女は完全な眠りに落ちていないだろう。女が熟睡で死んだようになり、闇が女の存在感を完全に消滅させるまで、寝室のドアを開けない。

依然、高橋はその女とベッドを共にしていた。女の存在に怯えながら、夜になると決まったように女と肩を並べて眠る自分を、しかし高橋はさほど不思議に感じなかった。

それは、単純な習慣の問題だった。一つ部屋に二人の人間が生活しているなら、一つのベッドで二人が夜の睡眠を共有し合うのは、至極当然のことである。女の存在は確かに恐怖だった。だがそれは一点の、一箇所の、一部分のしみのようなもので、それ以外の日常生活は、退屈な無為と馬鹿げた白紙のような表情で、習慣の頑固なルールどおりに流れていた。

毎日、同じ階段数を上り、同じ時刻に部屋のブザーを鳴らし、女と食事を取り、女とベッドに眠る。すべてが由紀子の場合と同じだった。

ただ由紀子がいつの間にか大学時代に捨てた女と変わった――それだけが数年間続いた習慣を破る一点の暗黒だった。

窓ガラスの夜に、室内の電灯を逆光に浴びて、他人のような空々しい輪郭で彼の顔が浮かんでいた。皮膚は白く、眼鏡の下の眼は相変わらず何かに驚愕《きようがく》したように見開かれ、彼は二十年前と同じく醜かった。彼は意味もなく微笑し、笑うときの癖で唇の端を耳の方に吸い寄せられるような、自分の奇妙な笑顔の余りの醜悪さに視線を外らした。

いつもと同じ前棟の無数の窓が夜の視界を遮っていた。この団地はどの棟も五階建てで、各階に十部屋、窓が十個並んでいる。その窓が偶然、平仮名の五十音の数と同じことに彼は気づいていた。

もう深夜なので窓のほとんどは闇に紛れこんでいるが、それでも三階の最左端と一階の二箇所に灯が点《とも》っている。

彼は寝室のドアの気配が不意に気になって振り返った。しかしドアは相変わらず静寂なままである。視線を再び窓の外に戻したちょうどそのとき、前棟の三階の最左端で、窓の灯が消えた。

眼鏡の下で眉根に皺《しわ》を寄せた。レンズ越しに視線が硬直するのが自分でもわかった。

これが初めてではない。数日前から、電気を消す瞬間、信号が青から赤に切り替わる瞬間、街のネオンが点滅する瞬間、テレビのスイッチを切る瞬間、何かが彼の意識と視線を奪うようになっていた。時々、無意識に書いている無数の点——暗号なのかも知れない。点の並び具合や光の点滅に確かに言葉や声に似たものを感じる。自分の混乱や疑惑や朧《おぼろ》げな意識に誰かが手懸りを与えるべく、必死に彼に向かって信号を送っている、そんな気がする。

一階の窓の一つの灯が十分後に消え、それから数分して最後の窓からも灯が消えた。前棟は淡い幾何学だけを残して、夜の闇に飲みこまれた。

——さの部屋で子供が泣いてるわ。

——るの部屋の蒲団は赤いのね。

——との部屋はきっと新婚夫婦ね。

由紀子はこの団地に移り住んでまもない頃、名前のわからない前棟の窓を五十音表にあてはめてよくそんな冗談を言った。

由紀子なのだ——あの女のためにどこかへ消えてしまった由紀子が、遠い場所から彼に必死に手懸りを与えようとしている。

高橋はテーブルに紙を広げ、五十音表を書いた。まちがいなくそれはこの団地の一棟と同じ形状になっている。

高橋はマス目に、今自分が見た三つの光の位置をあてはめてみた。三階の最左端はわ行のうに相当し、一階の二つは五十音表では最下段のろとそに該当する。

そ、う、ろ——

ろうそ、ろそう、とその三つの平仮名の組合せを考えてみる。だがどれも語としての意味をなさなかった。

一階の窓の灯が記憶違いかも知れない。左より三つ目の窓だったような気もする。それだとろではなくや行のよになる。

よそう——予想？

ようそ——要素？

そうよ——

「そうよ」——これが由紀子の声なのだろうか。「そうよ、あなたは正しいわ」由紀子がそんな声で自分の疑惑を肯定してくれているのか。

結局高橋はその夜一晩、謎と取り組んだ。中学の頃、一つの方程式を解くのに二晩徹夜し鼻血を出して倒れたことがある。そんなとき高橋は頭を抱えこんだりせず、ただいつもの無表情をいっそう白く研ぎすまし、血液が凝固したように、ただじっと座りこんで謎を執拗《しつよう》に追いかけ続ける。

朝の光が射しこみ部屋の闇を薄め始めた頃、彼はテーブルの上の何枚かの紙に、いくつもの五十音表に、無数の平仮名に、崩れ落ちて眠った。

光が、由紀子の声が何を伝えたかったのかわからなかった。それでも眠りはひどく静かだった。やっと一つの手懸りが形になりかけたというように、闇の中に瞬いていた三つの灯は不思議な安定感を彼に与えた。

9

翌朝、いつもより一時間も早く病院に入った。昨夜森河が遺していった言葉が気になって結局ひと晩満足に眠れなかったのである。

彼女は適当な口実をつくって七階の波島の部屋のドアを叩いた。森河に植えつけられたもやもやした疑惑が、波島の顔を見ればふき払えそうな気がしたのだ。

「誰?」

ドアの向こうから波島のまだ眠そうな声が聞こえた。

「私です」

「ちょっと待ってくれ」

そう波島の声が答えると、何か慌てたような物音が聞こえ、やがてまだパジャマ姿のままの波島が姿を現わした。

「起こしてしまいました?」

「いや、どうせ起きる時刻だから――少し待っててくれ。着替えてくる」

そういうと波島は寝室へ後ろ姿を消した。

弘子は机の上の灰皿を洗おうと思って、そのとき、机の下に落ちている紙に気づいた。写真のようである。ドアを開ける前に、部屋の中から聞こえた物音は机の抽き出しをしめ、鍵をかけるような音だった。机の上に何か弘子に見せたくないようなものが置いてあり、慌ててしまいこんだようであった。慌てたので、写真が落ちたのに気づかなかったのだ。

弘子はそっと手を伸ばし、裏になったそれを表に返した。次の瞬間、弘子の顔色が変わった。あの日診察室のドアを開き、ぶつかりかけた瞬間の衝撃に似ていた。男はその写真の中でも、一か月前と同じ無表情で突っ立っていた。

誰にも正体のわからなかった土橋満の写真を、波島が持っている――いったい、なぜ？

波島の戻ってくる気配があった。弘子は自分が何も気づかなかったように、写真を机の物陰に置きなおした。

「どうかしたのか？」

「いえ――今日は午後から外へ出たいので、朝のうちにいろいろな仕事を片づけておこうと思って……」

「何か用だったのじゃないか」

「いえ──ただ先生がいらっしゃるかと思って……」

弘子は次の言葉を失いながら、波島の顔を黙って見続けた。この男は土橋満のことを知っている、知っているのに私たちに秘密にしているのだ──いったいなぜ？　新しい疑問の中で、目の前の波島の顔が、遠い別人のものに見えた。

なんとしても秋葉杉子に会わなければならない、会ってこの男の、波島維新という一人の男の、自分の知らなかった部分を確かめてこなければならない──弘子は波島の眼を探るように見つめながら、そう思った。

10

秋葉杉子は目の前のソファにまだ残っている在家弘子の余韻を眺めていた。灰皿にも弘子の吸った煙草の吸殻が三本残されている。

離婚するまで弘子は煙草を吸うような人ではなかった。それがいかにも慣れた手つきでケースから煙草を一本するりとぬき出し、ライターで火をつけると「今日お邪魔したのはご主人が亡くなった晩、波島がどこにいたかそれをお聞きしたくて」いきなりそんな言葉をつきつけてきた。杉子は顔から血の気がひいていくのを覚えた。今頃なぜ──弘子は杉子の蒼褪《あおざ》めた顔をちょっと楽しむように余裕のある眼で見守っていた。

立場は同じだったはずだ。弘子は波島と別れ、杉子の夫は死に、二人はそれぞれ女ひとりの人生を歩いていた。

だが仕事を持っている弘子は、以前以上に勝気に生きることで孤独な人生を着実に歩いていたし、杉子は夫の残した財産に頼って、夫の影にとりすがり、夫に怯《おび》え、ただっ広い邸の中で部屋の空気だけを、時間の流れだけを友人にして生きている。

彼女は部屋を見回した。絨毯《じゅうたん》だけは変えたが、他は全部夫の死んだ晩と同じである。大理石の暖炉、コローの風景画、マントルピースの上の青磁の壺、籐製《とうせい》のテーブル――夫は、死で体が冷たくなるのを恐れるように暖炉の炎に寄り添って倒れていた。赤い炎だった。波島の殺意のようにそれは烈しい色彩で燃えていた。しかたがなかったのだ、波島はすべてを投げすてて自分を愛していた――背徳、不貞――だが今頃になって何《な》故《ぜ》？

あの晩、波島に言われたとおり、彼女は七時に家を出、都内のホテルに向かった。夫の前で彼女はおおっぴらに香水をふりまいた。それが情事の場へ向かう妻を停める勇気もない男への杉子の復讐だった。家を出るとき彼女はちょっと振り返ったが、夫は黙って小さく微笑《ほほえ》んだだけだった。腕の中で、愛用の猟銃を磨いていた。

ホテルへ波島は来なかった。八時頃電話をするというメッセージがフロントに届いていた。八時ちょうどにホテルの部屋の電話は鳴った。

「思いついて旅行に出ている。今夜はいけない」

電話は旅行先からだと言った。杉子はひとりでシャワーを浴び、香水を出がけ以上に濃厚に全身にふりまき、濡れた髪を二すじうなじに垂らしホテルを出た。夫に見せつけるためだ。夫がそんな彼女を悲しい眼で眺め、それなのに何も言えず背を向ければ、今度こそ夫と離婚する決意ができそうだった。離婚――その必要はなかった。夫は彼女が出かけるとき磨いていた猟銃を抱き、銃口の上で大きく唇を開き上方をあおぎ見て、死んでいた。夫は生前遂に一度も口にすることのできなかった言葉を、凶器の上でやはり妻には聞こえない声で叫んでいた――

波島が今旅行から帰ったと言って、この家へ来たのは翌朝、刑事たちがひきとった後だった。波島が、この応接間のドアの所に立ち、その視線が、彼女の脚に向けられたとき、そう、彼女はすべてを知ったのだ。

二人は別に約束を交わしたわけではなかった。だが彼女は波島と同じように嘘をついた。――いえ夫の自殺に心当たりは全くありません――そんな簡単な嘘で警察を騙《だま》すことができた。そして年が変わる前に全部カタがついたのだ。一年間、どんなことがあっても二人で会ってはいけない――それが波島からの最後の電話だった。私の中から夫の影を払拭《ふっしょく》するのに一年はかかる、頭のいい波島はそこまで計算していたのだ。

それが、今頃になって何故――

11

彼は、鏡の中の自分の顔を見ていた。午後の陽はすでに西に傾きかけていたが、窓が西に向いているので却《かえ》って病室の中は明るい。白い壁に乱反射して光は、鏡の中の一人の狂人の顔を残酷に抉《えぐ》りだしていた。

もうだいぶん前から、彼はその鏡の中の自分に触れようと手を伸ばし、だが鏡面に触れる間際に思わず手を引っこめる、という愚かな動作を繰り返していた。消えたかった、消えてしまいたかった──自分はこの世界の全《すべ》てを飲みこんでしまう闇の異次元なのである。それなのに肉体は、この仮の姿は依然視覚にふれ、存在を主張しているのだ。

鏡の中の自分に触れれば、自分が消える、という不条理な妄想は、ここ数日、彼を捉えていたが、しかしいざとなると勇気が萎《な》える。消えるのが恐いのではなく、触れても自分に消失が起こらない場合が恐かった。目下のところ、鏡の中の自分に触れるというのが、自分を消す唯一の手段だという気がしていた。そのために何時間も鏡に指を近づけては、電撃にでもあったようにびくっと指を遠ざけるという動作を反復し続けるのだ。

扉の錠のはずされる音が聞こえた。看護婦が顔を覗《のぞ》かせた。

「碧川さん、波島先生がお話があるそうよ。七階の個室へ来てほしいとおっしゃるんだけど──」

碧川は黙って肯《うなず》いた。主治医の波島は嫌いではなかった。看護婦たちは媚《こ》びるように同情するように大袈裟《おおげさ》な笑顔をつくるが、波島はただ静かに表情を結び、変に患者だと、狂人だと意識しない。

「今すぐですか?」

「ええ」

看護婦はそういうと、碧川の体を庇《かば》うように肩に手をまわしかけた。碧川は思わず自分に触れてきたその手を逃げようとし体が傾《かし》いだ。反射的に手を壁に支えた。壁ではなかった。その手は冷たい感触にべったりと貼《は》りついていた。碧川は思わずそれを見た。手の下に鏡が、彼の顔があった。顔は妙によそよそしい無表情で、五本の大きく広げた指に切り取られていた。触れた——触っている。すぐには手を放せず彼は次に起こる何かに身構え、指先まで神経を集中させた。五本の指は、しつこく、一人の男の顔を、皆が碧川宏だと信じているものを、孤独な闇の皮膚だけの外装を摑《つか》んでいた。

「どうしたの?」

「いえ、何でもありません」

やっとのことで鏡を離れ、彼は歩き出した。

病室のドアが閉まる音が聞こえた。そしてドアの冷ややかな音と共にそれは始まった。いや、病室のドアが閉まる音ではなかった。長い廊下の突きあたりにある二重の扉の音、——いやエレベーターの開く音。

「一人で行けるわね」

看護婦はそう言うと、外から腕だけを入れてボタンを押してくれた。7という数字に光が点った。エレベーターのドアが閉まった。

金属の密室で彼はひとりだった。そして密室が上昇する透明な動きと共にそれは始まった。彼は意味もなくエレベーターの階数を示すボタンの、7の数字に触れようとし、そのとき、自分の指がなくなっているのに気づいた。

五時十五分になって波島は、二階の受付をインターホンで呼び出した。

「どうした。五時になって碧川宏を私の部屋へ上げてくれるよう頼んでおいたじゃないか」

「はい、上げましたけど」

「上げた？　ばかな。まだ来ないぞ」

「でも五時ちょうどに――」

波島は個室を出るとエレベーター前の受付に行った。

「君――五時に誰かエレベーターから降りなかったか？　碧川宏という時々私の部屋に面談にくる患者だが……」

「いえ、四時頃から病院関係者以外の出入りはありませんでした」

「おかしいな。二階では五時ちょうどに七階のボタンを押して、確かに上げたと言っているんだが……至急森河君を呼び出してくれ。探さないと……」

そのとき、ふと受付の娘が思い出したように、

「そう言えば、あれちょうど五時じゃなかったかしら」

「なにが？」

「ドアが開いたんです。いえ偶然ドア上のランプの動きを見ていたんですが、確かに二階から上がってきましたわ。どこにも停まらずに。でも……でもドアが開いたとき誰も中にいませんでした。あのときもちょっと変だなあ、という気がしたんですけど」

12

確かに森河のいうとおり、何か暗い影があの事件にはある。

弘子は森河と落ち合う約束になっていた喫茶店で、煙草を吸いながら、さっきまで向かい合っていた秋葉杉子のことを思い出していた。「知りません、何も」それだけが武器だというように、あの女は、私から波島を奪っていった女は、私の人生を台無しにした女は、蒼褪めた顔でうなだれていた。杉子の姿には他人の亭主を奪った女の罪責だけではない、確かに犯罪に似た後ろめたい影があった。

結局、女の口からは何も聞き出せなかった。だが彼女が去年来の事件について何かに怯えていること、それは直感で確信した。その何かを森河は知っている。

いったい森河が何を知っているのか、今日、この喫茶店で聞き出すつもりだった。森河はまだ想像だけだから何も言えないと言うかも知れない。しかしたとえ想像でも、森河が何を根拠に今頃になってあの事件の真相を知りたがっているのか聞きたかった。

弘子は時計を見た。

六時二十分——約束の時間をもう二十分もすぎている。

遅いわ——そう思ったとき店の入口の電話が鳴った。受話器を取ったウエイトレスが、

「は？　在家さまですか？」

と言うのが聞こえた。

「私です」

弘子はそう言ってウエイトレスから受話器を受け取った。

「もしもし」

森河の声だった。

「どうしたの？　遅いわ」

「それが……行けなくなったんです」

「どうして？」

「今病院中で大騒ぎなんです。碧川宏が——ほら消失狂のあの碧川が、病院から消えてしまったのです」

13

ドヴォルザーク八番の第三楽章だった。二楽章までの壮大な交響曲的構成が、この楽章で突如、甘美とも言える美しい舞曲に変わる。スピーカーから流れ出した滑らかな三拍子に、高橋はふと妙に気持の鎮まるのを覚えた。

高橋は昔から音楽は古典しか聞いたことがない。大学時代にはよく駿河台《するがだい》のこの音楽喫茶へ来てひとり長い時間を過ごした。

今日病院を出たとき、ふいに足が、もう何年かぶりに音楽喫茶に向いた。そして夕刻からもう十一時をまわる今まで一番隅の固い椅子に座り続けたのだった。

閉店時刻が近くなり、店内の客はまばらで、ウエイターは何時間も同じ場にしつこく座り続けている高橋に、時々迷惑げな視線を投げてきた。店内は暖かすぎるほどなのにコートを着たまま、数時間ほとんど身動きすることなく、白い研ぎ澄まされた顔でじっと音楽に耳を傾けている高橋の姿が、ウエイターの眼には奇怪にも映っていた。

しかし実際には高橋は音楽を聞いていたわけではない。もちろん音楽を聞きたくて店のドアを開いたのだが、コーヒーを飲み終え、彼のリクエストでベートーヴェンの三番が始まったときから、音楽ではない、別のものに神経が集中した。

別のもの――と言ってもその正体が摑めたわけではない。それはこの半月間、彼を苦しめ続けてきた一つの違和感だった。電話番号、発信音、秒針、カルテの文字、階段数、無数の点――それらに感じ続けてきた一種のズレである。

違和感は「英雄」の中にもあった。華やかな音色のどこかに歪《ひず》みがある。「英雄」だけではない。続いた「皇帝」にも、チャイコフスキーのピアノ協奏曲にも、ショパンのスケルツォにも狂いはあった。「英雄」も「皇帝」も彼の最も好きな曲である。若い頃は熱中して聞いた。だが今それらの曲が、何かひどく不快な音で彼の耳に伝わってくる。厭悪感《えんおかん》さえ走る。高橋の耳は昔好きだった旋律など無視し、厭悪感の原因である曲の歪みに神経を集中させた。

何かが、どこかで狂っている――しかしその正体がもう一歩というところでどうしてもつかめない。彼は焦燥し混乱し、そして最後の曲を聞いていたのだった。

ドヴォルザークの八番で彼が好きなのは、華麗な一楽章や二楽章である。だがその夜の彼には華麗さも不快なものでしかなかった。ところが三楽章のワルツに似た三拍子が始まると、不意に今までずっと彼の心理を圧迫していたものが消え、ひどく静かな気分になった。昨夜、団地の三つの灯に感じた安定感に似ていた。しかし「英雄」に感じた苛立《いらだ》たしさの理由が説明できないように、三楽章に何故自分が安定を感じるのか、高橋にはわからなかった。

ふと眼をあげると、ウエイターが気味悪そうに自分を見おろしている。高橋はいつのまにか自分が薄い微笑を浮かべているのに気づいた。

「閉店の時刻ですが――」

地下鉄の駅に着いたとき、十一時半を回っていた。夜の冷気に白々と光が人気ない地下の構内を浮かびあがらせている。

改札口を通ったとき、ホームへ電車の入ってくる気配があった。

高橋は階段を駆けおりた。ちょうどホームの左右両線路に別々の方向へと電車が出発しようとするところだった。

一瞬、高橋にはどちらの電車に乗ったらいいかわからなかった。走っていた高橋の足はホームの真ん中で突然停まった。彼は慌てて左右を見比べた。だがどちらにも銀色に塗装された同じ電車がある。

違いは電車の向きだけなのだが、その方向が彼にはわからなかった。以前から方向音痴で有名だった。街の中を歩いていると不意に道を失う――発車のベルが鳴った。先に右側の電車が発車した。銀色の箱は三つのドアと八つの窓がある。窓は二段になっており、下段にはまばらに客の後頭部が見える。それらが混乱した自分の視線を流れるように掠《かす》めたとき、高橋はふと八つの窓の数個の人間の頭部が黒い丸印の暗号ではないかと思った。

左側から電車が走り出したときも、八つの窓に散っている客たちの頭にメッセージを感じた。

電車が別々の、彼の知らない方向に去った後も、彼はホームのその場に突っ立っていた。

ホームの掲示を見れば簡単にわかることだった。だがこのとき突然、彼はそんな次元とは違う別の人生に立ち停まったのだった。彼はまっすぐ前を見ていたが前に歩き出すべきか、振り返って後ろに歩き出すべきかもわからなかった。ホームという空間を挟んだ二本の平行線に方向はなかった。どちらに向かっても、結局自分は行ってはならない逆方向に行きつく気がした。

人気ない深夜のホームに突っ立ち、眼鏡ごしに見失った方向を眺めながら、このとき高橋はぼんやり二十年前の一つの記憶を思い出していた。郷里の静岡の、分教場に似た小学校の暗い教室だった。彼の小さな体はまわりの同じような小さな体に囲まれていた。黒板には地下鉄の車輛《しゃりょう》の絵が白墨の白い線で描かれていた。いや地下鉄ではない——それは巨大なハーモニカの図だった。

銀色の塗装と八つの窓が、二十年ぶりに彼にあのハーモニカの絵を思い出させたのだ。事実黒板のハーモニカの二段の口には、今見た人間の後頭部に似た丸印が書きこまれていた。

音楽の時間だった。教師は丸印の記号で吹き方を説明し終えると指揮棒をとった。彼は他の生徒と一緒にハーモニカを口にくわえた。教師が指揮棒の第一拍目をおろした。

ミーレドミレドドーラド、ソーミドレー
彼がスワニー河という名で憶えているフォスターの有名な曲であった。

遥《はる》かなるスワニー河――教師が合奏に歌声をのせる。彼は必死に口のハーモニカを左右に動かした。だが彼は音を出すための呼吸をしていなかった。一度目の合奏が済み、再び教師の指揮棒がおろされた。

ミーレド

だが指揮棒が三拍目を通過するところで、彼は今度も息を停めた。

自分のハーモニカからだけ違う音が出る――

教師に教えられたとおりに吹いている。それなのに彼の音だけが全体の音と合わなかった。彼のハーモニカだけが他の生徒のものと違い、薄っぺらで小さく貧しかった。彼の家は決して貧乏ではなかったが、狂いかけた母親が買い与えたものは店でいちばん安いものだった。違うハーモニカからは違う音が出る――子供心にそう思った。その日から音楽の時間は苦痛になった。

教師が最初の三拍に混ざる異音に気づいたのは、演奏会が近づいた頃だった。教師は一人一人に吹かせてみた。彼の番が来た。「なんだ高橋、お前反対に吹いているじゃないか」どっと笑い声が彼の小さな耳を打った。彼はその薄いハーモニカを噛《か》みしめながら、不意に三拍目で停まった息に、他人と違う三つの音にとまどい、教師の笑い顔を既に視力の弱まり出した小さな眼で眺めていた。

演奏会は無事に済んだ。後で教師は「お前、今度は反対には吹かなかったが、一列ずつずれていて音がうまく出なかったぞ」と言った。

彼は夕刻になるとよく家の裏手の小山に上り、誰にも見つからないように大木の陰に小さく隠れて、ハーモニカを吹いた。その夕闇と物の陰とに隠された片隅だけが、笑い声も教師の叱責《しっせき》もなく、一人の少年が逆方向のスワニー河を吹くのを許される場所だった。

ミーファソミファソーシソ、ドーミソファー……

逆方向だとはわかっていた。そのメロディが狂っていることも――。だがそれでも彼は泣き出したいのを必死にこらえ、唇のすりきれる痛みに耐えながらその狂ったスワニー河を吹き続けた。それだけがあのとき受けた屈辱と狂った音への、十歳の少年ができる抵抗だった。

精神科医がこの高橋の少年期の小話を聞けば、それを高橋の現在の症状と結びつけて考えたかも知れない。高橋が三拍子のリズムに妙な安定感を感じるのが、スワニー河の最初の三拍に一人の少年が感じた違和感、四拍目の音が出せない焦燥感に関連していると――そして三拍子以外のリズム、例えば電話番号や信号の点滅に彼が今感じる違和感は、深層心理に鬱積した三拍の違和感が、彼には都合のいい、彼には有利な逆の転換を持って顕在意識に現われたのだと――

だが深夜のホームで、不意に過去から流れ出した狂ったメロディを聞きながら、呆然と突っ立っている一人の男に、精神科医の分析など何の意味もなかった。

高橋は自分が既に二十年前、他人とは別の音を逆方向の人生を持っていたのだと思った。この足で他人とは別の方向へ人生を歩いたのだと——彼は疲れ果てた体をやっとホームのベンチに落ち着かせ、両手でハーモニカを握る恰好を真似た。乾いた唇をその空白のハーモニカにあてた。結局自分は狂っているのだ。妻があの女とすり替わったという確信も妄想にすぎないだろう。大学時代陰気な教室で習った、強迫観念という乾いた言葉だった。だがたとえそれが狂気だとしても、自分はその狂気をどこまでも追いつめていくだろう。逆方向の人生を行きつくところまで歩いていくだろう、母親のようにあの桜の木の下で動けなくなるまで——狂っているとするなら、それだけが自分の狂気への現在の彼に許された弁解であった。

あの地下鉄の車輛は結局、由紀子が再び自分に送って寄越したメッセージなのだ。逆方向——それが由紀子の再度のヒントなのだ。

終電車で帰宅した彼は、昨夜と同じように紙に五十音表を書いた。ただし今度はあ行とわ行を入れかえ左側からあ行を始めた。彼は自分が、自分の部屋の窓から前棟の窓を見ていたことを思い出した。前棟の裏側にも同じ五十の窓があるのだ。いやそちらが表側で、自分は五十の窓を、五十音表を裏側から眺めていたのだ。由紀子のあ行は左側から始まらなければならない。

高橋は裏返された五十音表で昨日の窓の灯の位置を調べた。昨夜そうろだった位置に、今度はこうよという言葉を拾った。

こうよ——ようこ。

一人の女の名だ。

よう子——

あの女だ。数年前彼が捨て、復讐《ふくしゅう》のために由紀子に化け、今寝室で眠っている女——その女の名を、由紀子は自分の知らない遠い場所から必死に報《し》らせたがっていたのだ。よう子よう子——この三拍のリズムを、受信音を通して、信号の点滅を通して、ドヴォルザークの八番を通して由紀子は俺に発信していたのだ。

高橋はそれからふと気づいた。昨夜拾った言葉は、そうろ、今夜の言葉はようこ——五十音表を裏返したはずなのに何故うという同じ文字が出て来たのか——

簡単なことだった。わ行とあ行の両端行に同じうの音が出てくるのである。

高橋は五十音表を昨夜と同じ右側の正方向から書き直してみた。昨夜と同じようにそうろという言葉を拾ってみた。そして五十音表の十列を一列ずつずらしてみた。二十年前教師が演奏会の後で言った「一列ずれていたぞ」という言葉を思い出した、それに意味がある気がしたのだ。一列ずらすとら行はや行に、さ行はか行に、あ行は最後のわ行に変わる。そはこに、うは同じわ行のうに、ろはよに——つまり五十音表を正方向に戻し一列ずらせても、そうろは「よう子」に変わるのである。五十音表では裏返しても、一行ずらしてもそうろはよう子という文字をはじき出すのだ。今夜地下鉄の偶然が彼に想い起こさせた教師の二十年前の二つの言葉——自分の誤ったハーモニカの吹き方を指摘した二つの言葉――どちらからも一人の女の名が出てきた。ただの偶然とは思えなかった。そこには誰かの意志が働いている。そしてその誰かとは、彼が過去のどこかへ置き忘れてきた妻の由紀子に違いない。由紀子が、あの女の手によって追放された場所で、必死に彼に向かって女の正体を叫び続けていたのである――

よう子――

高橋は安堵《あんど》の微笑を浮かべ寝室のドアを見つめた。

よう子――やっとその女の正体を自分は摑んだ。

14

午前一時をまわったが、藤堂病院七階の波島の部屋にはまだ灯が点《とも》っていた。

波島が患者や来客との面談などに使っている応接室で、波島と森河、それに在家弘子の三人は疲労を顔に滲《にじ》ませながら、まだ碧川宏が消失した数時間前の事件について語り合っていた。

波島は、数時間後には、東京駅で、古谷征明と落ち合い、萩に向かって出発することになっているのだが、今はそれどころではなかった。

碧川の消失事件は、一応警察にも連絡がとられたが、刑事たちには事件の意味自体がよくわからなかった。誘拐ではないし、犯罪的要素があるかどうかすら摑めない。何とか想像されるのは碧川宏が病院から脱走したのではないか、という推測程度である。波島は刑事に、碧川の記録を見せ、碧川がもうかなり以前から自分の消失を予言していたことを知らせたが、刑事たちは、それもどう今度の消失と関連づけたらいいのか判断に苦しんでいる容子だった。

消失は次のような経過で起こっている。

——波島は三時頃、二階の受付の高須千恵に、碧川宏と面談したいからちょうど五時になったら、七階の自分の部屋へあげるよう連絡した。高須千恵は、時間を厳守する性格で置時計が五時五分前になると、男子病棟に入り、碧川をエレベーターまで送った。二階は男子患者の個室病棟になっている。

エレベーターの中の七階のボタンを押してやったのは高須千恵である。これがちょうど五時だったという。

ちょうど同じ五時頃、七階の受付で石山春子が二階から上がってくるエレベーターのランプの動きを見ていた。それはどの階にも停まらず、七階まで上がってきた。だが七階でドアが開いたとき、中には誰もいなかったという。

事実、五時頃に他の階で碧川宏らしい人物が乗降した形跡は発見されなかった。つまり高須千恵の手で動き出したエレベーターは、七階で石山春子の視線に停まるまでのどこかで一人の人間を消失させた、としか考えられない状況になったのである。

警察はどこかに証言者たちのミスがあるのではないかとも疑った。しかし事件後、病院中を隈なく捜索したが、碧川宏は結局見つからなかった。ということは、確かに碧川宏は本人、あるいは誰かの意志でこの病院から逃走したとしか考えられないのである。警察はその点の判断に迷っていた。

碧川宏の妻や家族も病院に駆けつけ、十二時を過ぎる時刻まで心配そうに待っていた。漠然と、消えた碧川から病院に連絡が入るのではないか、電話のベル音を半ば諦《あきら》めて待っていたのだが、連絡があるとすれば自宅の方ではないかという波島の意見で刑事と共に引き取っていった。

「七階の石山さんが無人のエレベーターを見たのは、五時ではなかったのじゃないかしら。二階の高須さんが上げたのとは全然関係なかったのじゃないかと思うんだけど……」

弘子が自分の考えを言った。

「いや、石山君は五時前後に七階へ到着したエレベーターはそれだけだったと断言している。ということは、そのエレベーターが二階で高須君が碧川をのせて上げたものでなければならないんだ。彼女は七階のボタンを押した。そのエレベーターは必ず七階へ行っただろうからね」

「石山さんは、ほんとうにエレベーターが二階から動き出して七階へつくまで、ランプの動きを見ていたのかしら」

「ああ、ちょうど2の数字が3へ移るところからまちがいないと言っている。――それに三階でも四階でも他の階はみな、五時頃停まったエレベーターはないと言ってるんだ」

「でも人間が一人消えてしまうなんてことあるわけがないわ。何かミスがあるか、それとも誰かが、何かの方法を使って病院から外へ逃がしたのか」

弘子の言葉に、波島が少し鋭い視線を停めた。

「誰かが、というと、碧川宏を病院から逃がして誰か利益になる人間がいるというのかね?」

弘子は首を振った。弘子にもわかるのは、今度の消失が何か得体の知れない一つの大きな影に包まれている、そのことだけだった。

「ねえ、先生――」

思い出したように弘子が言った。

「先生が碧川さんをこの部屋へ呼ぼうとしたのは、やはり治療のこと?」

「それは」と森河が横から口を挟んだ。

「僕が頼んだのです。実は碧川宏が以前この病院のエレベーターから一人の女が消えた、と語っていたことで尋ねたいことがあったのです」

「そのことなんだが」

波島が森河を振り返った。

「いったい何を碧川に聞きたかったんだ」

「それは自分でもわかりません。ただ僕にはその女が碧川の眼の前からどうやって消失したか、その謎《なぞ》だけがどうしても解けなかったのです」

「というと、碧川が主張していた他の消失事件は解けたというのかね」

「わかった――と思います。つまり、本当のところは僕にもわからないのですが、ただ碧川の主張が妄想でなく事実に基づいているとしてですね、いったい碧川宏に何が起こったか説明できる、と思うのです。トラックとグライダーと凌駕岳に関してですが……」

「ほう、それは是非聞かせてもらいたいものだ」

波島は、少し皮肉な微笑を浮かべた。

「碧川宏は、四つの消失事件について、日記に繰り返し、記しています。絵をかけなくなった分を文字で補うというように描写は詳細ですが、読んでみると面白いことがわかるんです。例えばトラックの消失事件ですが、彼は何度も同じ意味の言葉を用いていますね。『夜』『暗い』『白い闇』『雪の壁』、それから、これは消失事件の起こった道路を描写した言葉ですが『長い直線コース』『まっすぐ伸びた一本の道』『無数の直線の一本のように』それと、彼が飛びこんだトラック、あるいは対向車線を走ってきた乗用車に関して『二つの灯』『二つのライト』『光が切りこんで』『四つのライト』『トラックのライト』『恐竜の二つの目』『白い閃光《せんこう》』『乗用車の尾灯』――面白いのは、車に関する描写がすべて光によってなされていることです。車自体を描写した言葉は一度も出てきません」

「それは当然だろう。夜の闇をふりしきる雪で視界を奪われていたとすれば、知覚できるものは光しかなかったはずだから。それとも君は、その光が車のものではなかったと言いたいのか」

森河は、首を振った。

「確かに車のライトだったでしょう。僕が言いたいのは、そのときの碧川の判断の基盤がすべて光だったということです。トラックや乗用車だと判断したのは、ライトの大きさや高さ、横幅からなのです。――同様に、彼が光によって、無意識に判断してしまったことがもう一つありました」

「なんだね」

「自分が、ただまっすぐに伸びた一直線の国道上に立っていた、ということです」

弘子が口をはさんだ。

「じゃあ、碧川が立っていた国道は一直線ではないというの？」

「いや、確かに一直線です。しかし、僕は、碧川の主張どおり、実際にその国道を歩いてみたのですが、碧川がバスを降りた停留所から先に一キロほど進んだところで、国道はただの一本の直線ではなく、もう一本の直線と重なり合うのです」

「交差点――」

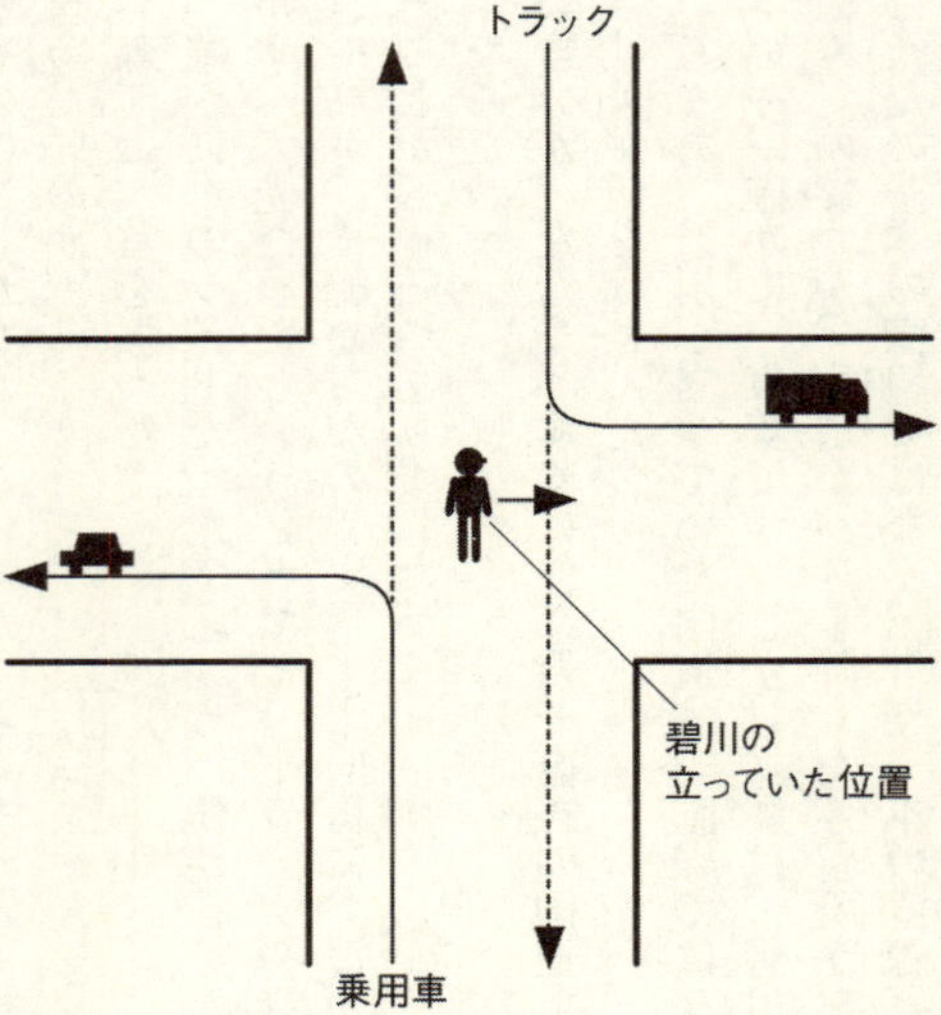

波島が、独り言のように呟《つぶや》いた。
「交差点というより、十字路でしょう。信号もなく、夜だとうっかり見落としそうな道ですからね。闇と雪に視界を奪われて、碧川は自分が立ちどまり、トラックに飛びこもうとした場所が、十字路の真ん中だったことに気づかなかったのです」
森河は、ペンとメモ用紙をとって、図を描きこんだ。
「碧川は、中心から矢印の方向へ動いたのです。このとき、トラックはまだ前進を続けており、そのまま進めば、二つのライトの真ん中に位置した彼は、トラックとまともに衝突し、即死していたでしょう。しかし次の瞬間、彼は背を向け、目をつぶってしまった。そのために彼は背後で、トラックが左折したことに気づかなかったのです。狭い道路だから、トラックの車体は、碧川の体をほとんど掠めるように折れ曲がったのでしょう。その際の震動や圧迫感を、彼はぶつかった衝撃と感じたのです。実際にトラックの車体に接触したのは傘だけで、傘はタイヤに巻きこまれ、潰《つぶ》されたのですね――重要なのはその後です。彼は立ち上がろうとして転び、このとき方向感覚を失ってしまった。その失った方向感覚を、対向車線を走り去る乗用車の尾灯で取り戻した。しかし実際には、その乗用車も交差点で左折していたので、彼の取り戻した方向感覚は九十度狂ってしまったのです。九十度狂った方向感覚では、九十度に交わっている二本の道路が一本に重なってしまった。碧川は、図の点線の方向へ車が進んだと思いこんだのです。そうして、反対方向を振り返って、トラックの尾灯のないことを発見した。実際にはトラックは交差点で曲がった後、すぐにまた脇道へと曲がったのでしょうが、そんな簡単な答えを思いつく余裕が彼にはなかった。自分がいつの間にか交差点に立っていたことに全く気づかずにいた彼は、当然前進して自分と衝突したはずの車が、自分を轢《ひ》き殺さなかった、その不可思議に捉《とら》われ、衝突した瞬間にトラックが消えたという狂った解答に夢中になってしまったのです」

森河は一息つくと、自分の描いた図をしばらく無言で眺めていたが、

「面白いことに、碧川が立っていた位置を原点と考えると、二台の車の動きは双曲線を描いていますね。――これはなかなか暗示的だと思います。その後で何度も自殺を図り、失敗した彼の行動は、ちょうど、死という原点に近づきながら、肝心のところでは、その死に触れず、むしろ原点を避けるように遠ざかっていく双曲線の動きと似ているので

す」

波島が、ふむ、と不服そうにも感心したともとれる吐息を吐いた。

「それじゃ、凌駕岳の消失は？」

「簡単です。雪の国道で九十度方向感覚を狂わせた碧川は、その国道に似た直線上で、今度は百八十度方向感覚を狂わせたのです——その前に、先生、これは先生の意見ですが……」

「なんだね」

「碧川が訴える消失は、みな碧川が自殺しようとした瞬間に起きているという事実です」

「そう、碧川の死にたいという欲求は、必ず潜在意識に死にたくないという抑制を隠しもっている。抑制ではなく負方向の、これも欲求と呼んでいいものだが、消失は、その負方向の欲求の顕《あら》われではないかと思う。碧川が消えたと主張するものは、みな自殺の道具ばかりだ。トラック、火山、グライダー、それから東京タワーから見た東京の街並もね。それらが死のうとした瞬間消え果てるというのは、逆から思考すれば潜在意識に死にたくないという気持が動いている証拠だ」

「それともう一つ、碧川には長い直線への本能的な恐怖、厭悪、不安が働いていますね。消失事件はみな直線上で起こっていますね。国道とか飛行場の滑走路とか。碧川の言う消失は、彼が絵を描けなかった空白のキャンバスと関連していると思いますが、同時に曲線にならなくなった、つまり絵画を構成できなくなった直線というものへの不安がつきまとった結果だとも思えるのです。その不安と先生の言う死にたくない潜在欲求が、碧川に、あのミスをさせたのだと思います」

「というと？　凌駕岳と直線の関係がわからんが？」

「消失が起こったのは、碧川が長い直線を渡り終えた直後に起こったものです」

「橋のことを言ってるのか」

「そうです。碧川は凌駕岳を臨む峠に達する前に、長い鉄橋を渡ったのです。ところで面白いのは橋というものの持つ特質です。川、土手、並木、土手下の街並――そういった左右対称の風景を結ぶ軸のように橋は架けられるものです。山間だとよく峡谷をはさんで両側に丘陵の連なる所に、橋が架けられているのを見かけます。碧川が凌駕岳に向かうために渡った鉄橋も、そういう対称形の風景の中に架けられたものだと想像できます。しかもですよ、碧川の述懐を読むとですね、下り坂を下りしばらく峡谷に沿って道路を進み、長い鉄橋を渡り、さらに峡谷に沿って道路を進み、上り坂を上る――そこにあるはずの火山の消失、ということになります。下り坂↓峡谷沿いの道路↓右折↓橋↓左折↓峡谷沿いの道路↓上り坂、というわけです。つまり、碧川は下り坂をおりてから上り坂のてっぺんまで、橋を中心に一つの点対称になっている風景を歩いたことになるのです。しかも橋の真ん中で碧川は突然の噴火で転倒しているのです。それは点対称の風景の完全に中心になる一点です。そこで僕が疑問に思うのは碧川の次の描写です。

――立ち上がった。時間がもうなかった。私は駆け出し、一気に橋を渡り終え――そうなんです。碧川は点対称の一点で転び方向感覚を失ったはずなのに、何故《なぜ》その点対称の風景の方向を決定できたんでしょうか。迷いもせずすぐに駆け出した。普通の人なら少なくとも数秒は迷ったはずです。完全に点対称の中心に立っていたのです」

「そうとばかりは言えんだろう。左右を区別する何か目印があったのではないかね」

「前日バスで通過しただけで、歩くのは初めての道でした。そのうえ火山灰が風景の全部を無彩に塗りつぶしていたのです。すべて線だけの不思議な対称形の世界で彼はどうして、咄嗟《とっさ》に方向を決めることができたのですか」

「つまり、彼は突然がむしゃらに走り出したのですか」

「そうです、がむしゃらに走り出す――先生、僕にはそんな碧川宏の姿が、どうしても凌駕岳という目的に向かって突進していったのだとは思えないのです。方向も定めずに走り出す――これは何か大きな恐怖に捉えられた人間がよくする行動ではないでしょうか。そう彼は逃げ出したんです。本能的に、死から、凌駕岳から、自殺の意志、そう自分で信じこんでいるものから――先生が言うように彼の深層心理では、顕在意識では正方向であるものが、負方向の欲望として働いていた。その橋へ向かう長い灰の道でも、死にたくないという負方向の欲求は絶えず彼の心理を、死ねない方向へとぐいぐい引っ張っていたにちがいない。それが橋の中途で起こった再度の噴火と共に爆発した。彼は咄嗟に逃げようとした。だから方向を見定める余裕もなかった。本当に死にたいという欲望だけに支配されていたなら、彼は方向を見定めてから走り出したはずです。もちろん表層心理では自分は死にたいと思いこんでいたのだから、逃げ出しながらも正方向に向かって走っていると信じていた。その実、彼は負方向へ、もと来た道を戻り始めていたのです。自分が下った坂を上り、その上りつめたところで——そう当然彼は火山などない空白の絵にぶつかったのです。そしてそれを不可能な消失と考えた。驚愕《きょうがく》から彼はほんとうに心神を喪失し、茫然自失の状態で全く方向も失って山麓《さんろく》を歩きまわった。その段階ではもう自分が、橋の中途から逆戻りしたことなどわからなくなっていたんでしょうね」

波島は納得しかねるのか気むずかしい皺《しわ》を眉根に寄せ、両腕を黙って組んでいる。

弘子は森河の推理より、そんな波島の反応に時おり興味深そうな視線を送った。

「最後にグライダーの消失ですが、これは今説明した碧川の心理——死にたいと思ったとき、同時に負方向に動く死にたくないという欲求を考えれば簡単なことなのです。彼はそのグライダーで東京湾につっこむ自分を想像した。同時に潜在意識でそのグライダーへの死の、恐怖が働く。だから彼は実際には見ていたそれを見なかったのです」

「グライダーの一件は完全に妄想だというわけか」

「いいえ、実際には見ていたのに見えなかった条件はありました。普通の人でも錯覚を起こすような——これは想像ですが、碧川が滑走路を歩いてくる人間に気を奪われている間に、視線の死角でグライダーの形状に変化が起こったのではないかと——」

「というと？」

「グライダーのことですが、グライダーの最もグライダーらしい部分はどこだと思いますか？　グライダーがグライダーとして見えるのは？」

「胴体だろう」

「それが違うんです。実際には胴体の縦幅より、翼の横幅の方が遥かに広いんです。鳥と同じですよ。飛んでる鳥が、鳥として見えるのは大きく開かれた翼でしょう。もし翼をすぼめて鳥が空を飛んでいたら、それが鳥だと人はすぐに判断できるでしょうか」

「なるほど——それで」

「グライダーも翼をはずせば即座にグライダーとはわからない形になってしまいます。そしてグライダーの翼というのはですね、あれは短時間のうちに簡単にとりはずせるものなんです」

「それは知らなかった」

「碧川も知らなかったでしょう。そんなに簡単にグライダーが形を変えてしまえるということは——だから翼がいつの間にか外れてしまったグライダーを、グライダーとして見ることができなかったのです。グライダーの近くにトラックが停まっていた。そのトラックに翼を積んでちょうど運び出そうとしていたんですよ、きっと。もちろんこの場合も普通の人間なら、しばらく不思議に思ってもああ翼がなくなったんだな、とそう気づいたでしょう。しかし潜在意識でその消失を願っていた碧川は、無意識のうちに故意に見えない方へ自分の心理を誘導していったのです。条件は揃《そろ》っていました。滑走路という直線への不安、トラックが半年前の雪上の消失を思い出させたこと、自殺の意志——その飛行場でも碧川は、誰でも経験するような些細《ささい》な誤解を、潜在意識のマイナス方向に拡大してしまったのです。つまり、彼の体験した一連の消失は、彼が意識下に強く消失を望んだ結果だと思えるのです」

「ではこの病院へ初めて来たとき、エレベーターから消失した女のことはどうだね、あの女そのものは、トラックや火山やグライダーや東京とちがって自殺の道具そのものではなかったと思うが……」

「そうです。だから僕はあの消失だけは、彼の妄想にわずかも関与していない出来事だと思うんです。つまりその消失はまちがいなく現実だったと……」

「しかしそれはありえんな。一人の女が何故消えたんだ？」

「僕も同じ疑問を持っていました。他の消失と同じように些細なミスを誇大にした妄想の結果ではないかと。でも今はあの女の消失に関しては、すべてが現実として起こったと確信しています」

「なぜだね」

「碧川宏自身が同じ状況で消失してしまったからですよ。いいですか、碧川の消失はまちがいない現実なんですよ。僕たち全員が碧川と同じように、まだ僕たちが気づいていないミスを妄想で拡大しているのでない限り——それなら一人の女がエレベーターから消えてしまったことだって、現実であると考えたっていいのではありませんか」

「だがね、碧川は女の耳飾りを拾ったと言った。その耳飾りが自分の手の中から消えてしまったと――あれは妄想ではないのか」

「いえ」

そう否定して森河はしばらく黙っていたが、

「実は、これは大した理由もなく今日まで言わなかったんですが、あの耳飾りを僕自身が拾ったんですよ。碧川は自分で拾って、それをまたエレベーターの中に落としてしまったことに気づかなかったんでしょうね」

森河はポケットから小銭入れを取り出し、

「ほら、これですよ」

と言ってそれを波島の方にさし出した。

金製の木の葉の形をした耳飾りである。碧川の日記の記述に合うものだ。

「何故今日まで黙っていたんだ」

「だから大した理由はないと言いました。何となく忘れてしまっていたんです」

そう答えて森河は微笑《ほほえ》んだ。

微笑の中で、だが動かない眼がじっと波島の顔色を窺《うかが》っていたと、弘子は感じた。

15

翌日の午後、高橋は虫垂炎の簡単な手術で失敗した。

切開の際、不意にメスをどちらの方へひいたらいいのか、わからなくなったのである。メスを患者の皮膚の一点に停め、彼は額に汗を覚えながら化石のように突っ立っていた。

何とかそれだけの言葉を口にすると彼は手術室を出た。交替の医師がすぐに駆けつけたので大事にはならなかったが、後で外科部長から叱責された。

「他の医師《せんせい》を――」

他の医師や同僚たちがいる前だった。

外科部長は、謝罪もせず眼鏡の裏からぼうっと自分を見返している高橋に腹を立て、声を荒らげた。だが結局彼は一言も言葉を返さず、黙って頭を下げると外科部長に背を向けた。

場にいた全員が自分を見守っている視線に出会った。どの視線にも彼は弁解できなかった。

妻が別人に変わりました。その女の正体を知るために二日間徹夜したのです――

そんな弁解を誰が信じるだろう。

ひとりで廊下に出た。

誰かが彼を追いかけてきて、彼に背後から声をかけた。

「どうした高橋――」

彼は振り返り、軽い目まいを覚えながら、廊下の壁に背中を寄せた。

同じ大学を出、横浜の病院からずっと一緒にやってきた水谷という男だった。友情を押売りするように真剣な顔をしていた。

彼は首を振り、唇を噛《か》んで上目づかいに水谷を見た。

「どうしたんだ？」

「笑おうとしてるんだ――不意に馬鹿馬鹿しくなった」

「馬鹿馬鹿しいって何が――」

「なにか――」

「――？」

「なにかだ。さっき不意に――急に何故だかわからないが、俺は三十年間生きてきたのだと思った」

言いながらこんな言葉を相手に聞かせても仕方がないと思った。水谷は、あの桜の花の音を知らないし、決してハーモニカを逆方向から吹くこともないだろう。同じ大学を出、同じ病院に勤め、同じ白衣を着ていても、自分はこの男とは逆方向に人生を生きている。

「高橋、お前奥さんと上手《うま》くいってないんじゃないか」

「どうしてわかる」

「家庭が上手くいかないときは仕事も上手くいかん。特にお前みたいな真面目な男は器用に二つの顔を持てんからな。お前が何かに悩んでいることはずっと前から気づいていた。看護婦たちもいろいろ噂《うわさ》している」

高橋は背を向けた。

「お前にはわからんと思う」

「わかるさ。なあ、高橋、お前はどんなことかしらんが真面目に考えすぎているだけだ。悩んでることがあったら俺に話してみないか」

「お前には、わからんと思う」

「わかるさ」

断定するような言い方だった。高橋は思わず振り返った。

「本当にわかるのか」

彼は、その言葉を二度繰り返した。二度目には真剣になっていた。

「本当にわかるのか」

だが、そう言い終えると同時に高橋の眼は遠い焦点に飛んだ。水谷も他人だった。この男にわかるはずがなかった。本当にわかったとすればこの男には、高橋自身にもわかっていないことが、わかっているのだ。

「辞職願は郵送すると、外科部長に伝えてくれ」

相手の返事も待たず、彼は下方へずり落ちていくような重い体をひきずりながら、再び一人になった廊下をゆっくりと歩き始めた。

水谷は二度と彼を追いかけて来なかった。それが他人のやり方なのだ。彼らが優しい声を投げかけてくるのはいつも一度だけである。

16

六時に森河明は弘子の部屋を訪れた。昨夜遅くまで波島の部屋で話し合い、病院を出たのは午前二時をすぎる時刻だったが、そのとき弘子が、秋葉杉子に会った結果を報らせたいと言ったのである。

今度の碧川宏消失の一件で神経が疲れているのか、森河のいつもの笑顔はどことなく乾いた老人くさいものだった。

「ともかく秋葉杉子は前副院長の自殺について、何かを隠してるわ。何も知らないと言ったけど、直感としてわかるの」

森河は腕を組んで黙っていた。

ふとそんな姿勢が波島に似ていると弘子は思った。組んだ腕の右手で服の肩を引っ張るようにつかんでいるところまで似ている――そう言えばこの一年、波島の生活をいちばんよく知っているのは、自分ではなく、絶えず波島の周りにくっついているこの青年の方だと弘子は気づいた。今度の一連の事件についても、森河の方がずっと多くの資料をもっていることは明らかだ。

「ねえ森河くん。あなたは私の知らないこともいろいろ知ってるのでしょ？　想像でもいいから話してくれない？　あなたがあんなことを言い出したおかげで、私、一昨日から夜も眠れないほど、あれこれ心配してるの」

森河はしばらく黙っていたが、

「話しましょう」

と言った。

「実は今日はそのつもりで来ました。碧川が消えたので、僕も本当に心配になってきたのです。碧川の身に何かが起こるかも知れない——以前から僕はそのことを心配していました。それが現実になったのです」

「あなたは、今度の事件を予想していたわけ？」

「そうです」

「なぜ？」

「碧川宏は重要な証人だったからですよ」

「証人って——何の？」

「エレベーターから一人の女が消えたのを、彼は目撃してしまったのです」

「わからないわ」

弘子は顔をしかめながら、森河の前に座った。

「簡単なことなんです。一人の女がエレベーターから消えた、それを碧川が見ていた――これは只の偶然の結果でしたが、後で犯人にはひじょうに不都合なことになりました」

「犯人がその女をエレベーターから消したの？」

「ちがいます。あの女は消えていません。ただ碧川宏はそのときも馬鹿げた誤解から、女が消えた、そう思いこんでしまったのです。女がどんな風にして碧川の前から消えたか、それは昨夜僕が説明した碧川に起こりやすい誤解を考慮すれば、簡単に解きあかせることなのです。犯人はその秘密を知られるのを恐れていました。一人の女の消失――それはあくまで碧川という病人の妄想で、現実に起こったことではない、周囲にそう思わせておきたかったのです」

「あなたは昨夜、エレベーターから女が消えた件に関しては、まだわからないと言ったわ」

「あれは嘘です。あの場では言えない事情がありました」

「それなら、女が消えた理由を説明できるわけね」

森河はうなずいた。

「簡単なことなんです。昨夜、僕は碧川宏の訴える消失が全部、直線上で起こっていることを話しましたね。国道、滑走路、橋――みな直線の道です。そしてエレベーターも、空間を立体として考えれば、やはり一本の直線の道ではありませんか？　上下に伸びた直線の道路です。女の消失は彼が、その直線の道路を動いていたときに起こったものです。形こそちがえ、凌駕岳に向かって長い鉄橋を歩いていたときと状況は同じでした。彼は屋上から飛びおりて死ぬつもりだったと言っていました。屋上は彼の死の道具、つまり凌駕岳であり、そこへと自分を導くエレベーターは長い鉄橋でした。そして今度も、その直線上で彼は失敗をおかしたのです」

　弘子は、身をのりだして聞いた。

「碧川宏はこう日記に書いています——七階でおりて看護婦に屋上へ出る階段を聞いた。だが誰にも見つからず、屋上へ上がることは不可能だとわかったので諦めて階段をおり始めた。その看護婦が私の後から尾《つ》いてきた。私の挙動に不審を感じ後を尾いてきたような気がした。私の背中を叩く看護婦の靴音が耐えられなくなったので、ちょうど六階で停まっていた下りのエレベーターに駆けこんだ。一人の女と一緒に——そうです。碧川宏はここでもまた自分の独断的な判断をしてしまいました。在家さん、あなたはある階で停まっているエレベーターを見たら、すぐにそれに駆けこむような真似をしますか」

「どういうことかしら」

「乗る前に、それが上りのエレベーターか下りのエレベーターかを確かめるでしょう?」

「ええ」

「エレベーターのドアが開いているというだけでは、上りか下りかわからないからです。それなのに碧川は何のためらいもなく下りのエレベーターと判断し駆けこんでいるのです」

「ドアの横に上り下りの表示ランプがあるわ。それを碧川は見たのじゃないかしら」

「そう。でも彼は見なかったでしょうね。いや見たとしても、彼には上りの表示が下りに見えたでしょう——何故か。彼は、それを下りだと思いこみたかったからです。この時も死にたいという表層心理の底で、死にたくないという負の欲求が彼を裏切ったのです。そのエレベーターを下りと判断したのは自分をぐいぐいとひきつける死の欲求から、屋上から少しでも早く遠ざかりたいという潜在意識のためだと思います。エレベーターに駆けこんだ碧川の姿は、僕には突然の爆発と共に火山に背を向けてやみくもに走り出した姿と同じに見えるのです。本当は死ぬ勇気もないのに、死にたい死にたいと思ってばかりいる哀れな男が急に逃げ出した姿として——そして今度もまた彼は逆方向に動いてしまったのです」

「碧川の乗ったのが上りのエレベーターだったと言いたいのね」

「そのとおりです」

「エレベーターの中にも上下表示ランプがあるわ」

「彼はたしかにランプを見た。でも彼が見たのはランプの光だけです。上下の別も女が押したボタンの階数も確かめず光だけを見てしまった。その光が突然国道で消えた幻のトラックを思い出させ、彼を一時的に混乱状態に陥れた。そのあいだに女は着いた階におりてしまったのです」

「女は実際には七階へおりたというのね」

「エレベーターの動きはひじょうに軽く人間には感じられますからね。下りだと思いこんでいれば実際、錯覚で下りの動きが感じられるものですよ。エレベーターが下降していると信じて疑わなかった彼は、女がまちがいなく六階より下の階におりたと考えたわけです」

「でも碧川は六階から下までおりるのに、時間がかかりすぎると思わなかったかしら」

「六階からいったん七階に上がり下りたとしても迂回《うかい》分は二階分だけです。それぐらいの時間の差異は普通人でも見過ごしがちですよ。それに一時的に発作状態に陥っていた碧川には、時間の観念などまったくなくなってたでしょうからね」

森河は自分の推理を弘子がどう思うか知りたかったのか、窺うように弘子を見た。

弘子はどう答えたらいいかわからなかったが、ともかく女が七階でおりたというのはまちがいない気がした。だが――

「でも女が七階でおりたとして、なぜそのことがわかると犯人にとって不都合なの？」

「女は七階のある部屋に入りました。前もってそういう命令を受けていたからです」

弘子の顔色が変わった。森河が七階のどの部屋のことを言っているのかわかった。

「でも——でもなぜ一人の女が七階の部屋に入ったていどのことを犯人は恐れたの」

「皆が信じているのとちがって、実際にはその女性が七階のその部屋から消えたからです。犯人はそれを知られるのを恐れた。みなに彼女が自分の家から失踪《しっそう》したと、信じこませておきたかったからです」

森河はそこで短い間を置くと、

「その女性は古谷羊子でした」

17

二時頃、高橋は不意に帰宅すると、そのまま居間へひきこもった。彼女が外出着に着替え出かけようとしたところだった。「病院をしばらく休む」それだけを言って夫は居間のドアを閉めた。内側から錠がおろされた。しばらくすると「英雄」の二楽章が爆発するような音で響いてきた。

彼女は外出を諦《あきら》め、赤いコートを着こんだまま、長い午後をぼんやり窓辺に座って過ごした。台所の窓から、団地の中庭に植えられているプラタナスの枯枝を意味もなく眺め続けた。すべては灰褐色に枯れていく季節だった。時々、舞い立つ風が、枯枝と冬に向かって弱まり始めた薄い陽ざしを揺らした。

こんな風に何もかもが終わるときがくるものだと彼女は思った。夏が終わり、ある日ふと夫の視線が自分から故意に外されている、そう気づいたとき、いつの間にか今日までの、彼女が漠然と幸福だと信じていた一つの年月は、どうしようもなく確かな時の流れにむしばまれ息絶えかけていた。夫の無言、ベッドの中で触れるのもいやだというように確かな距離を置く背、ドアを閉じる冷たい音。

しかしふいに影がうすくなり、何か知らない生き物にどんどん変貌していってしまうような夫に、彼女は以前の馬鹿げた笑顔を、眼鏡の下の退屈な眼を、夫の、夫だった一人の男の手懸りを必死に探し始めたのだった。十月のあの晩何故夫がアルバムを探していたのかわからなかったが、偶然開いたアルバムの中の昔の自分たちを眺めながら不意に悲しくなった。幸福が何だかも知らず、幸せそうに微笑んでいる自分。当時から既に視線を背けるように意味もなく斜めに傾いた夫の顔――彼女の探し求めた過去は、こんな色褪《いろあ》せた記念写真の中にしかないのだ。いつのまにか全部破り棄てていた。一緒に暮した数年が指でもすくえないほど、小さな破片に変わったとき、これでいいと思った。過去は過去でしかない――

あの晩夫がアルバムを探していた理由を知ったのは、まだ四日前のことであった。四日前、急に新宿駅へ呼び出され、彼女が階段から転げ落ちた時、突如夫は叫んだのだ。「お前はやっぱり由紀子じゃなかったのか。別の女だったのか。由紀子に化けていたのか」意味がわからず、そう叫んでいる夫の方が別人に見えた。「じゃあ、誰なの」冗談で済ませようと思って、立ち上がるとわざと明るい声で聞いた。夫はわからないと言うように、近づいた彼女に怯《おび》えるように全身を震わせ、首を振り続けた。夏が終わる頃から、寝室の闇の中で突き刺さるように感じる夫の視線。いつも顔を外《そむ》けながら視線の端で必死に彼女を探ろうとしている夫の目。そして何故アルバムを、写真を探していたのか。その意味がやっとわかった。夫には彼女の顔がわからなくなっていたのだ。顔だけでなく彼女のすべてがわからなくなり、そんな自分自身がわからなくなり苦しみ続けてきたのだ。夫が何を考えているかはわかったが、しかし何故そんな事を考え始めたかは何もわからないまま四日が過ぎ、今朝とうとう夫は彼女のことを別の名で呼んだ。

八時に音楽が停まった。その午後何十回と繰り返された葬送行進曲が、最後の悲劇へと激烈な音で崩れかかったとき、不意に音は停まった。ヴォリュームをいっぱいにあげ部屋中に残響していた音が突然消えると、部屋は妙に静かだった。

錠のはずされる音がした。彼女は顔をあげた。夫が居間の灯を逆光に浴び影で立っていた。夫は台所の電灯のスイッチを入れた。部屋の隅にいた彼女は、自分が電灯の灯影に薄く浮かんでいるのを感じた。そんな自分を遠い位置から夫の眼が、二つのレンズが見ていた。対象物を捉《とら》えそこなったような、少し斜めに傾いたいつもの眼だった。

「君、その電灯の真下に立ってくれないか」

夫の乾いた声――その声と夫のじっと一点に注がれた視線に吸われるように、彼女は立ち上がった。四日間二人で暗黙のうちに逃げていた一つの重要な瞬間が来たのだ。

彼女は命令どおり、その灯に近づいた。

「もう少し光に寄ってくれないか」

もう一歩言われたとおりに動き、彼女は眼を閉じた。光が眩《まぶ》しかったのではなく、夫の全《すべ》てを剝《は》ぎとろうと言うように執拗《しつよう》に自分に向けられた視線が恥ずかしかった。こんな風に自分を誰かが見たがったのは初めてだった。感情までが光の中に露《さら》け出されている気がした。

夫は無言の視線で、五分近くも彼女を見続けていた。

「もう、いい、ありがとう」

やがて静かな声で言うと夫は居間に戻り、黒いコートを羽織って出てきた。スーツケースを提げていた。どこか旅行にでも行くのだろうか。だが夫は何も言わず、病院に出かけるときと同じように何気なくドアを閉めただけだった。コートの後ろ襟がめくれていた。彼女はそれを注意しようとして、しかし結局何も言わなかった。何故こんなときに自分がそんなことを言いたかったのかわからなかった。

彼女は吐息をついて、さっきまで夫の閉じ籠《こも》っていた居間に入った。テーブルには今朝の新聞が広げられ、見ると記事の一つが赤ペンの太い枠で囲まれている。

『山口県警では、萩市の白骨死体事件と何らかの関連があるとみて、今日、失踪中の古谷羊子（ふるやようこ）さんの名を公表した。古谷羊子さんは既に死亡している心配があり……』

古谷羊子という女の顔写真が載せられ、六日に起こった不思議な事件が詳細に語られている。赤枠の周辺には、やはり赤ペンで「よう子」という名が紙面を埋めつくすように落書きされている。小心な夫らしい、角ばった小さな字だった。よう子――今朝、夫は彼女をまちがえてそう呼んだのである。それだけではない。昨日の朝も、今朝もチリ箱の中には何十枚もの五十音表を書いた紙が押しこまれていて、三つの文字が丸で囲んであった。昨日は「ようそ」、今朝は「ようこ」――自分をよう子という女と思っているのだろうか――何もわからないまま、新聞をたたむとその下から何枚もの紙がでてきた。またも五十音表である。夫がさっきまで書いていたもののようである。あ行から始まるものとわ行からのものとがあるが、どれも同じ位置に丸がついている。丸は十四あり、それらの文字が余白にとりだされ、綴《つづ》りかえ遊びのように幾通りにも並べかえられている。意味の通る文を探していたのだろうか――

なんだろう、と宙に泳がせた視線がカーテンのひいてない窓をとらえた。どんな晴れた日でも部屋を閉ざしたがる人なのに、と思いながら立ち上がってカーテンをひきかけた指がとまった。窓のむこうの夜に、前棟の部屋の灯がいくつか点《とも》っている。彼女は「あっ」と小さく叫ぶと、テーブルから五十音表の紙を取り上げた。最初のあ行は「う」の字が丸で囲んである。建物の右端に目を向けると、真ん中の階だけに灯が点っている。――彼女が以前、夫に冗談で「うの部屋」と言っていた部屋だった。

十五分後、彼女は受話器に向かって話しかけていた。

「波島先生はまだそちらに……え、萩？　――あのう、先生は山口県の萩市へ行かれたのですか」

18

「あなたが言っている犯人とは波島のことね」

弘子は思いきって聞いた。

森河は小さく肯《うなず》いた。

「でも、なぜ――」

弘子は声をとめた。聞きたいことが多すぎて、何から聞いたらいいかわからなかった。

波島が今度の一連の事件の張本人として、しかしわからないことばかりである。

やっとのことで弘子は一つの質問を選んだ。

「なぜ、古谷羊子は、病院へ来て、波島の部屋を訪れたの」

「前夜家を出る際、彼女はスーツケースに身のまわりのものを詰め、外出着に着替えていたということでした。皆それを旅行支度だと思いました。一枚の、どこか見知らぬ町の写真が絡んでいたのも彼女の旅行を裏づけるように思えました。しかしなぜみんなもっと自然にこう考えなかったのでしょう。身のまわりのものを詰め、病院へ長期入院に出かけたのだと――彼女は病人だったし、翌々日入院することに決まっていたのです」

「でも彼女が家を出たのは夜の八時頃でしょう？」

「彼女は昼夜の区別もつかない状態に陥っていたのだと思います。一日中闇の中に座っているようなものでした。その闇の中で突然、夫と医師が『入院させよう』と話し合っていた言葉を思い出したのですね。何もわからないまま、その医師や夫の命令に従って彼女は行動しました」

「そんな心神喪失状態で、夫の命令を思い出して病院へ来たなんてことあるかしら」

「ありえます。今年の六月、雨の日に初めてこの病院を訪れてきたとき、彼女は離人状態にありながら、夫の『病院へ行け』という命令だけは実行したのですからね――とかく彼女は一度病院の前まで来たんでしょうね。だがそこで我に返り、夜だと気づいた。彼女は家へ戻ると夫に叱られそうな気がして、その晩は適当な場所で一晩を過ごし、翌朝ふたたび病院を訪れた。彼女は直接、波島先生の部屋へ行った。前の日の朝、波島先生が『ちょっと話しておきたいことがあるので、直接僕の部屋へ来てもらいましょうか』と言っていました。彼女はその言葉を憶えていたのですね。直接先生の部屋を訪れた。まちがえて六階でおり七階へ行こうとした。そのエレベーターで、碧川宏と出会ったのです。――あのときでした。僕が、碧川が消えたと騒ぐ女性を探すのにつきあい、診察室に戻ると、ちょうど古谷征明から彼女が前夜失踪したという電話があったところでした。その直後、先生は偶然お茶をこぼし、ズボンを替えるために七階の個室に上がりました」

「そこで自分を待っている古谷羊子を見つけたのね」

「そうです。先生は吃驚《びっくり》したでしょうね。失踪したと聞かされたばかりの彼女が、ちゃんと約束を守り入院のために自分の個室にいたのですから。前々から殺害を企らんでいた女が、自分から機会を提供してくれたようなものでした」

「あの個室で古谷羊子が殺されたと言うの」

「いやあのとき先生は十分ぐらいで戻ってきましたから、そのときは古谷羊子を寝室にとじこめるか何かして、夜になって非常階段からでも彼女を外へ連れ出したのだと思います」

「――」

「エレベーターから消えた女が古谷羊子で、彼女が波島先生の個室に入ったという証拠があります」

森河はポケットを探り、取り出したものを弘子の方にさし出した。昨夜見せられた耳飾りだった。

「このイヤリングをエレベーターの中で拾ったと昨夜嘘をつきました。先生の反応を見たかったからです。実際には僕はこのイヤリングをあの翌朝、先生の個室の寝室の床から拾ったのですよ。彼女はエレベーターの中に片方の耳飾りを落とした。碧川はそれを拾い、僕と二人で消失した女を探しにエレベーターを上り下りしている間に、またどこかへ落としてしまったんでしょうがね。古谷羊子は片耳にだけイヤリングをはめて先生の個室に入り、たぶん寝室に閉じこめられたときでしょう、その片方のイヤリングも寝室の床に落としてしまったのです。あのすぐ後に僕は拾ったそれを持って古谷家を訪れ、義妹の一美に確かめてみましたが、まちがいなくそれは羊子のものだと言っています」

古谷羊子が波島の個室から消えたことはまちがいないようだった。しかしかと言って波島が古谷羊子を殺害したと結論するのは、早急すぎはしないか――

「先生は前々から古谷羊子を殺害しようと考えていたんです」

「信じられないわ」

「前にも先生は古谷羊子を狙ったことがあると思うんです。……古谷羊子はあの頃よく誰かに殺されかけたと言ってました」

「それはただの被害妄想だわ」

「ええ――でも先生にも殺されかかったと言ったことがありますね。その言葉だけは現実だったのではないでしょうか。それから古谷羊子がトイレで殺されかけたことがありましたね。奇妙なカルテが落ちていた十月六日ですよ。あれも先生の仕業ではないかと僕は考えています」

「でも先生がなぜ古谷羊子を殺害しなければならないの。そんな動機がどこにあるの」

「古谷羊子を殺害した――そう仮定してですが――その後、先生は碧川宏という証人が現われたことに驚き、碧川の消失を図った。碧川が古谷羊子殺害の証人だったからです。古谷羊子の場合もまったくこれと同じでした。古谷羊子もまた、その前の一つの犯罪の証人だったからです」

「秋葉先生が死んだ事件？」

「そうです」

「でも古谷羊子は今年の六月からこの病院へ来たのよ。秋葉先生が死んだのはそれより半年以上も前だわ。——たとえ波島が秋葉先生を殺害したのだとしても、古谷羊子がどうしてその事件の証人になれるの」

「古谷羊子と先生の接触は、この病院が初めてではありませんでした。先生と彼女は以前にも一度接触したことがあります」

「——」

「ところで在家さんは、古谷羊子が去年末に遭遇したある出来事を御存知ですか？——ちょっと風変わりな出来事ですが」

「いいえ——」

弘子は首を振った。病人にいちおうの知識を持ってはいるが、医師の指示を待つだけで、看護婦が細かい分析にまで手を出すことは少ない。

「古谷羊子は渋谷のあるデパートで、ご主人が自分と同姓同名の女性と連れだって歩いているのを見たことがあるのです。それが直接、症状の火ぶたを切ったかどうかは別として、少なくとも彼女が渋谷のデパートで見た光景にひじょうに執着していることは事実です。彼女が七月に入院してすぐ、病状が一時的に回復したことがありましたね。そのとき彼女から聞かされた話を先生は診断記録につけておきました」

「あの破り取られたノートね」

「あれは先生が、自身で破り棄てたものです。去年の末渋谷のデパートで彼女が体験したことは、誰にも知られてはならなかったからです」

「ノートは先生が患者との秘密にしておくという約束を守るために、私たちにも見せてくれないけれど、あなただけは許されてたの」

「いえ――それは――そのう、こっそり」

森河は若者らしい微笑で逃げると、

「入院してからの古谷羊子への対し方が、ちょっとおかしいような気がして……」

「このあいだの晩もそんなことを言ってたわね」

「先生は僕がそれを読んだことは知りません。それでまだ誰にも知られていないと思い、古谷羊子を消滅させる企図を抱いてから、不都合なそれを破り棄てたんです」

「まだわからないわ。いったい古谷羊子が渋谷のデパートで経験したことが、何故《なぜ》波島にとって不都合だったのか」

「その診察記録には、そのデパートで彼女が遭遇したもう一つの重要なことが書かれていたのです。在家さん、あなたは病院中でも有名になった古谷羊子の奇妙な動作を覚えていますか」

「――？」

「彼女が何かの強迫観念から、唇に口紅を塗っては消す同じ動作を意味もなく反復する

――」

「ええ知ってるわ」

「あの動作の原因にあたると思われる小事件が、その診察記録には書かれていました。彼女はデパートのエレベーターの中で、その日偶然誰かの男のコートに口紅をつけてしまったらしいんです」

弘子は古谷羊子が初めて病院を訪れた日に語ったという言葉を思い出した。――私、誰かの男の肩に唇を落としてきました。

「それともう一つ、あなたは前副院長が死んだ翌日、旅行から帰ったという先生のコートの肩に、口紅の痕《あと》があったのに気づきませんでしたか――僕は気づきましたが」

「気づいたわ」

あの口紅に感じた背徳の匂いが、弘子の鼻をかすめた。しかし森河が言いたいのは、口紅の持っていた別の意味である。

「つまり、あなたが言いたいのは……」

森河は大きくうなずいた。

「文字どおり、接触でした。エレベーターの中で古谷羊子は口紅を先生の肩につけたのです。先生が東京にいてはいけない日に、しかも前副院長の家に近い渋谷のデパートで――古谷羊子がこの一年近く、妄想の闇の中でずっと見続けてきた、自分の唇を貼《は》りつけた男の肩は先生のものだったのです」

19

「古谷さん」

立ち上がろうとした古谷征明を波島は停めた。

「ちょっと話したいことがあります」

新幹線が事故で半日近く遅れ、萩へ着いたのは十一時をまわる時刻だった。警察を訪れるのは明朝にし、二人は寝るまでの時間をホテルのバーで軽く洋酒を飲んで過ごした。先に寝《やす》ませてもらうと言って立ち上がった征明を停めた波島の顔には、真剣なものがあった。

「何でしょうか」

「そのう、これは今まであなたの立場を考慮して訊《たず》ねるのを差し控えていたのですが、いい機会だからお訊《き》きしたいと思います」

「――」

「もちろん私一人の胸にしまっておきますから、正直に答えていただきたいのですが――単刀直入にききます。古谷さん、あなた奥さん以外の女性と交渉を持たれたことは？」

古谷征明は浮かせていた腰を再び椅子におろした。

「つまり、浮気――ということですか」

「そうです」

古谷征明は人さし指で唇の端を嘗《な》め、

「あります」

と悪びれることもなく微笑して答えた。金属のようないつもの無表情がその微笑で破れた。

「最近ですか?」

「いえもう五、六年前です。浮気といっても二、三か月の軽いはしかのようなものでしたが」

「奥さんはそれを知ってましたか」

「いや――絶対に気づかなかったと思います」

波島は短く沈黙を置いた。さっきまで騒いでいた観光旅行団体の酔客たちが、いつの間にか消え、近代的なホテルの一隅だが、静かな夜に地方都市の臭気があった。

「それでは、あなたの知り合いに奥さんと同姓同名の人はいないでしょうか」

「よう子という名は二、三人知っていますが、――古谷羊子というのは妻だけです。何故です?」

「実は、これは奥さんが七月に入院してまもない頃、奥さんの口から聞いたのですが――去年の末、クリスマスの数日前というから二十日頃でしょう、奥さんは買い物先のデパートで古谷羊子名で呼び出しを受けた、奥さんはあなたが呼び出したと思って受付へ向かった、そこにあなたが確かにいた、しかしあなたは別の女性と連れだって去っていった――とそういう話なんですが」

古谷征明の顔色が変わった。

「心当たりがあるんですか」

「あります――その女性というのが今お話しした五年前の浮気の相手です。あの日偶然五年ぶりにあのデパートで逢って……一晩だけ……一晩だけです。その後はもう逢っていません」

「その女性は古谷羊子――いやそうじゃなくとも古谷羊子と聞きちがえやすい名前では？」

「全然別の名前です。先生――妻は誤解したんですよ」

「誤解？」

「そうです。僕があのデパートで呼び出したのは妻なんです。あの日仕事が早く終わり、久しぶりに羊子と外で食事でもしようと思ってあのデパートに行きました。出がけに妻がそのデパートへ行くと話してましたから。しかし呼び出してもらってもなかなか現われない。諦《あきら》めて帰ろうとしたとき、全く偶然人群れの中にその女性を見つけたんです」

「――」

「たった一晩、それも二時間ぐらいの――だから別に罪悪感もなく今日まですっかり忘れていたようなことなんですが――」

波島は物思いに耽《ふけ》るように腕を組んだ。

「まさか見られていたとは思いませんでした。あの晩帰宅すると、羊子は今日はデパートへは行かなかったと言ってましたし――そうですか、そんな風に誤解したのが原因だったんですか。羊子の病気の原因が自分にあるとは今の今まで気づきませんでした」

「いや、そのデパートでのことは一つの引き金にはなったでしょうが、奥さんの病気の原因はもっと根深いところにあります」

「というと？」

「さあ、それは僕も知りませんが……」

心なしかその慌てた打ち消し方に、波島の狼狽《ろうばい》があったように見えた。

しばらく沈黙が続いた。何か困った問題でも抱えこんだように顔をしかめていた波島は、やがて、独り言のように、

「そうか、あのデパートで奥さんが遭遇した出来事というのは、全部現実で、妄想ではなかったのか」

と言った。

20

「波島は何故デパートなんかに行ったのかしら」

「手袋でも買いに行ったのだと思います。猟銃や現場に指紋を残すのを恐れて――先生は手袋をはめない習慣だったから――それに人目につかず買い物をするにはデパートがいちばんでしょう」

「でもデパートのエレベーターの中で一度出会っただけの人間を覚えているかしら。古谷羊子が病院へ来たのはそれから半年も後よ」

それに、あの雨の日、二人が互いの顔を知っていたような気配は、わずかも感じられなかったのだ。

「もちろん二人共相手と一度顔を合わせていることなど気づかなかったでしょう。先生が古谷羊子とそのエレベーターの中で会ったことに気づいたのは、彼女がその話を先生にしてからです。それで先生は思いあたったのでしょう――あのとき口紅を肩に落とした女が、自分が知らずにこのひと月近く患者として診療してきた女だと」

「古谷羊子の方だって波島の顔を覚えてはいなかったはずだわ」

「先生も、まさかそんな心配はないと思っていたでしょうね」

「それなら古谷羊子は、波島がそのとき東京にいた証人にはなれないのじゃなくって?

波島が彼女を殺す必要がないわ」

「先生の立場になって考えてみて下さい。なるほど、たとえ正気を取り戻しても、自分の犯罪を立証できる人物ではないかも知れない——しかし彼女は先生の前でたえず唇を強調していたのです。赤い、真っ赤な口紅を塗っては消す、執拗に何度も何度も同じ動作を繰り返していたのです。普通の人間でも辟易《へきえき》しますよ。犯罪者の後ろめたい心理には、僕たちには想像もできない異常な響きで、どぎつい色彩は反響したでしょう。彼女の動作を見るたび、思い出したくない犯罪を思い出さなければならない。悪夢だったと忘れたいのに、その赤は、十二月十九日に自分が東京にいたこと、自分が人を殺したことを絶対的事実としてつきつけてくるのです。いわば古谷羊子は無意識のうちに、赤という色彩を切り札に、先生を脅迫していたようなものです。何とかして古谷羊子から、その唇から離れたかった——それで完全に治っていない彼女に退院を許可した。ところが、これは退院が早すぎた病人の当然の結果ですが、彼女はそのために一層症状を悪化させ、再入院の必要に迫られた——今度こそ我慢できない——先生はそう思ったのでしょう」

「じゃあ、あの、古谷羊子を殺さなければならないと書かれていた一枚のカルテは？——緑色のインクで書いてあったあのカルテはどういう意味があるの」

「あれは先生自身が書いたものです。在家さんはあのとき先生を探していましたね。実際には先生は、病院を出てからもう一度あの診察室へ戻っていたのです」

「なんのために?」

「こっそりあのカルテの殺人予告書を書くためでした。そこへ偶然土橋満という男が入ってきました。先生はその万年筆を借りて書いたのです。別に土橋満に嫌疑をかけるつもりはなかったでしょう。ただ自分が日頃使っている万年筆と同じインクで書かれているのがばれるのを、ほんのちょっと恐れただけです。——土橋満は受付で診察代がいくらだと聞いたそうですね。それは土橋満が診察を受けた、つまり、彼があのとき診察室で医師と会った証拠ですよ」

「私が聞きたいのは、なんのために波島がそのカルテを書いたかだわ」

「僕はやはり、先生がトイレで古谷羊子を襲ったのは事実だったと思いますね。失敗に終わりましたが、先生は誰かが、今度のはただの被害妄想ではない現実の叫び声だと感づきはしないかと心配した。それで自分が診察室を出たあとにそのカルテが落ちていたら、他の人物の仕業に転嫁できると思った——いや、それよりも先生にはもっと大きな目的があったと思います」

「というと?」

「いつか自分が古谷羊子殺害を完遂した際、万が一警察に挙げられた際の予防策です。先生は狂気を装うつもりだった——そう思うのです。あの文面は明らかに狂人の書くそれでしたから。緑色のインクを使ってわざわざ萩へあんな手紙を送ったのも、一つにはその犯罪が正常な神経の持主のやり方ではない、そういう印象を警察に与えたかったからではないかと——それに一層事件の様相を複雑にし、警察を混乱させ真相から遠ざけるつもりがあったかもしれません」

「その萩で発見された白骨死体のことだけど、警察には事前に電話で連絡があったっていうでしょう。犯人が波島として、波島はその萩の小さな寺に、女の白骨死体が埋まっていることを知っていたの」

弘子には、他にもわからないことがあった。碧川がどんな方法で消えたか、なぜ波島が土橋満の写真をもっていたか——だが最大の謎《なぞ》は、やはり本州西端の古都から現われた白骨死体の意味である。

「在家さん、あなたは精神科医が他の医師と最も違う点は何だと思います?」

「——」

「精神科医は患者の現在の環境や過去の体験について、ひじょうにたくさんのことを知っている。それが分析の第一歩だからです。特殊な症状に苦しんでいる患者がいれば、治療医としての立場を離れ学術的興味からも、その症状の因《もと》に過去の特殊な体験があるのではないか、それを知りたいと願うものです。患者が誰にも語ることのできない秘密、過去の屈辱的な体験、罪悪感につながる行為——精神科医には治療という名目のもとに、それらを知る特権のようなものがあります。もちろん波島先生にもその特権はありました」

森河の言いたいことが弘子にも少しずつわかってきた。

「僕が先生のノートをこっそり見たのは九月初め、古谷羊子が退院した直後です。さっきも言ったように退院が早すぎるのではないかと思ったものですから。そのノートにはさっき話した渋谷のデパートの一件よりも、もっと衝撃的なことが書かれていました。つまり古谷羊子が今の御主人と結婚する前におかした犯罪のことです」

「あの白骨死体が――」

「彼女は昔若い男とつき合っていた、その男に他の女ができたために彼女は捨てられた。彼女はその女を殺害し、萩の外れの小さな寺に埋めたと告白しているのです。たぶん先生がアミタール面接か何かの催眠誘導なんかで、その告白をひき出したと思うのですが……ノートの日付によれば七月に彼女が入院してまもない頃ですよ」

「なぜ波島はそんな重要なことを黙っていたの」

「だからですよ、僕が変だと思うのは。今度白骨死体が見つかり、警察では死体の身元を必死に割り出そうとしているのに、白骨死体の意味を知っているはずの先生は、沈黙を守っているのです。いやノートから古谷羊子の頁を破ったのは、明らかに白骨死体の本当の意味を誰にも知られたくないからに違いないのです。白骨死体に謎めいた雰囲気を与えておくこと、それが先生の計画です。古谷羊子が妄想どおりに白骨死体となって現われた、そして次に碧川宏が妄想どおりに消えた――何か途方もないことがおこなわれていると警察に思わせ、その外装に古谷羊子や碧川宏の消失のほんとうの動機を包みこんでしまう、それが先生の狙いなのです。実に簡単なことなんですよ。女性が化粧をするとき、厚化粧すればするほど素顔はわからなくなるでしょう。話し声を聞かれたくなければ、ラジオやテレビをできるだけ派手な音でつければいいのです」

「――」

「ともかく萩の寺に白骨死体が埋まっていたことは、古谷羊子の他では先生しか知らないことです。その意味でも今度の事件をひきおこしたのが、先生しかいないことになります」

弘子は言葉を失った。森河が次々に語る事実に驚いているほかなかった。

森河の方もしばらく無言だったが、不意に声の調子を変え、

「在家さん、前から一つ調べたいと思っていたことがあるのですが、明日ちょっとつきあってもらえませんか」

「何?」

「警察ではまだ結びつけて考えていませんが、今度の事件と重要な関係があるのではないかと、僕が疑っている事件があるんです」

「何の事件なの」

「それは明日、会ってから説明します。明日昼休みに一時間ほどぬけられませんか?」

21

翌朝十時に、波島と古谷は萩の警察署を訪れた。

赤ら顔をした警察署長は、しかし弱りきった顔をして、その後の捜査の難渋を語るだけである。いちおう東京の警視庁に依頼し、古谷羊子の、東京に出てから古谷征明と知り合うまでの生活を洗っているが、その方からも大した情報は入っていないという。古谷羊子は結婚する二年ほど前、阿年ヶ谷の「青桐荘」という小さなアパートに住み、その部屋にいつも出入りしていた若い学生風の男がいたらしいが、その人物もつきとめられない。

「ただ、その学生がぷっつり来なくなって二か月ほどしてから、奥さんは手首を切って自殺未遂を図ったというんですが――」

「それはうすうす感づいていました。しかし私は妻の過去は余り気にしておりませんでしたので――」

自殺未遂の直後にアパートを引き払ったのだが、その後飯田橋のアパートに引っ越して古谷征明と知り合うようになるまでの十か月近くの彼女の消息は全く摑《つか》めないでいるという。

「私は阿佐ヶ谷から飯田橋へ直接移ったように聞いていたんですが……」

「ともかく問題は、何故奥さんが寂秋寺の庭に死体が埋められていることを知っていたかなんですがね」

その部分をどう考えていいか、さっぱりわからないという口振りだった。

「羊子さんが東京に出る前のことはどうですか？」

「いや、どうも、それも今度の事件と関連のあるようなことは何も……」

東京の刑事には見られない、朴訥《ぼくとつ》な顔をさらに弱らせて署長は言った。

その後古谷が自分と羊子の七年間の結婚生活を詳細に語り、波島も医師としての専門的な立場から意見を述べたが、結局、双方とも大した収穫のないまま、二人は昼少しすぎに警察署を出た。

応接室から波島たちが出ようとしたときである。署長は何気なく、

「どうも今度の事件を世間は興味本位に受け取っているので困りますな。今朝も男が来て、小説のネタにしたいからと言って詳しく話を聞いていきました。真剣そうな様子だったので新聞に発表した程度のことは教えてやりましたが……古谷さん、あなたの許可はもう貰っているということですが」

「いえ、私は心当たりがありませんが……」

「どんな男でした？」

波島が聞いた。

「若いのに髪が少し薄くて、黒ぶちの眼鏡をかけた、こう全体の印象が白い……」

波島の顔色が変わった。

「名前は──」

「たしか、いしばしゆきひろ──とか……どうかしましたか？」

「いえ、ちょっと土橋満という男に風貌に似ていたものですから──古谷羊子を殺すという緑色のインクで書かれたカルテが、うちの病院の診察室に落ちていた前後に、診察室に出入りした男です」

「ああ、例の緑色のインクをシャツに滲《にじ》ませていたという」

「ええ、でもその男のことも、東京の警察ではどう考えていいか判断に迷っていますし──まあ今朝来たという男とは別人でしょうが。もしその男がもう一度現われたら、一応住所は確かめておいていただけませんか？」

駅へ向かう途中で、問題の寂秋寺を訪れた。午後の陽ざしが傾きかけると、不意に暗い雲が空を覆いはじめ、霙《みぞれ》のまじった寒風が吹きだした。維新の町はふと歴史の陰に逃げこんだように、暗い紗《しゃ》の幕をかぶり、風が通りぬけるたびに、揺れた。

寂秋寺は、工事が中断されたのか、死体発掘時のままになっていた。

一画に、まちがいなく問題の写真と同じ土塀があった。二人は写真を撮ったカメラの位置と思われる場所に立った。荒れ様は写真以上にひどく、晩秋の、雨雲に鎖《とざ》された寺は、写真のセピア色より色褪《いろあ》せた古色に包まれていた。

過去に閉じこめられ黙りこくっている土塀は、数年前、いったいどんな犯罪を目撃したのか――

風が、今日までこの寺で眠り続けた時の流れを蘇《よみがえ》らせるように樹々を揺らし、本堂の朽ちた板壁を叩いた。

白骨が掘り起こされた穴は、二人のほぼ足許《あしもと》にあった。穴は赤土を露《さら》けた底に向かって、一つの誰も知らない過去に向かって落ちている。暗い穴だった。

いっそう烈《はげ》しくなった風が穴の底で逆流を起こし、すり切れた音をたてる。それは誰にも知られたくなかった過去の傷を、不意に暴かれた者の悲痛な叫びに似ていた。

二人の男は寒さも忘れて肩を並べ、風の叫び声を聞きながら、しばらく呆然と穴の底を覗《のぞ》きこんでいた。

22

弘子は約束の一時を過ぎてもなかなか現われなかった。

病院に近い、以前弘子とよく落ち合った喫茶店である。その日森河は病院を休んでいた。

三十分待ち、病院に電話を入れた。弘子は突発事が起こったから今すぐには出られない、そのまま、喫茶店で待っていてほしい、事情は後で説明すると言った。

弘子が現われたのはそれからさらに一時間も経ってからである。

「碧川宏から病院に手紙が届いたの。いえ碧川宏が書いたんじゃないわ。緑色のインクで書かれた——」

「例の手紙ですか？」

森河はさほど驚かず、冷静な声で聞き返した。

「そう。僕は消えました。やっと消えたのです。だから僕を探さないで下さい。探しても無駄です。僕は完全に消えてしまったのです。——そう書いてあったわ」

「筆蹟《ひっせき》は？」

「今までのものと同じだろう——と刑事が言ってたわ。左手で書いたものね」

「警察が来てるんですか？」

「ええ、院長がやはり報《し》らせておくべきだというので——手紙は院長宛になってたの」

「先生に連絡しましたか」

「ええ、でも波島はもう萩を出てるらしいわ」

「刑事たちはその手紙のことをどう言ってます？」

「まだ何もわかっていないようだわ。でも今後本腰を入れて捜査しなくちゃならないと言ってた。ともかく全《すべ》てが藤堂病院に関連した事件だし、病院の内部にも徹底的な調査を進める気配だわ。——そんなことになったら波島がまずいちばん先に疑われないかしら」

「それは警察の出方を待つより他ないでしょう。それに警察が昨年末の副院長自殺事件との関連に気づかない限り、先生をどうすることもできないでしょう。事件が古谷羊子から出発していると考えている以上、動機さえ摑めないでしょうからね。先生も何も知らないと言っていれば安全ですよ。証拠は何一つないんですから」

「今日の手紙も波島が出したものかしら。私にはとても信じられないけど」

「まちがいないでしょうね。昨日東京を発《た》つ際投函《とうかん》したんでしょう」

森河は腕時計を見た。

「あまり時間もないでしょうから、急いで行きましょう」

「どこへ行くの」

「鈴木病院です――そこにある患者が一人入院しているのです」

鈴木病院は下町にある有名な総合病院で、精神科に権威者が揃《そろ》っているので名高かった。

森河は喫茶店の駐車場に停めてあった車に弘子を乗せた。

「この車に乗せてもらうの初めてね」

弘子の何気ない言葉に森河は、ええと小さく反応しただけで気まずそうに顔を曇らせた。あのハイウェイでの事故と、あの晩の突然の行為を思い出したのだろうか――弘子はそれ以上車のことには触れず、

「鈴木病院に入院している患者って誰？」

と聞いた。

「行けばわかります」

車は、もう冬景色に近い灰色の冷えた道路を進み出した。

「ねえ碧川宏のことなんだけど、彼はどうやってエレベーターから消えたの？」

「古谷羊子が消失した方法を逆手に使ったんだと思います」

「というと？」

「古谷羊子が消えたとき、碧川は六階から七階を迂回《うかい》して一階へ下りたのだと言いましたね。今度は碧川は二階から一階を迂回して七階へ上がったんです」

「碧川は、じゃあ一階で下りたの？」

「そうです。高須千恵が時間に細かいことを知っていた犯人は、ちょうど五時に一階のエレベーターの前に立っていた。高須千恵が碧川をのせるためにエレベーターを二階に呼ぶ。一階にいた犯人はドアの上の階数表示を見ていて、２の数字にランプがつくと同時に、一階でそのエレベーターを下降させるボタンを押す。高須千恵がエレベーター内の七階のボタンを押すよりこの方が二、三秒早くなるので、エレベーターはドアが閉まると下降を始め、一階に着く。犯人はその一階から碧川を外へ連れ出したのです」

「高須千恵は、そのエレベーターが下降するのに気づかなかったのかしら」

「たしかに七階のボタンを押したとき、既に一階のボタンにランプが点《とも》っていただろうから、彼女には気づくチャンスはあったはずです。しかしこれは犯人にとっては一種の賭《か》けだったろうから、もし碧川消失のことで皆が騒ぎ出した際、彼女がそれに気づいていて、あのエレベーターは一階へ下りたと言い出したりしたら、また碧川を何事もなかったように病院へ戻し、次のチャンスを狙えばよかったのです。犯人にとっては全部が上手《うま》くいった。七階の石山春子が偶然、一階を迂回した後、再び二階から上昇し始めたエレベーターの動きをランプで見ていて、あたかも高須千恵が、ちょうどそのときに二階からエレベーターを上げたような印象を、皆に与えることができたのです」

「碧川宏は犯人にどこへ連れ去られたのかしら」

「それは僕にもわかりません。でも……」

森河はそこで言葉を切った。だが弘子は森河が何を言いたかったかわかる気がした。でも碧川ももう殺されているかもしれない——森河はそう言おうとしたのだろう。古谷羊子と碧川宏。二人の特殊な病人を安全に匿《かくま》っておく場所が、そう簡単にあるとは思えなかった。

鈴木病院は、藤堂病院とほぼ同じぐらいの大きさだった。藤堂病院に比べると建物が古いが、それが伝統と権威を誇っているようにも見える。

森河は受付で、

「鞍田芳江の知り合いの者です。担当医の方に逢わせていただきたいのですが」

と頼んだ。

鞍田芳江——弘子にも記憶があった。本人には逢ったことがないが、いつも待合室で自分の妻の症状を吹聴《ふいちよう》するように、大阪弁の大声でまくしたてていた夫の方はよく知っている。自殺したらしいが、その死後、妻はこの病院に入院したのだろうか。

十分ほど待たされ、個室に通された。担当医は石黒という四十近い男で、どの精神科医にも共通の柔和な微笑と、微笑の中で一点だけ動かない冷静に観察する眼をもっていた。

森河は鞍田芳江の友人だと嘘を言った。

「それで病状の方は？」

「あまりいいとはいえません。この半月ほどほとんど夢想状態が続いていまして……ご主人の死がよほど大きなショックだったようです」

「ご主人が死ぬ前からおかしな妄想をもっていたと聞きましたが……」

石黒は、おやというように森河の顔を眺め、

「どうしてそれをご存知ですか？」

「ご主人が以前藤堂病院に、奥さんのことを相談していたという話を聞いたので、そちらの病院の先生にも逢ってきたのです」

「ああ、波島という人ですね」

森河と弘子は顔を見合わせた。

「そうです、ご存知ですか」

「一週間ほど前、電話をもらいました。奥さんのその後の症状を詳しく知りたいと言って——私の方も以前の症状をいろいろ教えてもらいましたが……どうもご主人の自殺は

芳江さんに悪い結果をもたらしたようです。いっそう混乱して、今では完全な錯乱状態です」

「逢っても僕たちだと識別できないでしょうか」

「たぶん無理でしょうね。逢ってみますか」

「いえ——今日は先生に症状を聞くだけのつもりで来ましたので」

石黒はふと思い出したように、

「お友達の方なら、芳江さんのまわりに原田という男がいるかどうかご存知ありませんか」

「さあ——」

「実は入院してまもないころ、芳江さんは原田という男と再婚することになっている。早く原田を呼んでここから出してほしいというようなことを、よく口走っていましたので」

「妄想ではありませんか」

「たぶんそうではないかと思いますが……家族も従業員も誰も知らないらしいので」

「その男のことを何か言ってましたか」

「いや、ただ再婚の相手だ、死んだ夫にもそのことはちゃんと話してあるとか、そんなことを口走っていただけですが」

病院を出ると同時に森河は、

「やはり思ったとおりでした。まだ警察は関連づけては考えていませんが、実はあれが第一の事件だったんです」

「鞍田という男の死が自殺じゃないというの？」

「あの死の特徴を考えてごらんなさい。鞍田芳江は、夫が八月初めに新宿の事故で死んだと思っていた。その妄想どおりに夫は礼服を着て同じ場所で事故死したんですよ。古谷羊子や碧川宏の場合と完全に同じです」

「それも波島の仕業だというの？」

「どういう方法で完全に同一な現場をつくったか、僕にはまだわかりませんが、でも鞍田惣吉が先生にとって邪魔な存在だったのは、碧川宏の場合と同じです」

「わからないわ」

「古谷羊子がトイレで殺されかかったと叫び、緑色の殺人予告書が書かれた日、鞍田惣吉も病院に登場していたじゃありませんか」

弘子は思い出した。診察もれの二人のうち一人が鞍田惣吉だったのだ。

「鞍田は何かを見たのです。何か本人にとってはわからないが、先生にとっては致命的だったもの——古谷羊子を襲う現場、いやそこまでは目撃していなくとも、トイレから先生が出てくるところを見たのかも知れない」

「証人がもう一人、既に殺されていたといいたいのね」

このときふと弘子の脳裏を一人の男の顔が掠《かす》めた。薄い髪、黒ぶちの眼鏡の下の戸惑った眼、白い皮膚——あの男は古谷羊子がトイレで呻《うめ》き声をあげていたとき、トイレの前に立っていたという。しかも診察室に横から通じるドアのすぐ近くに。波島がほんとうに古谷羊子を襲ったとすれば、そのドアから診察室へ出入りしただろう。とすれば彼もまた波島の行動を目撃した重要な証人ではないか——そして波島はあの土橋満の写真を持っているのだ。

「どうして、その写真のことをもっと早く言ってくれなかったんです？」

弘子から話を聞いて、森河は顔色を変えた。

「だって私には意味がわからなかったのよ。あなたにはわかるの？」

「いやわかりません。でも何かがあります。先生は土橋満を知っている——そのことをなぜ僕たちに隠してるんですか」

23

新幹線は九時過ぎに東京に着いた。

波島は古谷征明と、また何かあったら互いに連絡しあうことを約束して、改札口を出る前に別れた。

東京駅の構内は森閑としている。だがその静寂は数時間前までいた地方都市のそれとは、全く異質のものである。外の静かな気配までが、この大都会では現実以外の何ものでもなかった。

――そう、すべては現実なのだ。またこの東京へ、一つの人生の場へ自分は戻ってきたのだ。

明日はまた刑事たちが病院へやってきて、自分の知らないことまで聞き出そうとするだろう。「私は何も知らない」またいつものようにそれだけをしつこく答えなければならない。

そう思うと波島は少し不快になった。大阪でひかり号に乗りかえたとき夕刊を買った。その夕刊に、碧川宏が病院へ送ったという緑色のインクの手紙のことが書かれていた。異空間からの手紙。

消えた男からのメッセージ。

碧川宏は、第二の犠牲者か?

新聞は興味本位に騒いでいた。

だが波島の気に掛っていたのはそれとは違う問題である。

彼は構内を通りぬけ公衆電話に近寄った。

メモを取り出してダイヤルを回すと、すぐに女の声が答えた。

「――ああ、私、波島です。ええちょっと萩まで……え？　ご主人、昨日の晩から……新聞記事？　出かける直前まで萩市の白骨事件の記事読んでたんですね。だったらやっぱり今朝、萩の警察署訪ねてきたというのは……五十音表？　……団地の窓？　待って下さい。今から病院へ戻って改めて電話を入れます。詳しく聞きたいですから……」

24

翌日の昼休み、森河は弘子を近くの喫茶店へ誘った。

「土橋満の正体がわかりましたよ。本名は高橋充弘というんです。実は今朝、刑事が応接室で先生に尋問している間に、先生の個室であのノートをこっそり調べてみたんです。抽《ひ》き出しの錠は針金一本で簡単に開閉できるんです」

「患者の病状記録ね」

「写真はもうありませんでしたが、中に一人だけ、僕の知らない患者の名がありました。そんな患者が先生の診察を受けたことはないし、しかも最初の日付は、ちょうど土橋満が病院を訪れた一週間後になっているんです。土橋と高橋——名前も似ているし、まちがいないと思います」

「先生が病院外で個人的に診察しているのかしら」

「ノートを読んだかぎりでは、どうも高橋充弘の奥さんが直接、先生に個人的に相談しているようです。直接会ったり電話で話したり……最初の頃は夫が急に塞《ふさ》ぎこむようになったとか、軽いノイローゼの徴候ぐらいですが、おもしろいのは、五日前と昨日の記述で、それによると高橋が奥さんのことを別人だと、それもよう子という女だと思いこんでるらしいんです。昨夜萩から戻った後、先生は奥さんと電話で話してるんですね。団地の窓の灯から高橋が受けていたらしいメッセージのことがいろいろ書いてありましたが、簡単に言うと高橋は奥さんを古谷羊子だと思っているらしいんです」

「二人はどういう関係なの」

「さあ。先生は、まず高橋の頭によう子という名があって偶然新聞で見た古谷羊子の名と結びつけただけではないかと書いてますが……それより大事なのは、先生が何故《なぜ》高橋だけ病院から遠ざけているかです——高橋は先生が殺人予告のカルテを書いたのを見ているはずだし、トイレで古谷羊子を襲うところも見たのではないかと」

それは、弘子も考えたことであった。

「あなたの推理が正しければ、今度狙われるのはその高橋充弘というわけ？」

「わかりません。その可能性はあると思いますが——ただそうでないと先生が高橋充弘のことを僕たちに隠している理由が、説明できません」

森河はコーヒーを飲み終えると急に改まった調子になった。

「在家さん、波島先生に直接その高橋充弘のことを問いただしてみてくれませんか？」

「どうやって？」

「写真を偶然見てしまったことを正直に話すのです。そして在家さんが感じた疑問をそのまま聞いてみて下さい。何故先生が土橋いや高橋の写真を持っているか、それを何故秘密にしているのか——僕は先生が今度は高橋を狙うにちがいないと考えています。また新しい事件が起こるなら、今度こそそれをくいとめたいと思います」

森河の眼に真剣なものが光っている。

弘子は、すぐには答えなかったが、やがてゆっくりとうなずいた。

25

夜がおりてまもなく高橋は、団地に戻った。頬がこけ、髭《ひげ》が少し伸び、髪が乱れ、疲れきった足どりで階段をのぼった。

溜息《ためいき》をつきながらドアを開くと、部屋は二日前と同じだった。本当に二日間が経ったのか、信じられないほど、すべてが彼が部屋を出たときのままだった。

二日前と同じルームライトが台所を浮かびあがらせた中で、疲れ果てたように座っていた女は、つと立ち上がり、そのライトに顔を寄せた。去っていこうとしている者を見送る視線で、女は入ってきた彼を見た。たがいの視線にわずか数秒で耐えられなくなり、同時に顔を背け合ったのも二日前と同じだった。

女は寝室に姿を消した。

高橋は流し台にかがみこんで手を洗った。外出から戻った際の習慣だったが、こんな際にも習慣に従って行動している自分が少し腹立たしかった。喉《のど》の渇きを鎮めるために水を飲み、寝室のドアを開けた。何かモーターの唸《うな》るような音が聞こえた。耳鳴りだった。ベッドの端に座っている女を見たとき、彼は顔を歪《ゆが》めた。

女は立ち上がり、怯《おび》えるように二三歩後ろへ退いた。女の脚がサイドテーブルにぶつかり置灯《スタンド》が床に落ちた。

ランプはぶんと鈍い音を放って光が飛んだ。部屋は闇に包まれた。

「わざとランプを落としたな。君には暗い方が都合がいいのだろう」

女の方へ一歩近寄りながら、彼はふたたび耳鳴りを聞いた。

「そうだろう、君は俺が怖かったんだろう。俺がもしかして何もかも知っているのではないかと心配していたね」

「あなたにはわかってないの？　私の方が苦しんでるのかもしれないのに……私だって苦しんだわ」

「苦しむのは当然じゃないか。君は由紀子を殺した――」

「どうしてそんな言い方しかできないの。私だって苦しんだって言ってるじゃないの」

「それは由紀子を殺したことを認めているのか」

女は何も答えなかった。

「答えてほしい。他には君には何も望まない。一言答えてくれればそれでいい。由紀子ではないと――それでこの部屋から出てってくれれば……君が自分の口から言えんなら俺の方から言おう。俺は萩へ行ってきた。俺と由紀子が結婚してすぐ、君が由紀子を殺し死骸を埋めた寺にだ。君は俺たちが新婚旅行から戻った直後、由紀子を殺し今日まで由紀子に変装し続けてきた。萩の警察署へ行って係官から何もかも聞いてきた。君の郷里は山口だそうだね。それで山口の寺へ死体を埋めたんだ」

「あの事件ね――やはり」

闇に女の声が呟《つぶや》いた。

「君は警察へ手紙を送ったそうだな。殺されたのは私だと書いて……それから犯人も自分だと書いて。そう犯人も殺されたのも君だった。君は由紀子を殺した日から由紀子になったのだから……君は死骸が見つかったので怖くなった。それであんな手紙を警察へ送ったのだ」

「新聞には手紙を出したのは、古谷羊子という会社員の奥さんだと出ていたわ」

「そう。その古谷羊子が君だったんだ。古谷羊子は失踪《しっそう》したという。失踪したんじゃない。古谷羊子はこの部屋へ来たんだ。今度こそ完全に俺の妻になるために……君は自分の犯行がばれるのを恐れて、今日までその会社員の妻と俺の妻との二重生活をしてきたんだ。しかし死骸が見つかったので、これ以上隠し通すことはできないと思った。それで古谷羊子が失踪したことにし、同時に由紀子の死骸を古谷羊子だと警察に思わせることにしたのだ。会社員の奥さんだった女は亡霊だったと……ただ君はほんの少しだけ真実を告白しておきたかった。それで犯人も自分だと書いたんだ」

「そんな話を本当に信じてるの」

「証拠がある。その手紙は緑色のインクで書かれていたんだ。君が俺の万年筆を使って書いたのだろう」

女はしばらく黙っていた。

「君は由紀子じゃない。いくら化けようとしても無駄だ。俺の眼は誤魔化せない。君は由紀子じゃない。何年も化けとおしてきたので、自分でも由紀子だと信じこんでいるかも知れないが、絶対に由紀子じゃない。俺の言うことを信じてくれ」

「でも私は――」

女の気配が闇に動いた。指がスイッチを弾く音がし、部屋に灯が点った。女は壁を離れゆっくりと彼の方に近づいてきた。

「私は、私だわ。――よく見て。私は、私よ」

女の顔がすぐ眼前にあった。その視線はまっすぐじっと高橋を見あげていた。

「よく見て」

「見ている」

「嘘よ！　あなたは見ていないわ。見たいものを見ようとしているだけよ。いつも真実から視線を外《そ》らしてるわ。――あなたは高橋由紀子を愛していた？」

「愛していた――俺は由紀子を愛していた。だから他の誰も……君を愛せない」

「違うわ」

女は溜息で笑った。

「愛してなんかいなかった。ただ愛したかっただけ。あなたが本当に愛してたのは、昔あなたが捨てた一人の女の人――あなたは自分でも気づいてないでしょうけど、本当はその女《ひと》を愛していて、私の中にもその女《ひと》を探そうとしていたの。それで私がわからなくなったんだわ」

「どうして俺がよう子を捨てたことを知っている」

「結婚してまもなく一人の女性から電話がかかってきたわ。いやがらせの電話だったわ。あなたとずっと交際していたって……あれがよう子さんという人だったのね。私はあなたに黙ってたわ。電話がかかってきたのは一度きりだったし、過去は過去だと思ったし……でも私は知らなかったのよ。あなたの中にはいつもその女《ひと》の影があったのね。それなのに私はずっと今日まであなたとの生活が二人だけのものだと……幸福だと信じてたんだわ。馬鹿みたい。……あなたはある日私のことをよう子と呼び始め……私の知らない言葉で喋《しゃべ》り始め……私は何も知らなかったから、自分の方が狂っているのかも知れないと思って……でも私は私よ。由紀子よ。よう子にはなれないわ」

「君は逆方向に喋っている。君はよう子だから由紀子にはなれないのだ。お願いだ。認めてくれ。警察には何も言わない。だから自分で由紀子でないと認めて、それでこの部屋を出ていってくれ。いや俺の方で出ていってもいい。由紀子でない――そのことを認めてさえくれれば」

「いいわよ、認めても」

いつの間にか背を向けていた女は、ふいに振り返って言った。

「私が由紀子じゃないと言ってあげてもいいわ。そんなこと簡単だわ。でも私がそう認めれば、今度はあなたは、その方が嘘だと思い始めるわ。私がやっぱり由紀子だと思い始めるわ。そして、また何もかもわからなくなるわ。——あなたはいつも何かから視線を外らすことしかできない人だから」

「何故、そんな俺のわからん言葉で逃げる。何故認めない。何故素直に認めない」

「——」

「認めろ！」

不意に自分でも驚くほど、大きな声で彼は叫んでいた。女に襲いかかりその肩を摑《つか》んで、全身の力で揺すった。女は人形のようにされるままになっていたが、それでも男の眼鏡の下から突然涙が一すじ流れ落ちるのを見ていた。曇ったレンズの下に困惑したようないつもの眼があった。焦点がなかった。

「認めろ。自分が由紀子でないことを認めろ。白状しろ」

女の体を力いっぱいベッドに投げつけ、自分は床に崩れた。体をまるめて小さく蹲《うずくま》っている夫は、狂ったというより、壊れたという印象に近かった。瓦礫《がれき》のように自分が破片となって崩れていくのを夫は、両腕で必死に庇《かば》っているのだった。一緒に暮した年月がそんな不意に小さくなった夫の体の中で風化していくのを、彼女は黙って見守っていた。夜は静かで、廊下を通りすぎる夫婦者の楽しげな笑い声が聞こえた。皆そんな風に笑いながら、幸福を少しずつ見失っていくのだと思った。

夫の喉をひきつらせていた嗚咽《おえつ》が停まったとき、彼女はベッドを離れ、夫の傍にしゃがんだ。

「そうね、私は由紀子じゃないわね。いつのまにか自分でも知らない別の女になってたのね」

そんなことを小声で言いながら、女は意識もせず自分の顔に微笑が滲《にじ》んでいることに気づいた。彼女は三十歳で、長い間、目の前にいる男の妻を演じ、そんな悲しい言葉を微笑で飾ることしか知らなかった。

彼女は立ち上がり、外出着に着替えた。

「どこへ行くんだ」

夫が顔をあげた。

「さあ、まだ決めてないわ」

「出ていってどうする?」

「別の生活があるわ」

「別の生活があるのか」

「ある――と思うわ」

彼女が簡単に荷物をスーツケースにつめ、入口のドアを出ようとしたとき、

「由紀子!」

と夫の声が呼んだ。

彼女は反射的に振り返った。夫は寝室のドアを出たところに立っていた。

「やっと思い出したのね。でも――こんなときに……」

そう実際なぜこんなときになって……彼女は、すべてが終わったことを認め、別の生活に向かってそのドアを開こうとしたところだった。彼女が結婚して初めて自分から開こうとしたドアだった。それなのに全てが壊れた今になって、夫は自分を「由紀子」と呼んだのだ。いつもの少し低い声で、今まで一度もなかった真剣な声で……そしてこんなときにも夫は自分の立っている場所がわからず、別の場所を探しているように見えた。

彼女は視線を外らした。土間に夫の脱ぎ捨てた靴が乱暴に放り出されていた。靴は埃《ほこり》をかぶり、萩の町の、彼女が知らない本州の端の小さな古都の泥が、白く、乾いていた。長い歳月が終わり、一足の靴がすり切れてバラバラの位置に残っていた。

彼女はその靴を並べた。それがその部屋で一人の女が夫だった男のためにやった最後の動作だった。

彼女は結局、何も言わず、ドアを閉めた。

その靴音が階段の底に消えたとき、高橋はもう一度、

「由紀子――」と呼んだ。

彼女の言葉は正しかった。彼女が、由紀子でないと認めたときから、高橋にはその女が由紀子ではないかと思え始めてきたのだ。結局自分は、今去っていった一人の女が言ったとおり、自分の歩いている道路が信じられず、ありもしない別の道路を歩きたがっ

ているのかも知れない――

なぜ今まであの女がほんとうの由紀子だと考えなかったのだろう。昔、俺が捨てた女からいやがらせの電話がかかってきたと言った。それが一度だけだと言ったが、あの女のことだ、執拗《しつよう》に何度もいやがらせをしてきただろう。それで由紀子があの女を殺し萩の寺に埋めたのだ。自分はまた逆方向に全部を考えてしまったのだ。殺されたあの女は復讐《ふくしゅう》のために由紀子にとり憑《つ》き、俺を苦しめてきた。それで由紀子があの緑色のインクの手紙を警察に送った理由もわかる。由紀子は殺人を犯した自責をあんな形で吐露したのだ――由紀子は自分だって苦しんだと言った。苦しんだだろう、可哀想に、悪いのは全部、あの女だというのに――しかし……しかし？ それなら何故由紀子はあの三つの光で、あの女の名を連絡してきたのか。死んだ古谷羊子は完全に由紀子の体に入りこみ、由紀子の最後の一片まで追い出してしまったのだろうか？ それなら今去っていった女は、やはり由紀子ではなく由紀子の輪郭だけをまとった古谷羊子だということになってしまう……

「あなたはまた何もかもわからなくなるわ」

由紀子であるにしろ、ないにしろ、去っていった女の言葉は正しかった。高橋は頭を抱えこみ、自分は今度こそほんとうに何もかもがわからなくなるだろうと、遠い一点の醒《さ》めた意識で思っていた。

26

地下鉄の階段をおり、彼女は切符の自動販売機の前にある公衆電話に近寄った。義姉の佳代に相談するつもりだった。義姉には今日まで何も知らせずにいた。自分が夫をそんな形に追いつめたようで、弟嫁の立場としての弱味があった。

受話器をはずしたとき、ふと気持が変わった。彼女は違うダイヤルをまわした。受話器に出た女の声に向かって彼女は言った。

「済みません。波島先生をお願いしたいんですが……はあ、それでは御自宅の方へ電話をかけさせていただきます」

彼女は受話器を置き、新しい電話番号をまわした。

「波島先生でしょうか？　私、高橋充弘の家内です。はい……済みませんが、今から逢っていただけませんでしょうか。今夜彼はもどってきたんですが……私の力ではもう……」

27

十時に弘子は波島のマンションの前でタクシーをおりた。九時に一度電話をかけると、今客が来ているので十時頃もう一度電話を入れてくれということだった。弘子は電話を入れず直接訪ねてきたのだった。

エレベーターに乗ろうとした弘子と入れちがいに若い女がおりた。弘子はふとその顔に記憶がある気がしたが、すぐには思い出せなかった。ドアが閉まりかけたとき、やっと思い出した。問題の写真で高橋充弘と一緒に写っていた女である。

弘子は慌ててエレベーターをおり、女を追いかけた。大通りに出る手前でやっと女の背を見つけた。

「済みません、高橋さんではありませんか」

弘子はそう声をかけた。

「はい――」

振り返った女は怪訝《けげん》そうにしている。

「高橋充弘さんの奥さんですね――私は波島の以前の家内で、波島とは同じ病院に勤めています。今、波島のところにいらしてたんでしょ?」

女は肯《うなず》いたが、まだどこか怪訝そうだった。

「ご主人のご病気のことは、波島からいろいろ訊《き》いておりました。私も一度奥さんにお逢いしたいと思っていたんですが……」

「はあ」

「済みません。そこに喫茶店がありますの。三十分ほどお話伺いたいんですけど」

弘子の強引さに引っ張られ、仕方ないという感じで女はついてきた。

それでも喫茶店の席に対峙《たいじ》して座り、弘子がいろいろ慰めの言葉をかけると、やっとうち解けたのか、女は弘子の質問に答え、素直に話し出した。

童顔だが芯《しん》の強い性格らしく眼にうっすら涙を滲ませながら、声は冷静さを保っている。女は今夜半ば喧嘩《けんか》状態で家を出てきたことを静かに語り終えた。

「じゃあご主人はあなたのことを完全に古谷羊子だと考えているのね」

「ええ――」

「そのう、ご主人が昔関係のあった女性は本当に古谷羊子なのかしら――いえ古谷羊子はうちの病院の患者だったし、新聞でも騒がれてますでしょ。私もいろいろ心配で――」

「波島先生は、ただの偶然から妄想をこじらせた結果にすぎないとおっしゃってます」

弘子は波島に聞こうと思っていたことを、この女から聞くことにした。

「あなたは病院の方へいらっしゃったことはないでしょう?」

「ええ」

「なぜかしら」

女はしばらく黙っていたが、

「主人の仕事が仕事ですので……」

「というと?」

「主人は外科医をしております。医師がこういう病気にかかっていることが外にわかると、将来にもかかわる問題ですから、先生を内緒にお訪ねしたんです。先生も主人の立場をわかって下さって……」

「病院の方の仕事で差しつかえはなかったんでしょうか？」

「最初の頃は軽い鬱病ていどの印象でしたし、主人が私が別人に変わったなどという恐ろしい妄想に苦しんでることがわかったのは、まだほんの数日前のことなんです。主人の方から病院の方は休むと言ってくれたので、私はほっとしたんですが、でもその矢先に……」

高橋が初めて病院を訪れた日に、土橋満という偽名を使ったわけもそれで納得できた。波島がこの女性に同情し、病院を通さずに相談にのっていたこともわからないでもない。だが――

喫茶店の外で高橋の妻と別れると、弘子にはもう波島に逢う気がなくなっていた。聞きたいことは高橋の妻から聞いてしまったのである。

公衆電話から森河に連絡した。

弘子の話を聞き終えた森河はしばらく受話器の底で黙っていたが、

「僕の考えすぎならいいんですが――やはりまだ何かが起こりそうな気がしてならないんです。高橋という男の頭の中で、古谷羊子が奥さんと同一人物になってしまったこと――それが何か不吉な前兆のような気がするんです」

弘子も同じ気持だった。

「でも犯人がまたすぐに新しい動きを見せるとは思えません。しばらく成り行きを見ていましょう」

「そうね」

弘子は受話器をおくと寒風にコートの襟をたてた。本当にまだ今後も何かが起こるのだろうか——暗い冬が始まろうとしている。季節に合わせるように、今度の事件もさらに暗い局面へと進展していくのだろうか。

弘子は首を振った。たとえそうだとしても、森河が言うようにまだ数日は大丈夫だろう。警察も今度の碧川の件で本腰をいれて捜査にのりだしかけている。犯人も慎重になり、そう簡単に次の行動に移りはしないだろう。

弘子は吐息をついた。今夜はゆっくり眠ろう——何も考えずに。少なくともまだ数日は何も起こりはしないだろうから——そう思いながら流れてきたタクシーのライトに手をあげた。

それが楽観に過ぎなかったことが翌日にわかる。

その夜のうちに、事件の最後の幕は切って落とされたのだった。

28

午前二時に、その電話は鳴った。

このとき、高橋は寝室の床に、四つん這《ば》いになって犬のように鼻先をすり寄せ、去っていった女が脱ぎ捨てていった花柄の部屋着と、行李《こうり》の奥からとり出した由紀子の結婚式のウェディングドレスの匂いを、嗅《か》ぎくらべていたところだった。

電話のベル音は執拗だった。

その断続音が彼の耳に三拍子を奏で始めたとき、高橋は憑《つ》かれたように立ち上がった。ドヴォルザーク八番の第三楽章だった。

外した受話器の底でしばらく暗い闇は黙っていた。

「高橋充弘だね」

やがて声は言った。籠《こも》った闇色の声が彼の聴覚を奪った。耳を通して聞こえてくるというより、彼の内部から湧《わ》きあがってくるような声だった。受話器を握った手が硬直した。それは、最初の一声で彼の神経の全部を奪ってしまったようでもあった。彼は唇を鎖《とざ》し、次の声だけを待った。

「君は馬鹿なことをした。由紀子さんは部屋を出ていっただろう。それが古谷羊子の目的だったのだ。古谷羊子は君の神経を狂わせ、君の手で由紀子を追い出すことを企らんだのだ。君は馬鹿なことをした。今度こそ羊子は君の妻として君の全部の自由を奪うだろう。私は何度も君に警告をしたはずだ。それなのに君は私の警告を理解しようとさえしなかった。羊子はまだ生きている。今日午後四時銀座四丁目の交差点に古谷羊子は姿を現わす。いいか、これだけが最後の機会だ。今日午後四時銀座四丁目の交差点——私はもう一度だけ君に機会を与える。十分後に窓に立ちたまえ。前と同じ方法で君に最後の警告を与える。いいか、何度も言うがこれが最後だ。これに失敗すれば君にはもう古谷羊子の恐ろしい罠《わな》から逃れる方法はない——いいかこれが最後の機会だ」

いつ、声が終わり電話が切れたか、わからなかった。窓辺に吸い寄せられ、まだ体内でくすんだ残韻を執拗に繰り返している声を聞きながら、視線を前棟に、逆列の五十音表に凝らした。深夜の五十の窓は、闇に呑みこまれている。おぼろげな輪郭が、網膜に一つの陰画として映っている。外を見ているというより逆方向にその網膜の残像を覗《のぞ》きこんでいる気がした。声は相変わらず体内の闇に鈍重な残響をたて続けた。

——いいか、これが最後の警告だ。

いつ、どこでだったかはもう憶えていない。だが同じ声が、いつか同じ命令を自分に下すのを憶えていた。——殺さなければならない。古谷羊子を……これは命令だ——声ではなかったかも知れない。だがそれは声として彼の記憶に甦《よみがえ》った。声には色があった。緑色の声である。信号機が黄色から赤へ、最終的な危険の警告へと移ろうとする刹《せつ》那《な》、複雑に入り乱れるあの一つの色彩である。ゆっくりとその声が危険な色彩で自分を浸していくのを感じながら、そのとき突然、彼は一本の腕が視界を切り裂くのを見た。腕に巻きつけられ、女の顔が恐ろしい苦痛の表情に歪んでいる。男の手が女の口を封じているので顔はほとんどわからない。男の節くれだった指のすきまで二つの眼が瞳孔《どうこう》を見開き、必死に何かを叫んでいる。助けて——そう言いたいのだ。髪が振り乱れ、男の指を、女の唇の上で大きく筋ばって開かれたその男の五本の指を、闇の風のように揺らす。指は女の口を封じるとともに、女の頭を恐ろしい力でぐいぐい背後の壁に押しつけている——誰の手だろう。もっと女の方へ屈《かが》みこんで、女の瞳《ひとみ》を覗かなければならない。その瞳に映っている男の顔を——瞳の中で一人の男の暗い顔が映っている。醜く歪んで……俺の顔だ。その五本の指は、女を殺そうとしているのはこの俺なのだ。白い、白すぎる指、白衣の腕——なぜ今まで思い出せなかったのか。俺は前にも一度あの女を殺そうとしたことがあるのだ。そうでなければ俺がこうも鮮やかにあの場面を思い出せるはずがない。いつ、どこで——だがまちがいなくそれは緑色の声の命令だった。

(命令だ——古谷羊子を……しかたがない)

なぜそんな言葉が浮かぶのだろう。しかたがない——殺したくないが、しかたがない。俺はしぶったのだ。それで失敗した。あの緑色の声は俺が命令に従わなかったのを怒ったのだろう。結論は出ていたのだ。緑色の声は全てを知っており、それが俺にとって最良の方法だと思い、俺に命令を与えたのである。それを俺は裏切ったのだ。緑色の声が、あの女の陰謀を必死に喰いとめようとしてくれていたのに。お蔭《かげ》で俺はまんまとあの女の仕掛けた罠に陥り、すべてが不可解な状況の中で、逃れられない網に神経をからませながら狂っていった。そしてとうとう由紀子を追い出してしまった。

これが最後のチャンスだと声は言った。そう、もう他に方法はないのだ。あの声の命令に従い、俺は今度こそそれを実行せねばならない。忌わしいあの女の過去を抹殺するために……

風が眼前の闇を鋭く切ったとき、窓に最初の灯が点《とも》った。逆方向の五十音表を完全に叩きこんだ頭の中で、彼にはそれが、声として聞こえた。

最初の灯が消えないうちに三階の最左端の窓に次の灯が点った。彼には第三の灯が点る前に、その位置が予測できた。想像どおり、一階の新しい光が「こ」を発音した。

ようこ――

三日前の晩と同じだった。同じ三つの灯が同じ名を告げた。ただ三日前と違うのはそれがはっきり声として聞こえることだ。光は夜の無言のかなたから、闇を貫いてその声を彼の耳に届けてきた。

そして今夜、それはさらに新しい灯を三つ窓に点した。三つの光と三つの声――

彼はすぐにそれを理解した。全部がわかった。今日までの何もかもが、それを自分に聞かせるための伏線だったのだ。

――ようこをけせ
それが緑色の声の最後の警告だった。恐怖も不安も混乱も、数分前まで彼を苦しめていたものがことごとく消え、ひどく静かな落ち着いた気分だった。依然彼は闇の中を歩いているが、以前のように一人で手探りしているのではなく、今は彼の手をしっかり握り、安全な方向へ導いてくれる誰かの存在があった。誰かが優しい声で彼の耳元にその言葉を繰り返していた。

——よう子を消せ。古谷羊子を……

今やっと自分は真実《ほんとう》の方向を見出し、歩きたかったもう一つの道路を歩き出したのだと思った。もう何も考えたり迷ったりする必要はない。心地よい安心感が彼の体を浸していた。

振り返って掛時計を見た。

午前二時二十分——

突然振り返ったので、今まで停まっていた秒針が急に動き出したように見えた。午後四時——声が指定してきた時刻と場所に向かって、秒針が最初の一秒を滑り出した気がした。午後四時——あと十数時間で何もかもが解決するのだ。正体の摑めなかった一人の女の正体を遂に摑み、自分を苦しめ続けてきた過去は、永久に闇に葬られ、すべてはまた以前の幸福な形に戻るだろう。

久しぶりにゆっくり眠れそうな気がした。

高橋はソファに横たわると、自分の中で完全な位置をしめた一人の女への殺意を、優しく労《いたわ》るように体をまるめた。

29

受話器の口にあてていたハンカチを払うと彼は崩れるようにベッドに倒れた。身体がベッドに沈みこんでいくように重かった。眼を閉じると闇に光が散った。自分の方が狂いそうだった。

何も考えたくなかった。考えても仕方がない。賽《さい》は投げられた。あとは獲物がどこまで彼の思いどおりに動いてくれるかだが、それは運命の配慮を待つ他なかった。今日までどのみち自分は賭《か》けを繰り返してきたのだ。今さら結果が出るまでの十数時間を怯えても仕方がなかった。何も考えないほうがいい。眠って時間の経過を待てばいい。時間は彼を勝手に今日の午後四時へと運んでくれるだろう。

30

銀座四丁目交差点。

午後四時――

その日東京は既に冬の訪れを告げるように朝から鉛色の曇天が続き、その時刻にはもう夜の色合が濃かった。デパートやビルや商店街は晩秋の暮色に、既にネオンの色彩を滲ませ、行き交う車は淡い、妙に質感のない灯を流した。それは都会という巨大な濁った河に放たれた、精霊流しのような光の葬列だった。

すべての色が混じると無彩色ができるように、夜が都会の胎動の全部を飲みこむまでの短い間、街は、表情を剝《は》ぎとられ灰色の輪郭だけで、一つの季節の終わりにどこかよそよそしく引っ掛っていた。

都会ではいつも人間は傍役《はしやく》にもならない微小な存在でしかないが、その時刻、都心の繁華街で、主人公は一人の男だった。

最初にそれを見つけたのは、交差点近くの楽器店に勤める女店員だった。彼女は店主に頼まれ事務用品を買いにいった帰りで、Wビルの上の大時計がちょうど四時を告げたとき、青信号に変わった交差点を渡ろうとしていたところだった。街にはかなりの人の流れがあった。

それぞれの方向へ渡ろうとする二種の流れは、当然だが横断歩道の真ん中でぶつかりあった。彼女は自分の方へ流れてくる群れの中の一人の婦人が提げているハンドバッグに、視線を停めた。エナメル製で、止め金が三角形の銀でふちどられたバッグは、彼女が数日前デパートで見つけ、今度の給料日には必ず買おうと思っていた品だったからである。羨望《せんぼう》と嫉《ねた》みの入り混ざった眼を、彼女はその女性が通りすぎる間際までバッグから離さなかった。

女性が通過した次の瞬間、下方に傾斜していた彼女の視線は別のものを摑んだ。

男の、なにげなく、だが奇妙に垂れさがった腕である。最初に見たのは血だった。次に、そのだらしなくぶらさがった腕が握っているもの――

彼女は思わず「キャッ」と悲鳴をあげ、ぶつかった会社員風の中年男にしがみついた。その悲鳴が、横断歩道の中央でちょっとした混乱をひき起こした。しがみつかれた中年男も、悲鳴の周囲にいた者も、何が起こったかを知るために脚を停めた。しかし、その場にいたのはかなりの人数で、悲鳴の原因を皆が悟るには数秒を要した。やっと震えながらも釘《くぎ》づけになっているOLの視線の方向に、通行人たちは、それを見た。

確かに、その男は、人目を惹《ひ》くほど奇異だった。もう冬の冷たさが肌を刺してくるほどの時期だというのに、男は白いワイシャツを薄く体に貼《は》りつけているだけだった。ワイシャツの裾がズボンからはみ出している。薄い髪が乱れ、一本だけ長い髪が顔に落ちていた。その髪が眼鏡の透明なレンズに、ひび割れたような線を与えていた。レンズの下に白い二つの眼――眼だけでなく全体が、夕闇に滲む白い影のように薄っぺらな空《うつ》ろな印象だった。

しかし人々の眼を集めたのは、そういった全体の異常な印象ではなく、もっと具体的なもの――男の右腕半分を真っ赤に染めている血と、力なく垂れさがった腕が握っている包丁のような一つの凶器だった。

立ち停まった男は、自分が皆の注視を浴びている異物だということに気づかないでいるのか、自分もまた周囲に混ざって驚き戸惑っているようにぼんやりしていた。

またひとり女が叫んだ。それが弾みとなり、脚を停めた通行人たちはいっせいに男から離れ、逃げ出した。信号が青から赤に変わった。停まっていた車が一気に動き出す前の短い時間、道路のセンターラインに一人残された男は、不意に方向を喪《うしな》った迷子か何かのように戸惑った視線を、だが一点に静かに固定して突っ立っていた。

突然何故、女の悲鳴と共に周囲の人間たちが自分から逃げ出したのかわからなかった。なぜ、みなが自分を汚らわしい者でも眺めるように嘲笑《あざわら》ったかも——ただ不意に、何の脈絡もなく、その女の悲鳴が、二十年前の一人の少女の悲鳴になって聞こえた。「わっ、触らないで。病気が染《うつ》るわ」小学校の廊下で何かの用で少女を呼びとめ、意味もなくその肩に手を置こうとしたときだった。伝染などするはずがないとわかっていながらみなわっと叫び、あっという間に逃げ去った。あのときもなぜ突然、長い暗い廊下にひとり残されたのかわからなかった。母親が桜の花を揺すった意味も、剃刀《かみそり》で喉《のど》を切った意味もまだ充分には理解できない年齢だった。

そして今、あれから二十年が経過し、別の場所で、別の生活と人生の別の一点で、なぜまた不意に周囲が彼に悲鳴と冷笑を浴びせ逃げ出したか、わからずにいた。彼は相変わらず、一人の女が散らした桜の意味を理解できず、不意に、道路の真ん中に一人置き去りにされていた。なぜ——二十年前の一つの疑問と共に彼は呆然とその場に立ちつくしている他なかった。

それでもレンズをかすめている一筋の髪をかきあげようとして右腕をあげたとき、皆が逃げ出したのは、その腕が握っている先の細い包丁と血のためだとわかった。手を洗わなければならない——そんなことを思った。自分にまだ残っていた最後の人間らしい意識で、彼は、今自分が昨夜の電話の指令どおり、銀座交差点の真ん中に立っていること、そして指令どおりに全部が起こったことを理解した。あの声は、彼に一人の女の殺害を命じ、彼は殺害を終えた直後の姿で立っているのだ。凶器を握りしめ、血はまだ生暖かい色で滴っていた。記憶はなかった。何とか憶えているのは板橋の部屋を出るとき確かめた掛時計の、三時七分という馬鹿げた時刻だけである。誰をいつ殺したかも——いや殺したのは古谷羊子だ。あの声は彼を巧みに誘導し、混沌《こんとん》とした意識の中で彼に古谷羊子を刺殺させたのだ。手応えも何もなかったが、しかし人を鋭器で刺した瞬間の手応えが透明であることを彼は知っていた。生まれて初めてメスを人間の体におろしたときの、その体に手ごと沈んですべてが消えていくような不思議な透明感——悲鳴がまだ彼の耳に残響していた。たぶんそれは、古谷羊子が刺された瞬間、挙げたものだろう——いつ、どこで……そんなことはどうでもよい。ともかくすべては終わったのだ。あの声が望んだとおりに……自分も望んだ。過去には一度だって自分が望んだとおりに物事が運んだことはなかったのに、今度だけは全部が思いどおりに運んだ。あの声の主の誘導は完璧《かんぺき》だったのである。

彼の傍を掠《かす》めるように通った自動車の窓で女が両手で思わず顔を覆い、恐怖に視線をひきつらせたのを彼は他人事のように眺めた。信号が青に変わり車の流れが停まった。だが誰も横断歩道を渡ってくるものはなかった。道路の端に人が黒山のように群がり、視線を集めていた。横断歩道すれすれで停車した車のライトの背後から、ドライヴァーたちも冷酷な眼を覗かせている。突然停滞した車の流れに背後から苛立《いらだ》ったクラクションが浴びせられた。

人だかりから警察官が三人駆け出し、彼の方へ近づいてきた。

「危ない、その包丁を離せ」

警察官たちは遠巻きに彼を囲み、説得を始めた。遠くでパトカーのサイレンの音が聞こえた。

だが高橋の耳には、そういった騒ぎの何一つ聞こえなかった。彼は眼前の闇に点った六つの光を見つめ、不意に耳に甦《よみがえ》った、スワニー河の狂ったメロディだけを聞いていた。あの声が送ってきた六つの光だけが今彼が真実と呼べるものであり、そのハーモニカの音色だけが、二十年前の暗い時代から彼が唯一無傷のまま現在に運んだものであった。

31

二時間後、銀座四丁目の交差点で逮捕された高橋充弘は、警察署の一室で三人の刑事と二人の白衣の男に取り囲まれ、尋問を受けた。

「殺したのは誰だね」

「古谷羊子です——」

何度も同じ質問が発せられ、高橋は何度も同じ言葉を答えた。

「命令だったのです……ある人物が僕を助けるために……殺さなければならなかったのです……」

「どこで殺した？」

「銀座四丁目の交差点——午後四時——」

尋問は十五分ほどでうちきられた。刑事たちの素人眼にも男が心神喪失状態にあり、これ以上質問を続けても、確かなことは何一つ聞き出せないことがわかったのである。

高橋は警察病院に送られることになった。

白衣の男に連れられて部屋を出ると、廊下に姉の佳代が待っていた。

佳代は心配そうに高橋の方へ近づいてきた。しかし高橋の空ろな視線は姉を無視し、その肩影に控え目に立っている一人の女に向けられた。

「由紀子——やっと戻ってこれたんだな。よかった。もう心配することはない。これで何もかも上手《うま》くいくんだ」

レンズの下の眼にうっすらと涙が浮かんだ。

由紀子と呼ばれた女は、ほんの一瞬何かを言おうとしたが、言葉が見つからなかったのか視線をはずした。

尋問室では、その由紀子を交えて新しい会話が始まった。

由紀子は刑事たちの尋問に答え、今日までの経過を静かな口調で語った。夫が二か月前から不意に黙りこむようになったこと、自分のことを誰か別の女と区別がつかなくなっていたらしいこと、二日間家を留守にして萩へ行っていたらしいこと、自分を、高橋由紀子を殺した古谷羊子だと思いこんでいたらしいこと――

「病院へ連れていこうと思わなかったのかね」

「私にはわからなかったのです。気分が沈んでいるだけなのかもしれないと思ったり……でも病院の先生にはいろいろ相談しておりました。先生は本人を診ないから何も言えない、ともかく説得して一度本人を病院へ連れてくるようにとおっしゃってました。でも、これは昔からそうでしたが、黙りこんだ夫は何かこうとても近寄りにくい感じで、私からはどうしても病院へ行くようには勧められませんでした」

高橋由紀子は童顔でどことなく優しい気配があり、夫が病気でも知らん顔しているような薄情な妻には見えなかった。それなりの事情があったのだろうと刑事は思った。

「私がほんとうにおかしいと思い始めたのは、まだ一週間前からです」

夫が、団地の窓の五十音表で誰かが伝言を送ってくると思い始めたこと、光の伝言で「よう子」という名を受けとったらしいこと、夫が萩で発掘された白骨死体に興味を抱いていたらしいこと、そして昨夜の口論の際、夫が口走った奇妙な言葉――

昨夜家を出てから、病院の医師を自宅に訪ねて相談し、義姉の家に泊って事情を話し、今日の夕方義姉と共に団地に戻った。夫とは行き違ったようである。どこへ行ったか心配していたところへ警察から電話がかかってきた。

病院の医師はともかくご主人を説得して、近いうちに必ず病院の方へ連れてくるよう——それだけを結論として答えた。

「病院の先生というのは——」

「藤堂病院の波島先生という方です。——さきほど私の方から電話しましたら、すぐこちらの方へ来て下さるとおっしゃっていましたが——」

藤堂病院という言葉を聞いて三人の刑事の顔色が変わった。萩で発見された白骨死体やら、エレベーターから病人が消えたという事件で新聞を賑《にぎ》わせている病院である。所轄署ではなかったが、当然この署でも緑色のインクで書かれた謎《なぞ》の手紙のことは話題になっていた。

「夫が殺したと言っている古谷羊子という女性も、藤堂病院で診療を受けていたと聞きましたが」

「そうです。しかし……」

わからなかった。高橋充弘が殺したと主張している古谷羊子は藤堂病院に通っていた。同じ病院の医師にまた高橋の妻は、夫のことを相談していたというのだ。そこに何かの関連があるのか——いや、それよりもまず、高橋充弘が何をやったか——それがはっきりしなかった。高橋は殺したと言っているが、死体がまだ発見されていないのである。高橋充弘は現場が銀座四丁目の交差点だと主張しているし、その現場に立っていた彼の腕に付着していた血はまだ凝固が始まっておらず、少なくとも被害者が血を流してさほど時間が経っていないと言える状況だった。それなのに交差点付近はおろか銀座一帯からも、そんな変死者は現われていないのだ。証人も目撃者もなかった。四丁目の派出所に飛びこみ急を報らせたのは、最初に悲鳴をあげた楽器店の女店員と彼女にしがみつかれた中年男だったが、その二人も高橋が誰かを殺した瞬間を目撃したわけではなかった。全《すべ》て心神喪《し》失状態にあった一人の狂人の妄想の中でおこなわれた事件だと考えるのが、もっとも妥当だった。しかし妄想とすれば、高橋の手と凶器を現実の真紅の色彩で染めた血を、どう説明したらいいのか――

「現在、行方のわからない古谷羊子は御主人と、何か関係があるんですか」

「それは私にもわかりません。夫には私と結婚する以前に付き合っていた女性がいます。その女性が古谷羊子だと夫は思いこんでいるらしいんです。でも病院の先生はそれは単なる夫の妄想だとおっしゃっています。偶然見た新聞記事の女性の名を、自分が以前付き合っていた女性と結びつけて考えているだけだと……ただ私にはわからないのです。古谷羊子さんが萩の警察署に送った手紙は緑色のインクで書かれていたそうですが、夫はいつも緑色のインクを使っていますから……」

「つまり、その手紙は御主人が書いたものかも知れないという可能性があるわけですか？」

「それは違います……夫は私が、夫の万年筆を使って書いたのだと疑っていますから……でもそういう偶然や何かをどう考えたらいいか、私には何もかもがわからないんです」

それは刑事たちも同じだった。

一人の女が消え、次いで男が消え、今度は一人の男が誰かを殺害した状況が出てきた。だがまだ犯罪と呼べるものは成立していないのだ。犯罪を構成する死骸は発見されていない。発見された死骸と言えば身元不明の白骨だけである。それと死体のない血――波島医師が現われたのはそれから五分ほど経ってからである。

精神科の病院としては、都内で一、二を争う大病院の副院長というが、どこか生彩のない、地味な男だった。大学の貧乏講師といった風采《ふうさい》である。

昨夜、奥さんの訪問を受け、二、三日中に必ず病人を病院の方へ連れてくること、もし本人がどうしても納得しないときは私の方から出向くことを伝えた――とまず波島は高橋の妻の言葉を裏づけた。

「本人に一度も会ってないので、わかりませんが――」

と前置いて波島は、

「奥さんが気づくかなり前から、高橋は奥さんがよう子という、自分が昔捨てた女性にすり替わったという妄想に苦しめられていたのではないかと思いますね。そこへたまたま萩の白骨死体と古谷羊子に絡む事件が、新聞を騒がせ始めた。白骨死体は数年前のものだということです。時期もあう。一昨日彼は萩へ出かけていますが、妄想の中で、そのよう子が奥さんを殺害し、ずっと妻に化けていたと考えたのだと思います。そのよう子への憎悪が殺意になって爆発したのではないかと――」

「しかし銀座のド真ん中という場所は、どういう意味があるんですか」

「そこへ行けば、よう子に会える――そんな妄想が働いたのではないかと思います。殺したいと思う気持が、ある異常な心理過程を経て、殺したという妄想経験にすり替わったのだと思います」

「しかし、それなら、彼が握っていた包丁についていた血を、どう説明するんですか」

「さあ、それは私にもわかりません。何かもっと別の解答があるのかも知れません」

刑事は鉛筆をおき、椅子の背にもたれかかった。

「ところで先生――」

「なぜ藤堂病院に関係のある患者だけが、こう次々と不思議な事件をひき起こすんでしょうね――」

刑事は余裕を装った態度の裏に、挑戦するような鋭い視線を隠して言った。

医師は眼をあげて、刑事の視線に応えた。静謐《せいひつ》さが漲《みなぎ》った、あふれ出す寸前の水面を思わせる眼だった。

「そうですね――しかも私の担当した病人ばかりが……」

32

それから二日間は奇妙な無風状態にあった。

藤堂病院では、院長以下かなりの人数にのぼる職員が尋問されたが、何も出てこなかった。質問の中心はやはり波島だったが、波島は「自分にも全くわからない」と答えるだけである。刑事の質問も波島の返答も凍結状態にあった。

在家弘子と森河明は、翌朝電話で連絡をとりあっただけである。

「僕の推理どおりでした。しかしこんなに早く第三の事件が起こるとは思ってなかった」

「でも今度の狙いは何なの？　高橋充弘は前の二人のように消えたわけではないわ」

「前の二人は肉体を消された——犯人は今度は高橋の、精神の消失を図っているのです」

病院内でも顔を合わせたが、森河は弘子を避ける素振りだった。弘子は一人、考えても仕方のないことに考えをめぐらせた。波島との関係について刑事から尋ねられたとき、弘子はありのままを喋《しやべ》った。ただ一つ波島と前副院長夫人との不貞事件を除いて——

古谷征明は妹の一美と共に警察病院で、自分の妻を殺害したと訴えている男の顔を見た。二人共、知らない人物だと首を振った。

古谷羊子が結婚以前に住んでいた、阿佐ヶ谷の青桐荘というアパートの管理人も高橋と面通ししたが、古谷羊子の部屋に出入りしていた学生とは全然別人だと語った。

高橋充弘は、相変わらず古谷羊子を殺したと主張し続けた。医師の執拗《しつよう》な質問に不意に怒り出し、自分はまちがいなくこの手で殺したのだ、悲鳴も覚えている、死体が見つからないのは何かのまちがいだ、もっとよく探せと叫んだ。

高橋由紀子は病院に夫を訪ねたが、ただ悲しそうな眼で夫を見つめるだけで何も喋らなかった。高橋の姉の佳代は九月頃から娘の久美が同じことを言い出し、弟に相談したことがあると語った。

死骸はもちろん目撃者も見つからなかった。

古谷羊子の血液型はA型としかわかっておらず、その点では包丁の血と一致しているが、包丁の血だけの、肉体のない被害者が本当に古谷羊子であるかどうかはわからなかった。

十一月十三日午後四時の銀座交差点からほとんど時間の流れ以外の変化は、見られなかったわけである。

そんな無風状態の表面で、しかしマスコミだけがわがもの顔で騒いでいた。新聞はフィクション仕立ての見出しを驚くほどの想像力で次々に考案し、テレビは特集番組を設けた。だが結局マスコミにも何が何だかよくわからなかったのである。何が起こったのか、まだこれから何かが起こるのか――週刊誌の活字はわからないだけにいっそう過度な装飾で、フィクションの部分を飾りたてた。しかし所詮《しょせん》はそれも古びた白骨と血のついた包丁だけが登場する、意味のわからない怪奇物語だった。

そして三日目、そんなマスコミ騒動が、いつもの、結果を無視した馬鹿げた空騒ぎだったことがわかる。

その三日目、十一月十六日の朝、奇妙な事件は、突然、一つの奇妙な結論を出したのだった。

33

その朝の午前四時頃から、東京は本格的な冬の冷えこみを開始した。

闇の衣が、ほの白く剝がれ始めた午前五時少し前——

その時刻、陽はまだ上っていなかったが、銀座ではビルの群れが朝の気配に、不意にその巨大な姿を浮かびあがらせていた。凍りついた大気に覆われ、それらは氷山のように蒼白《あおじろ》い陰影を刻みながら、陽の上るまでの短い中途半端な時刻の上を漂っていた。交差点から四方に広がる道路は、方向のわからぬまま静止した磁石の針のように、意味もなくただ冷たい灰色の直線をどこへともなく伸ばしている。

人影もなく、車の流れもなかった。ただ時おり近くのハイウェイを通りぬけるダンプの、遠い地鳴りに似た轟音《ごうおん》と、ビルの上にかかげられた大時計の長針と、信号の二色の点滅だけが、この都会にまだ残っているわずかな生命を告げていた。

そのとき交差点わきの派出所で任務についていたのは、三日前の夕刻、一人の狂人の手から凶器をとりあげた若い巡査だったが、彼はそんな三日前の変事などもうすっかり忘れ、電話のベルが鳴ったときは、欠伸《あくび》をかみしめ早く勤務時間から解放されることだけを考えていた。

こんな時刻に鳴る電話が普通の用件であるはずがなかった。いやな予感を抱きながら、彼は寒さのためにかじかんだ手を受話器に伸ばした。

「もしもし、銀座四丁目の派出所ですか」

低い、個性のつかみにくい声だった。

「実は私、三日前あれを見ていた者です」

「あれ？」

「偶然通りかかってあれを見ていました。今新聞で騒いでいるあれです」

彼は思わず緊張した。彼の気持を奪ったのは、声が語り始めた内容よりその声の、闇の底からわきあがってくるような燻《くす》んだ色合だった。

「新聞で読みましたが、あの男の言っていることは真実です。僕はあの、眼鏡をかけた色の白い男が包丁で一人の女を刺し殺すところを見ていました」

「あなた、名前は？」

「名乗れません。今日まで黙っていたのもそのためです。でも警察ではあの男が虚言を吐いていると思っているようなので、お報らせすることにしたのです。あの男は、ほんとうに女を刺し殺しました」

「場所はどこでしたか」

「あの男が立っていた場所です。横断歩道の真ん中のところです」

しかしそれはありえない。悪戯《いたずら》電話ではないかと疑い始めた。マスコミが騒ぎすぎたのだ。

「死体はどうなったんです」

「その場所へ倒れました。即死だったんじゃないかと思います」

「しかし、死体はありませんでしたよ」

「ありました。私は女が道路へ崩れていくように倒れたのをちゃんと見たんです」

「どんな女でしたか」

「顔は覚えていません。服は黒い喪服のような……」

「ともかく名前と電話番号を教えてください。もっと詳しい話を聞きたいので。公表をはばかるようならこちらでその方のことは」

しかし彼がそう説得を始めた途中で電話は切れた。悪戯電話だ。そうとしか思えなかった。死体があるはずがない。あのとき百人近い通行人がいたのだ。

だが何か引っかかるものがあった。たぶん今の声のこの世のものとは思えない暗い響きのせいだろう。

ともかく本署へ連絡しておこう、と思って改めて受話器を取ろうとしたとき、ふと振り返って彼はそれを見た。相変わらず人気ない薄明の中に、いつのまにか一つの異物がまじっていた。横断歩道の中央――今電話の声が言った場所――三日前あの男が腕を血で濡らして突っ立っていた場所。

黒い影が地上に盛りあがったように見えた。人間のようだった。

酔っ払いかもしれない――彼は瞬間心をよぎったおかしな妄想を、そんな言葉で否定した。馬鹿な。女の死体であるはずがない。

彼は意味もなく腰の拳銃に手をあてがい派出所を出た。ゆっくりと彼の足はその方へ近づいていった。

横断歩道を二、三歩進んだところで、彼はそれが女であることに気づいた。死体であることも――。スカートの下からはみ出した二本の脚は、青いレース模様の靴でもはいたように、まだらで蒼褪《あおざ》めていた。黒い服をまとっている。黒い喪服のような――私は見たんです。電話の暗い声がまだ耳に聞こえるようだった。

女はあおむけに倒れていた。髪が乱れ、額から首すじに流れ落ちていた。夜明け前のまだうす暗い空気に押しつぶされ、女の顔は青銅の彫り物のように見えた。

その顔に見憶えがあった。

そんな馬鹿な――

だがいくら否定しても、その顔がこの二日間新聞を賑わせた、一人の女のものだという現実は動かなかった。高橋充弘が殺したと主張し、一か月前から行方不明になっており、一時期、本州西端の小寺から白骨死体となって現われた女——古谷羊子。

彼は法医学に知識があったので、その死体が死後二、三日は経過していることをすぐに読みとった。三日前——午後四時。

女の心臓部に傷があった。血は薄闇と黒地の服に紛れて見えなかったが、どのみち真っ黒に凝固しているに違いない。それは三日前の午後四時に流されたのだ。ふとそう確信した自分に気づいて、また彼は慌てて否定した。そんな馬鹿な——だが彼は理性の否定とは無関係に、頭の中で完全にその女の死体と三日前の一瞬を結びつけてしまっていた。

彼はこのときまだ後の検屍《けんし》医の報告、つまりその死体の傷口が、高橋の握っていた包丁と完全に一致することを知らなかったが、まちがいなくあの包丁で刺されたのだと確信した。電話の声が言ったとおりだ、あのとき高橋はこの女を刺し、女は倒れ、この場に二日間——今の瞬間まで見えなかっただけだ、通行人たちも見落としていた——そんな馬鹿げた考えまで、彼の混乱した頭に浮かんだ。どう判断したらいいかわからなかった。現実は、ありえない奇妙な形に歪《ゆが》んで、彼の足許《あしもと》に放り出されていたのだ。

女のはっきり死を掴《つか》んで握りしめられた手——手首に腕時計が巻きついていた。彼が理性ではないもので把握したのは、腕時計が問題の時刻をさしてとまっていることだった。彼は腰につるした懐中電灯の光をつけ、光の輪と視線を時計の文字盤に近づけた。

ひび割れたガラスを通して懐中電灯の光が浮かびあがらせたのは、彼の想像どおり、四時という、少し現実離れした、だが現実以外の何物でもない、一つの時刻だった。

34

彼は車のエンジンを切ると、車内に何の遺留品もないことを細心の注意で確かめ、助手席に敷いたビニル布を小さくまとめてポケットにつっこんでから車を降りた。人目につかないように急いで建物の中に、自分の部屋に駆けこんだ。ドアを後ろ手に閉めたとき、その場に座りこみたい気がしたが、何とか服を脱いでパジャマに着替え、ベッドに横になった。鏡は見なくても眼が真っ赤に充血していることがわかった。こんな眼で人前に出たら変に疑われてしまう。三十分でも眠らなければならない。

疲労で意識が眠りに落ちかけたとき、まだし残していることが一つあったことを思い出した。起きあがると、洋服簞笥《だんす》から取り出した手袋をはめ、机の前に座った。抽《ひ》き出しの奥からその万年筆を取り出し、左手に握り、やはり抽き出しから取り出した便箋《びんせん》にペン先をあてた。インクが出なかった。切れてしまったのだ。彼はインク瓶を探したがどこに隠し忘れたのか、すぐには見つからなかった。仕方なく彼は鉛筆をやはり左手に握り、便箋の上に文字を走らせた。

——私はやっと死にました。私を殺したもう一人の私はやっと死んだのです。私は十一月十三日の午後四時、銀座四丁目の交差点を歩いていて、通りかかったあの男に殺されました。これでいいのです。これですべてが終わりました。長いこと警察の皆様に御迷惑をおかけしたことをお詫《わ》びします。

書きあげた文面をしばらく眺めていた彼は、それを引き裂くとライターで火をつけた。やはり緑色のインクにしよう——左手で書かれた自分の筆蹟《ひっせき》とは信じられない文字が、炎に包まれるのを眺めながらそう思った。

事件の最初は偶然から緑色の文字で始まったのだ。この事件を、この何一つ人間性の感じられない残酷な犯罪物語を、四十日間にわたって演じ続けられてきた、長たらしいだけの一つのコメディを閉じるには、やはり緑色のインクでなければならない。

その方がいい。その方がずっとこんな馬鹿げた犯罪を企らんだ、馬鹿げた犯罪者にふさわしいやり方なのだ。

終章

古谷家の通夜に、弘子はひとりで顔を出した。波島は、今朝の事件で警察から呼び出されていたし、病院を休んでいる森河にも連絡がとれなかった。

死骸がまだ警察から戻っていないせいか、ひっそりした通夜である。古谷兄妹にさほど悲しみの色はなかった。悲しいというより戸惑っているのが本音だろう。三日前高橋充弘という見ず知らずの男が、羊子を殺したと騒ぎ出し、何もわからぬうちに突然今度は本物の死骸となって転がり出てきたのである。

弘子もどう慰めていいかわからず、死体のない棺に焼香だけを済ませると、簡単に悔みの言葉で挨拶《あいさつ》し、古谷家を出ようとした。

玄関で靴をはいていると、死者の義妹にあたる古谷一美がふと思い出したようにこんなことを言い出した。

「あのう、波島先生の助手をしてらっしゃる若い方がおられますでしょう?」

「ええ、森河といいますが……」

「その森河さんに、義姉のイヤリングの片方を返してほしいと伝えていただけませんでしょうか?」

「は？」

弘子にはすぐに意味がわからなかった。

「森河さん一週間ほど前家へいらして、イヤリングの片方をお見せになって、これが義姉のものかとお尋ねになったんですけど……」

たしか森河はそんなことを言っていた。波島の個室で拾ったそれを、古谷羊子のものではないか確かめにこの家に寄ったと……弘子は思い出した。

「あれはまちがいなく義姉のものでした。森河さんがどういう事情であれを持ってらっしゃったのか知りませんが、義姉の形見ですので返していただきたいと思いまして……」

「森河はイヤリングの片方だけしか持っていなかったと思いますが」

「そうです。片方だけではしかたがないと思ったので、そのとき返してもらわずにおいたのですが、さっきもう一方が出てきましたので」

弘子はおやっと思った。イヤリングの一方は森河が波島の個室で拾い、もう一方はエレベーターから、いや碧川の手から消えたのではなかったか。

「さっき出てきたというと――」

「義姉の化粧箱を整理していたら、他のイヤリングや指輪と一緒に入っていたんです。あれは義姉が自分で図案をつくって彫金師に特注で造らせたもので、義姉も大事にしてましたから、残しておいてやりたいと思いまして」

「済みません、化粧箱から出てきたという方を見せていただけません？」

「はあ――」

一美はちょっと怪訝《けげん》そうにしていたが、すぐ奥へ引き下がり、それを持ってきた。

確かに森河が見せたのと同じ品である。

どういうことだろう――弘子は混乱した。二つの耳に同じイヤリングが三つ出てきたことになる。

「森河が持っていたのは、いつか羊子さんが病院へいらしたときに落としたのを、拾ったのだと思いますが」

そうごまかして弘子は、

「でもお宅にこれが残っていたというと、羊子さんはそのとき、片方だけ耳に飾って病院へいらしたということになりますわね」

「ええ」

肯《うなず》いた一美は、ふと思い出したように、

「たぶんそのとおりだと思います。義姉は病気の悪くなった頃、自分が半分だけになったと言って靴下を片方だけしかはいてなかったり、洋服を半分に切ったりしたことがありますから。病院にも片方だけイヤリングをしていって、落としたのかも知れません」

弘子は、古谷羊子が、初めて病院を訪れたとき、ストッキングを片方しかはいていなかったことを思い出した。

「わかりました。明日また参りますから、そのとき森河から預かってきます」

そう返事をして古谷家を出たが、その問題は弘子の頭から離れなかった。アパートへ戻っても考え続けた。

三つのイヤリング——つまり古谷羊子の化粧箱に残されていたもの、森河が波島の個室で拾ったもの、碧川宏がエレベーターの中で拾いどこかへ落としてしまったもの——このうち一つが余分なのである。

古谷羊子が化粧箱に残しておいたもの——これは動かせない。羊子は失踪《しっそう》の際片方の耳にだけイヤリングをはめ、病院を訪れたのである。残る二つのうちの一つが余分なのである。碧川宏がエレベーターの中で拾ったものを波島の個室に落とし、それを森河が拾ったのか？　いや碧川はあのとき初めて病院へ来たのだ。知らない波島の部屋に入った可能性はない。

となると残る答えは一つしかない。森河の持っているイヤリングが、エレベーターの中へ古谷羊子が落としていったものである場合だ。碧川が一度それを拾い、消失した女を夢中で探しているうちに再びエレベーターの中へ落としたもの——森河はそれを拾って持っていたのである。つまり波島の個室で拾ったイヤリングなど存在しなかった場合だ。

しかし、そうすると森河は自分に嘘をついたことになる。そんな嘘をつく必要がなぜ森河にあったのだろう——

しかもその嘘はひじょうに重要な意味をもっている。森河が自分に語ってきかせた推理、波島が今度の一連の事件の張本人だという推理――その根拠に森河が提示したのが、波島の個室で拾ったという耳飾りなのである。つまり森河は、波島の個室でその耳飾りを拾ったことから、碧川が消えたと主張する女が実は波島の個室へ入ったこと、それが古谷羊子だということを推理し、古谷羊子を拉致《らち》した張本人が、ひいては今度の一連の事件の張本人が、波島だという結論を導きだしたのだ。

その土台が嘘だとすれば、森河の推理は全部崩れてしまう。

いや崩れるだけではない、そこには森河の意図がはっきりと感じとれる――森河はわざわざ偽の根拠をでっちあげ、波島を犯人に仕立てあげる推理を、自分に信じこませようとしたのである。しかし、いったいなぜ――

弘子は立ち上がると森河に電話をかけた。しかし返ってくるのはツーツーという呼出音だけである。今日は病院に一度も顔を出さなかった。古谷羊子の死骸が発見され大騒ぎになった直後、電話を入れたが、そのときも留守だった。朝どこかに出かけたまま九時になった今も戻っていないらしい。いったいどこへ行ったのだろう。テレビのニュースや夕刊で、古谷羊子の刺殺死体が発見されたことは知っているはずだが……

諦《あきら》めて受話器を置き、礼服を脱ごうとしたとき、ドアにノックの音があった。

――森河かも知れない。

ファスナーをあげ直し、少し緊張した手でドアを開けた。

意外にも、遠慮するようにドア陰を選んで波島が立っていた。意外だったのは去年の夏別れて以来、波島の方で弘子の部屋を訪れたことが一度もなかったせいである。

「話がある」

という波島を、弘子は部屋に入れた。森河の推理が嘘だとわかっても、依然波島が犯人だという疑惑が払拭《ふっしょく》されたわけではない。だが弘子が何の躊躇《ちゅうちょ》もなく部屋に招き入れたのは、疲れ、荒《すさ》みさえ感じられる顔にかつて五年間を一緒に暮した男しか見なかったからである。

波島は窓に寄り戸外を確かめてから、カーテンを閉めた。

「尾行がついているかもしれない。今まで警察だったんだ。警察は俺を疑っている。今度の事件を仕組めたのは俺しかいないと思ってるんだ」

「私もそう思ってるわ」

ソファに座った波島は充血した目で弘子を見あげた。弘子はその視線にふっと男の、いざというときに脆《もろ》い弱さのようなものを感じた、初めてであった。去年不貞を詰《なじ》ったとき、波島は素知らぬ横顔でふてぶてしい微笑さえ浮かべていたのだ。

「君も信じていないのか――」

「本当に信じられるなら去年別れなかったわ」

微笑《ほほえ》もうとして弘子は失敗し、唇を噛《か》んだ。

「一つだけ聞きたいことがあるの。正直に答えてくれる?」

「ああ――」

「去年、秋葉副院長が死んだ日、あなたはどこかへ旅行していたわね。どこへ行ってたの」

「湯河原だ――それがどうかしたのか」

「あの晩、絶対に東京にはいなかった？」

「君はマンションで俺を待っていて、俺が旅行から帰ってきたのを見たはずだ。なぜ、そんなことを聞く？」

「あの晩、杉子さんも外出していたわ」

波島はしばらく無言だったが、

「あるホテルで落ち合う約束にはなっていた。だが前日になって気持が変わった。これ以上彼女と逢っていてはいけない、そう思ったんだ。しかし東京にいたら自分の欲望に負けて、結局逢いにいってしまうことはわかっていた。それで東京を逃げ出したんだ。旅先からホテルへ電話をした。逢えないと――別れる決心はついたんだ。皮肉なことにその晩彼は自殺した」

「でも旅行から帰ったとき、あなたのコートに口紅がついていたわ」

「湯河原の――商売女だ」

「本当に東京にはいなかったのね」

「ああ――いったい何を考えている」

「あなたがあの晩東京に――渋谷のあの家にいて秋葉先生を殺したって、そしてそのために今度のいろんな事件も起こしたって、そう教えてくれた人がいたわ」

思いきって言ってみたが、予想したほどには波島は驚かなかった。

「誰がそんなことを言った？」

「――」

「森河――だね」

弘子は溜息《ためいき》をついてから、ゆっくりうなずいた。

「しかし俺が秋葉憲三を殺したとして、そのためになぜ今度のような事件を起こさなくちゃならんのだ」

弘子は森河が語った推理をそのまま、波島に語って聞かせた。

じっと黙っていた波島は弘子が語り終えるとふと台所の方を見て、

「何か熱いものが欲しい。尋問室が寒かったから――」

弘子は立ち上がると紅茶をいれて戻ってきた。その間波島はじっと何かを考えこんでいる容子だった。紅茶を一口飲むと、

「森河がそこまで計算していたとは考えてもみなかった」

と独り言のように呟《つぶや》いた。

「それで君は森河の言葉をそのまま信じたわけか――」

「――あなたのことが突然わからなくなったの」

「秋葉憲三を殺し、患者を次々と葬っていったような恐ろしい男に見えたわけか」

「でもあなたは本当に杉子さんを愛していたもの」

弘子は視線を外《そ》らした。

「そう、愛欲というのは確かに殺人の大きな動機だからな——今度の事件の発端も実は数年前一人の女が、愛欲のために一人の女を殺した、そこから始まったのかも知れない。いや俺はそう信じている」

「どういうこと？」

「それより、まず君がどちらを信じるか、それを先に聞いておきたい。森河の言葉か、それとも今から俺が話す言葉か——」

弘子は耳飾りについての森河の矛盾を話した。

「そうか。森河はまさか古谷羊子が片方だけイヤリングをして家を出たとは、考えてもみなかったのだな。一つはエレベーターに落ち、もう一つはどこかへ落ちたのだろうと思った。それを俺の部屋で拾ったと嘘を言ったのだ。——計算し尽くしていたのにまさかそんな一個の耳飾りで全《すべ》ての計画が壊れるとは思ってもいないだろう」

「なぜ彼は、そんなでたらめな推理を私に語って聞かせたのかしら」

「実験だったと思う」

「実験——？」

「そう森河の目的はもちろん君にではなく、警察にその推理を語ることだった。だがその前に君で試してみたのだ。俺のことを一番よく知っている君を騙《だま》すことができるか——君は簡単に信じた。森河は自信を持っただろう」

「あのでたらめな推理はあなたを陥れるため？」

「いや森河には個人的に俺を憎んでいる理由はない。ただ今度の犯罪は、どのみち病院の関係者に容疑が向くこと必定だった。そのとき俺を表面に押し出すことで、自分はその陰の死角に隠れるつもりだったんだ」

「犯人が彼だって、あなたは確信してるの？」

「だから君にどちらを信じるか、最初に聞いておきたいのだ。いいか今度の犯罪を企てることのできる人間は、極めて数が限られている。患者の病状に精通している人物でなければならない。警察は問題の患者たちの主治医だった俺にしか疑惑の眼を向けていないが、もう一人俺と同じ条件を持った人物がいるのだ。俺の患者との接触をいつも傍観でき、こっそり俺の診察ノートを盗み見ることのできる人物だ」

森河は自分から波島の診察ノートをこっそり見たことを告白していた。しかしそれは森河が言ったように探偵のためではなく、犯罪のためだったのだろうか——

「その人物より、俺の言葉を信じてくれるか」

弘子はうなずいた。

「今度の事件の始まりにあったあの緑色のインクで書かれた一枚のカルテだが、あれにはどんな意味があったと思うね？」

「わからないわ」

「森河は俺のノートを見て、古谷羊子が過去に犯罪を犯したと告白したのを知っていた、昔彼女の愛人を奪った一人の女を殺し、萩の小さな寺に埋めたらしいことも――」

「そのことだわ、先生はなぜ黙っていたの」

「彼女は病人だったから、その告白が真実かどうか確信がなかった。いやそれより我々精神科医というのは聴罪師のような役目を持っていてね、患者の告白はどんなことでも、俺一人の秘密にしておかなければならない、そう思ったのだ。俺の役目はまず彼女の病気を癒《なお》すことだ。犯罪の告発はそのあとでいい――ただし森河は何とかその犯罪を皆に知らせたいと考えたんだな。あんなカルテを書いたのも、俺のノートから古谷羊子の告白が書かれた頁を破りとったのもそのためだった」

弘子には波島の言葉が飲みこめなかった。

「こういうことだ。彼女の周りに何か危険な空気を漂わせる。そうすれば俺が自分の口から、彼女の告白について皆に知らせることになる――そう期待したのだ」

「まだよくわからないわ。森河君は古谷羊子の過去の犯罪を告発したかったの？」

「そう――彼は信じていたんだ。彼女が我々にも見せたあの写真の寺の土の下に、彼女の犯罪の痕跡《こんせき》が埋まっていると――その罪を暴きたかったのだ。いや実際の目的はその罪を暴くことで、周囲の関心を全部古谷羊子という患者一人に向けてしまいたかったのだ。もちろん俺の関心もね――ちょうどあの頃病院を訪ねてくるようになった、一人の患者の珍しい症状から、我々の関心を外らすために──」

「どんな患者?」

「いや、直接患者が病院へ来たことは一度もない。病院へ来たのはその夫だ。彼がさかんに訴えていた──妻は私が死んだと思いこんでいる、八月十日に新宿の交差点で事故死したと──」

「葬儀屋の鞍田とかいう人ね」

波島はうなずいた。

「ところで君が森河から聞かされた、俺を犯人に仕立てた推理の中には、そのまま森河自身に置き換えられる事実がいくつかある。たとえば俺が過去の犯罪の証人としての古谷羊子の存在を恐れ、彼女の抹殺を企てたという部分だ。古谷羊子が全くの運命的な偶然で病人として、犯人である俺の前に現われ、その口紅で俺の罪を絶えず威嚇《いかく》していたという、その推理は、森河自身の経験に基づいたものだ。そう、全くの運命的な偶然から、一人の男が病人の夫としてこの病院へ、彼の前へ現われた。そして口紅ではなく、こんな言葉で彼の罪の意識を絶えず威嚇し始めたのだ──八月十日に新宿の交差点で私が事故死した、私が新宿の交差点で事故死した──と」

「あなたが言いたいのは──」

「そうだ。いいか今度の一連の事件の大袈裟《おおげさ》な外装に隠れて、誰も関心を払わなかった一つの死がある。八月十日新宿の交差点で見つかった、名前も身元もわからない一人の男の轢《ひ》き逃げ死体だ、礼服を着ていたという——しかし実は今度の事件はすべてその小さな轢き逃げ事件に端を発していたのだ」

「森河明がその轢き逃げ犯人だというのね」

「ちょうどあの頃だ、彼の父親が死んで彼が甲府の家へ戻っていたのは——正確にいえば父親の亡くなった三日に郷里へ戻り、初七日を済ませた九日の晩十時ごろに車で家を出ている。先日郷里へ電話して尋ねてみたんだがね。新宿の轢き逃げ死体の死亡推定時刻は十日の午前零時半、つまり、森河が甲府の家を出て二時間半後なのだ。その上彼は家を出るとき礼服を着ていたそうだ」

「礼服?」

「そう——これは想像なんだが、父親の初七日の供養の後で酒席になった。酒気をおびて礼服のまま車に乗った彼は、東京へ入る少し前に人身事故を起こした。彼は男の服装から身元がばれるのを恐れ、自分の礼服と男の服とを替え、死体を新宿の繁華街まで運んでそこに捨てたのだ。もちろんそこが現場だと思いこませるようにスリップの跡を残したり、ウインカーの破片を捨てたりした。交通量の多い場所で事故が起こったと思わせた方が、それだけ警察の追及の焦点を拡散できると思ったのだろう」

「そういえばあの頃、あの人何もかもうまくいかないといった容子《ようす》だったわ。でも、あの人八月の中頃にもダンプとの接触事故を起こしてるわ」

「それが彼の頭のいいところだ。十日の事故で車体に残った痕跡を隠すために、彼はわざと自分からその事故を起こしたのだ。一つの事故を隠す一番いい方法は、もう一度事故を起こすことだと考えたんだな。彼は外観に似ぬ大胆なところがあるし、その同じ大胆な発想が今度の一連の事件を引き起こした」

自分の手を眺めながら、しばらく黙っていた波島は、ふたたび口を切った。

「森河は何らかの方法で鞍田夫婦に接近した。鞍田の妻の妄想の原因をつきとめたかったのだ。その原因がどこかで自分の起こした轢き逃げ事件と接点を持っているに違いないと、思ったのだな。今他の病院に入っている鞍田芳江が自分がある男と再婚することになっていると、喋《しやべ》っているらしいが、その男が森河かも知れない。——ともかくそんなやさき、鞍田惣吉が、妻の妄想と同じ状況下に死んだ」

「あの人が、鞍田惣吉も殺したの？」

「そのつもりはあったろう。森河にとって鞍田惣吉の存在は邪魔だった。鞍田が妻の信じてるものが妄想だと証明するには、八月十日の事故死体の身元をつきとめる他ないからね。森河は鞍田を追いこむ方法を考え、芳江に接近して関係をもったりもした。鞍田をノイローゼに追いこんだあと殺して自殺に見せかけようとまで考えていた。だが彼のとった方法は効を奏しすぎたんだ——鞍田は自分から死んでくれた。死んでくれたのはいい、だがその死に方は彼が予想もできない形で起こったのだ。鞍田惣吉は妻の妄想どおり、つまり森河の罪の場所で自殺してしまったんだ」

「警察の眼を却《かえ》ってまた八月十日の轢き逃げ事件に、向ける結果になってしまったのね」

「そうだ。──そこで彼は、その鞍田惣吉事件とよく似た事件を、他にも引き起こすことにしたのだ。つまり、うちの病院の患者で、妄想どおりに事件が起きるという形を造ろうとしたのだ。事故を隠すためにまた事故を起こすのと同じ発想から──しかも俺のノートにはとびきり面白い事件を引き起こせる資料があったし、また彼は既に緑色のインクの殺人予告カルテで、その事件の導入部まで造ってあったのだ。森河は萩に行き、その小寺を見つけ、同時にその寺が近々工事で取り壊されることを知った。彼はその工事の開始日に、土中に埋まっている白骨を暴く電話を入れることにした。できるだけ事件を派手なものにし、警察の眼を古谷羊子事件に向けてしまいたかったのだ。白骨発見後、あの緑色の手紙を送ったのもそのためだった。自分が土中で白骨になって死んでいる、という患者の妄想そのものの事件が起こる──それが狙いだったのだ。それだけの手筈を決めてから、彼は古谷羊子を誘拐した。彼女が失踪した夜、古谷征明はいたずら電話で会社に呼び出されたが、それは森河がかけたもので、その留守に森河は彼女を家から連れ去りある場所に隠した」

「古谷羊子が病院のあなたの個室から消えたという話は?」

「あれは事実だ。彼は翌日古谷羊子に病院へ行かせ、俺の部屋を訪ねさせた。その頃には、俺が古谷羊子を殺すためにあの事件を起こすという筋書きは、森河の頭の中でできていたんだな。もっとも俺の個室で彼女を待っていたのは森河だったんだがね。俺に濡《ぬ》れ衣《ぎぬ》を着せるために、一度病院の俺の個室を迂回《うかい》させて、もう一度隠し場所へ戻したのだ。彼の予定では誰かが古谷羊子を目撃するか、そうでない場合は、彼女が病院を訪れた小さな手懸りでも残しておけばよかったのだが、このとき偶然同じエレベーターに消失狂が乗り合わせ、思わぬ効果を産み出すのに成功したんだよ。彼は早速その効果を計画に取り入れ、碧川宏の消失を図った。碧川宏の消失は、妄想どおりに事件が起こるという連続劇のもう一幕を追加させ、同時に俺を犯人に仕立てる推理劇をさらに補強する、二つの意図を満足させるものだった」

「今度の高橋充弘の一件も同じ動機から、彼が起こしたのね」

「そうだ、森河は古谷羊子と碧川宏でやめておくつもりだったんだが、ちょうどその頃全く偶然高橋充弘という患者が、しかも素晴らしい症状と共に登場したのだ。いや再登場といえるだろう。高橋は事件の最初に偶然登場していた謎《なぞ》の人物でもあったのだ。こんな適役を放っておく法はない。高橋が古谷羊子を自分の妄想に組み入れていったのは、ただの偶然ではないかも知れない。高橋は初めて病院を訪れた日に、トイレで古谷羊子が襲われた事件にぶつかった。そのとき何度も彼女の名を耳にしたし、診察室の緑色のカルテの中でも古谷羊子の名を読んだだろう。私は殺さなければならない、古谷羊子を――という奇妙な言葉をね。高橋は自分の行動を支配している運命の声が、電話で羊子を殺せと命令してきた、団地の窓の光で、よう子を消せ――という言葉を送ってきたと言っているが、それは森河のやったことだ。高橋は古谷羊子の新聞記事を読んだとき、自分の記憶に潜在していたその名を自分の過去の女と考えたんだろうね。電話で謎の人物から指令を受けたとき、すぐにその指令を受け容れ、古谷羊子を殺さなければならないと思ったのも、あの緑色の文字が意識下に沈澱《ちんでん》していたためだろう」

「森河はどうやって団地の窓の光で、よう子を消せという言葉を送ったのかしら」

「森河は俺のノートを見て、高橋が団地の窓を五十音表の暗号と考えていることを知っていた。君は高橋の奥さんから聞いた話を、彼に連絡したというが、あの晩彼は、その窓のよう子を消せという文字にあたる部分の部屋の住人を調べ、電話帳や電話局でその部屋の電話番号を調べ、夜半に順番に電話を入れていったのだ。夜半の団地の窓はたいていの場合寝静まって灯が落ちている。そこへ突然電話のベルが鳴れば、どの部屋でも同じ反応を示しただろう。つまり電灯をつけ、電話に出ようとする——ともかく森河は銀座四丁目の交差点に高橋を立たせることができた。あの日、森河は高橋が団地を出たときからずっと尾行し続けただろう。そして彼が四丁目の交差点を渡り始めたとき、人《ひと》混《ご》みにまぎれて彼に近づき夢遊状態にあった彼に包丁を握らせ、古谷羊子の血をその手に浴びせかけた。羊子の血は前もって採取し、凝固しないよう氷でも使ってその場へ運んだのだね。人混みの下方で数秒のうちに行われたその行為は、誰に見咎《みとが》められることもなく成功した。これは一種の賭《か》けのようなものだったろう。しかし高橋に羊子を殺したという妄想を植えつけられなかったとしても、警察を混乱させることはできただろうし、結果自体には大した意味はなかった。——幸運にも計画が成功し、高橋が自分はまちがいなく古谷羊子を殺したと訴え始めたとき、彼は古谷羊子を同種の包丁で刺殺し、二日待ってその死体を捨てた。二日——つまり今朝まで死体遺棄を待ったのは死亡推定時刻を狂わせ、あくまで全てが高橋の妄想どおりに起こった、そう皆に思わせたかったのだ。どのみち古谷羊子をいつまでも隠しおおせるわけではない。そろそろ邪魔になっていたし、俺を犯人に仕立てる推理では、俺が古谷羊子を殺すのは当然の帰結だし、高橋の妄想は彼女を殺害する絶好のチャンスでもあったわけだ」

「碧川宏はどうなったの？」

「まさか碧川まで殺したとは思えない。俺は森河が二人を隠していたのは、自分の家だと思っている。森河は古い廃院をアパートにして貸していたが、その病院を建て直すという理由で住人たちを九月に追い出した。その空いた部屋に、二人を閉じこめておいたのではないかと思っている。ここへ来る前に寄ってみたが森河は留守だった。他の部屋はベッドの他は跡形もなくなっていた。たぶんまだ二、三日前まで碧川もそこにいただろう。そろそろ危険になってきたので、碧川をどこかよそへ移したか、それとも彼もまた殺してどこかに隠したか——いや俺は森河が碧川までも殺すような恐ろしい男だとは思えない」

「でも古谷羊子を殺したんでしょう？」

「彼女と碧川では意味が違う。古谷羊子はかつて一人の女を殺し、そのために狂っていった女だ。森河が彼女を殺したのには処刑の意味も含まれている」

「けれど——あなたに無実の罪を着せようとしたのよ」

「そうとは言いきれない。森河は俺が本当に秋葉憲三を殺したと疑っているかも知れない。それにどのみち俺は、秋葉憲三を殺したと言われても仕方がない立場だ。彼の自殺の責任は俺にあった。人の責任はいつも法律とは、無関係な位置にあるのだ」

波島は弘子にあてていた視線を外した。その眼に暗い影があった。弘子は去年、不貞を咎《とが》めたときの波島の馬鹿笑いを思い出した。あの馬鹿笑いはふてぶてしい男のそれではなく、テレビで演じられていたコメディの、執拗に躓《つまず》いては意味もなく倒れる男の馬鹿げた姿に、ふと自分と同じものを感じ、自分に向けて浴びせた嘲笑《ちょうしょう》だったのかも知れない——

「一つ聞きたいことがあるわ。あなたは森河が犯人だと気づいていたのでしょう?」

「ああ、あの緑色のインクのカルテが最初に書かれたときから、既に彼を疑っていた」

「それを何故《なぜ》今日まで黙っていたの。警察にもなぜそう言わないでいるの」

「森河が捕まれば、自動的に秋葉憲三の自殺の原因が暴露されてしまう。森河が今頃になってあの死を調べ出していると君の口から教えられたね、それを無言の脅迫だと俺は思ったんだ。いや自分の立場などどうだっていい、しかしあの自殺の原因が世間に知れたとき、君や、秋葉杉子の立場を考えると、どうしても言えなかった——ただここまで追いつめられた以上、他に方法はない。明日にでも俺は警察に何もかも話すつもりだ。それを君に断っておきたかった」

「私は構わないわ。どのみち若い看護婦たちは、離婚した夫にしがみついて、同じ職場で働いている馬鹿な女としてしか私を見ていないし」

結局何も変わりはしないだろうと弘子は思った。一つの犯罪に巻きこまれ弱気になっている波島が一時的な感情に負けて、また関係を戻そうと言い出しても、自分はまた去年と同じ背を向けるだけだろう。犯罪は終結したとしても、あくまで平行線を保ちながら、しかし永遠に続くこの二人の関係が終結することはないだろう。二人は一つの溝をもったまま結婚し、五年間その溝を埋めようと努力し、結局失敗し、また昔と同じ溝を隔てて対《むか》い合い、視線をわずかに逸《そ》らし合い、さらに続く何年間を生きていくのだ。何人かの他人たちが死に、暗い犯罪ドラマに巻きこまれ、だがそれが終わったとしても二人に残るのは結婚し、別れた男女という関係だけである。

弘子は不意に自分の中に広がった空白を、少し投げやりな微笑に変えて波島を見ていた。この男がやがて立ち上がり、別れを告げ、ドアを閉めるまで自分のできることと言えば、この椅子に座っていることだけである。

そんな弘子の空白を裂いて、電話のベルが鳴った。立ち上がり弘子は受話器を外した。

「もしもし」

聞き慣れた声である。

「どこへ行ってたの。何度も電話したわ」

「調べてたんです。犯人がどうやって高橋を銀座の交差点に立たせたか——あの日深夜に団地のいくつかの部屋におかしな電話があったそうです。ベルが鳴って受話器をはずすとすぐに切れたというんです。話したいことがあります。今からそちらへ行ってもいいですか」

「今夜は疲れてるの。明日にしましょう。明日私が病院へ入る前に、そうね、八時にいつもの喫茶店で──私の方でも会いたいの。ある人からあなたにある品物を返してほしいって頼まれてるし」

「ある品物って?」

「明日説明するわ。あなたにも説明してもらいたいことがあるし」

弘子はそれだけを言うと受話器をおろした。小さな金属音がした。こんな小さな馬鹿げた音で、事件は終結を告げたのである。

弘子はその音と同じような小さな溜息をつくと、波島を、五年間の夫を、相変わらず彼女の知らない方向に視線を逸らしているだろう一人の男を、ゆっくりと振り返った。

本作品は一九七九年六月に幻影城ノベルスとして刊行された。
本書の底本には二〇〇三年六月発行の文春文庫版を使用した。

双葉文庫

れ-01-08

暗色《あんしょく》コメディ

2021年4月18日　第1刷発行

【著者】
連城《れんじょう》三紀彦《みきひこ》

【発行者】
箕浦克史
【発行所】
株式会社双葉社
〒162-8540 東京都新宿区東五軒町3番28号
［電話］03-5261-4818（営業）　03-5261-4831（編集）
www.futabasha.co.jp（双葉社の書籍・コミックが買えます）
【印刷所】
大日本印刷株式会社
【製本所】
大日本印刷株式会社
【カバー印刷】
株式会社久栄社
【DTP】
株式会社ビーワークス

【フォーマット・デザイン】
日下潤一

ISBN978-4-575-52461-1 C0193
Printed in Japan

文豪怪奇コレクション

幻想と怪奇の夏目漱石

東雅夫編

国民的文豪の知られざる魅力が満載の一冊。妖怪俳句や怪奇新体詩など初めて文庫化された作品も収録。

双葉文庫

文豪怪奇コレクション

猟奇と妖美の江戸川乱歩

東雅夫編

残虐への郷愁に満ちた闇黒耽美な禁断の名作を総てこの一冊に凝縮。文庫初収録「夏の夜ばなし——幽霊を語る座談会」

双葉文庫

恐怖配達人

小池真理子

穏やかで平凡な暮らしが、たった一つ選択を誤った為に悲劇へと向かってしまう。予測のつかない恐怖を描いた傑作サスペンス集。

双葉文庫

唐沢家の四本の百合

小池真理子

雪に閉ざされた別荘にいた四人の女性の許に不吉な速達が届く。美しい文章と卓越した心理描写で綴る極上の長篇心理サスペンス！

双葉文庫

小説推理新人賞受賞作

隣人

永井するみ

満ち足りた結婚生活は、夫の死により突然、ピリオドが打たれた。それは新たなる絶望への幕開けにすぎなかった。戦慄のサスペンス短編集。

双葉文庫

小説推理新人賞受賞作

告白

湊かなえ

デビュー作にして「本屋大賞」「週刊文春ミステリベスト10」第一位を受賞。累計三六〇万部突破の超ベストセラー!

双葉文庫